Le Retour de l'Ange

ELIZABETH CHANDLER

Le Retour de l'Ange

Tome 2

Traduit de l'anglais (États-Unis)
par Catherine Guillet

hachette

Photo de couverture : © Getty Images

Traduit de l'anglais (États-Unis) par Catherine Guillet

L'édition originale de cet ouvrage a paru en langue anglaise chez
Simon Pulse, an imprint of Simon and Schuster, New York,
sous le titre :

EVERCROSSED : A Kissed by an Angel novel

Hachette Livre, 43, quai de Grenelle, 75015 Paris.

Pour Françoise Bui,
en souvenir de nos déjeuners
à la cafétéria de Macmillan,
des nombreux livres que nous avons tenus
entre nos mains depuis lors,
et d'une amitié que je chéris.

Prologue

Gregory n'en doutait plus : Ivy savait qu'il était de retour, et qu'il avait pris possession de l'esprit de Beth. Quelle jouissance ! Il n'aurait en effet tiré aucune satisfaction du mal qu'il s'apprêtait à lui faire si elle n'avait pas compris que c'était à cause de lui qu'elle souffrait.

« À moi la vengeance. »

Chaque jour, sa force et son adresse augmentaient. Dès que Beth l'avait senti rôder dans son cerveau, elle s'était rebellée, mais son expertise croissante émoussait peu à peu sa résistance. Bientôt, Beth lui obéirait corps et âme. Qu'Ivy appelle Tristan à l'aide ! L'ange Tristan n'était plus. Quant à son éternel et fidèle Will, il s'était retourné contre elle.

Avoir à sa disposition une Ivy isolée : cette pensée enthousiasma Gregory autant que lorsque, vivant, il se déplaçait sur terre dans sa propre enveloppe charnelle.

Beth ressentit probablement sa joie, car son corps frémit.

Et s'il utilisait ses bonnes vieilles tactiques d'intimidation le temps de prendre le contrôle total de Beth ? Ce serait amusant. Soumettre Ivy à une terreur constante – la torturer mentalement et physiquement, à petit feu – serait presque aussi drôle que de la tuer. Ce qu'il finirait par faire. Cette fois, il y arriverait.

« À moi la vengeance », pensa-t-il à nouveau, et avec jubilation lorsque les lèvres de Beth prononcèrent en silence : « Bientôt. Bientôt. »

Chapitre 1

— Impressionnant ! s'exclama Chase, dont les yeux gris se posèrent sur Ivy avec une admiration feinte.

Cette dernière se rapprocha de Will et de Beth sur la couverture qu'ils partageaient afin qu'il puisse s'y asseoir. Chase était arrivé à l'improviste sur cette plage où la foule s'était rassemblée pour célébrer le 4 Juillet[1]. D'une façon ou d'une autre, il parvenait toujours à retrouver Ivy et ses camarades.

— L'an dernier, ton petit ami était assassiné, déclara-t-il une fois installé, le regard pétillant de malice, et, cette année, tu tombes amoureuse d'un tueur sanguinaire. Beau tableau de chasse pour une gentille fille comme toi !

Ivy l'aurait remis à sa place avec plaisir, mais elle se devait d'endosser le rôle de la victime incapable de croire qu'on ait pu la trahir ainsi.

— Je sais, c'est horrible ! souffla-t-elle en secouant la tête. Je me suis complètement trompée sur le compte de Luke. Je n'aurais jamais pensé qu'il pouvait être violent.

1. Fête nationale ou *Independence Day*. Jour où les treize colonies américaines firent sécession du Royaume-Uni en signant la déclaration d'Indépendance, le 4 juillet 1776. (Toutes les notes sont de la traductrice.)

— Pourtant, c'était évident, lui répliqua Chase.

Will, qui dessinait dans le sable sans but précis, jeta le bâton qu'il utilisait, puis releva la tête, ses yeux marron pleins d'antipathie. Ivy savait pourquoi.

Il détestait la personne qui fascinait Chase. Luke McKenna, retrouvé inconscient et roué de coups sur la plage de Lighthouse, avait toujours prétendu être amnésique. Or Will avait répété à l'envi qu'un jeune découvert dans ces conditions, et qui affirmait n'avoir aucune idée de ce qui lui était arrivé, cherchait probablement à dissimuler un passé trouble. Au départ, Ivy avait mis les avertissements de Will sur le compte de son habitude à vouloir la protéger. Après qu'elle l'eut quitté pour Luke, elle avait attribué ses réactions à la jalousie. Finalement, la décision que Will avait prise de dénoncer le nouvel amour d'Ivy à la police semblait avoir été la bonne : risquant d'être arrêté pour avoir étranglé son ancienne petite amie, Luke McKenna avait pris la fuite.

— Cette histoire est terminée, intervint Will. Change de sujet, Chase.

— Je me disais juste que...

— Changeons de sujet, répéta Will d'un ton brusque.

Étant donné que, pas plus que les autres, il ne connaissait la vérité, Ivy comprenait sa colère envers elle. Qu'il soit capable de la juguler et de continuer à travailler à ses côtés à l'auberge Seabright n'était qu'une énième preuve de sa force de caractère. L'été précédent, il avait risqué sa vie pour sauver Ivy de Gregory, le meurtrier de Tristan. Comme le reste du groupe, il pensait cette fois qu'elle avait renoncé à Luke en découvrant qu'elle s'était de nouveau laissé séduire par un « tueur sanguinaire ».

— Ce n'est pas terminé, proféra soudain Beth.

Tout le monde se tourna vers elle.

— Il se vengera.

La peau d'Ivy se hérissa. Beth parlait-elle de Luke ou de Gregory ?

— Luke s'est déjà vengé en étranglant cette fille, lui répondit Chase. Il est en cavale à cause de ça. S'il a la moindre jugeote, il ne reviendra pas.

« Luke McKenna est loin, en effet », songea Ivy. Mort noyé, seul son corps, désormais occupé par l'esprit de Tristan, s'était échoué sur le sable cette fameuse nuit. Mais où se cachait Tristan maintenant ?

Ivy espérait qu'il avait trouvé refuge dans un lieu sûr, où la police ne le dénicherait jamais et ne pourrait donc l'arrêter pour le crime commis par Luke. Sa sécurité impliquait, cependant, qu'ils soient de nouveau séparés, ce dont Ivy souffrait autant que la première fois qu'elle l'avait perdu.

Les yeux rivés sur l'eau sombre de la baie de cap Cod, elle s'absorba dans ses pensées, indifférente à la conversation qui se poursuivait à ses côtés. De temps à autre, un engin éclairant dessinait les contours d'une barge emplie de pièces pyrotechniques. Les spectateurs consultaient l'heure avec impatience sur leur montre ou leur téléphone portable. Finalement, une fusée étincelante partit de la barge.

« Oh ! » s'exclama la foule à l'unisson. Le ciel venait de s'illuminer sous l'explosion de traits d'un rouge brillant qui avaient éclos en boules d'étoiles. Ivy contempla les étincelles qui en retombaient, pareilles à de purs fragments de lumière s'éteignant brusquement pour disparaître dans le néant.

« Pourquoi Tristan occupe-t-il le corps de Luke ? » se demanda-t-elle. Selon Lacey, il avait été déchu pour avoir utilisé ses pouvoirs d'ange afin de redonner vie à Ivy. Avait-il été rétrogradé au rang d'ange noir ? Le cœur d'Ivy s'insurgea contre cette éventualité. Tristan avait agi par amour. Elle ne pouvait en dire autant de Gregory, son quasi-frère, dont les actions avaient toujours été guidées par la jalousie, la cupidité et une colère meurtrière. L'été précédent, il avait cherché à assassiner Ivy, et tué Tristan à sa place. Pendant un certain temps, il avait feint de partager le chagrin d'Ivy et de vouloir la réconforter. Il avait joué les grands frères aimants auprès de Philip, le cadet de cette dernière, dans le seul but de l'atteindre, elle. Si l'entreprise de Gregory avait réussi, il les aurait tués tous les deux. Mais il était mort avant eux. C'est lui qui était devenu démon, pas Tristan.

Une cascade de couleurs ramena Ivy à la réalité. Après avoir étincelé de vert, le ciel s'embrasa de mauve, puis se para d'or. « Il pleut du feu », se dit Ivy, qui ressentit alors l'envie de regarder Beth. Stupéfaite, elle découvrit que sa meilleure amie la fixait, les yeux emplis de flammes et de ténèbres. Une autre série de déflagrations détourna l'attention de Beth. Ivy l'observa un instant de plus. Le luxuriant bouquet final inondait son visage d'un rayonnement sinistre.

Le feu d'artifice se tut, ne laissant derrière lui qu'un épais nuage de fumée en suspens au-dessus de la baie. Après un bref moment de silence, la nuit retentit d'une salve d'applaudissements et d'un concert de sirènes de bateaux. La foule commença de se disloquer, au son de conversations animées par les échanges d'avis sur le spectacle qui venait de se terminer.

— J'ai vu mieux, décréta Chase tandis que le petit groupe se dirigeait par la plage vers Wharf Lane. À Jackson Hole[2]…

— La vie doit être une éternelle déception pour toi, l'interrompit Will. Tu as toujours vu ou fait mieux ailleurs. Je te plains.

— Pourquoi mentir ? lui répondit Chase avec un haussement d'épaules. J'ai horreur de la fausse modestie. Pas toi, Elizabeth ? ajouta-t-il en passant le bras autour des épaules de celle-ci.

---

2. Lieu de villégiature huppé situé dans le Wyoming.

Aussitôt, Beth se déroba pour s'écarter de lui. Chase éclata de rire. Plus elle essayait de l'éviter, plus il la pourchassait de ses attentions. À l'origine, cet ancien ami, rencontré à l'époque où elle passait ses étés sur le cap durant ses années de collège, l'avait fascinée. Contre toute attente, le maladroit Chase Hardy s'était transformé en un grand et beau jeune homme, large d'épaules, aux yeux couleur brume de mer et aux cheveux foncés tout bouclés. Il aurait trouvé sa place dans n'importe lequel des romans sentimentaux que Beth aimait à écrire. Toutefois, depuis la séance de spiritisme, elle s'était isolée de lui, comme elle l'avait fait d'Ivy, et de presque tout le monde à l'exception de Will.

Ce dernier observa Chase et Beth d'un air renfrogné. Ivy n'aurait su dire si sa réaction provenait de son antipathie à l'égard du premier, ou de sa surprise face au comportement de la seconde. L'ancienne Beth, la personne la plus sensible qu'Ivy ait jamais connue, aurait gardé un cobra sur ses épaules pour ne pas risquer de vexer l'animal.

Cela faisait une semaine maintenant qu'Ivy dissimulait ce qu'elle avait découvert sur Beth. Elle avait tant espéré que la réalité soit autre, mais son vœu n'avait pas été exaucé. Elle guettait donc désormais le moment opportun pour parler à Will. Avec le recul, tout paraissait clair, en effet : Beth, médium-née, avait sans aucun doute été l'esprit le plus facile à envahir. Physiquement, rien n'y paraissait. Sa voix, son visage rond, sa touffe de cheveux clairs dénotaient toujours la plus grande des douceurs. Seul son regard d'une noirceur croissante avait persuadé Ivy que Gregory avait pris possession du cerveau de son amie.

Une fois sur Wharf Lane, Chase rattrapa Will, avec qui il engagea une conversation sur le cinéma. Ivy, elle, continua de marcher à côté de Beth, qui garda la tête résolument tournée vers les haies et les murs de pierre sombre qui longeaient la ruelle. Celle-ci débouchait sur la route 6A, au coin de laquelle se dressaient, d'un côté, une grande maison victorienne et, de l'autre, une vieille église en bois. Will s'était garé sur le parking gravillonné situé derrière l'édifice.

— Un moment, lança-t-il soudain en s'arrêtant au coin de l'église. Je veux jeter un coup d'œil à cet endroit.

Artiste dans l'âme, il était toujours en quête de nouveaux paysages ou sites architecturaux dignes d'intérêt.

Le petit groupe le suivit autour du bâtiment. Petit, et coiffé d'un toit pentu percé de lucarnes triangulaires, ce dernier n'était pourvu que de trois doubles fenêtres allongées sur chaque flanc. Une tour carrée flanquait un de ses angles, tandis qu'un haut porche coiffé d'une ferme de toit voûtée en arc en formait l'entrée. Les étroites planches de bois qui habillaient le clocher étaient posées en bandes horizontales, puis verticales, avant de former des vaguelettes – comme si un chef pâtissier avait recouvert le haut du beffroi d'un glaçage modelé à l'aide d'un couteau délicat.

Pendant que Will tentait d'ouvrir les portes de l'église, qui se révélèrent fermées, Chase s'était placé au pied des marches, l'air impatient. Quant à Beth, apparemment transie de froid, elle se tenait à l'écart de l'édifice, les bras croisés et les épaules voûtées.

— Elle est désaffectée, annonça Ivy, qui venait de lire un écriteau planté dans la pelouse. Ils organisent des collectes pour la restaurer afin de l'ouvrir ensuite à des manifestations publiques.

Une fois revenue près de Beth, Ivy leva la tête vers le haut du clocher, où elle remarqua des contours estompés contre le ciel nocturne.

— On dirait que la cloche est toujours là, dit-elle.

— Ne demande pas pour qui sonne le glas, cita Chase en imitant l'accent britannique. Il sonne pour toi.

Beth lui jeta un coup d'œil inquiet, puis dirigea son regard vers le beffroi.

— Il sonnera une fois le moment venu, murmura-t-elle.

— John Donne, poète et prédicateur du XVIIe siècle, poursuivit Chase. Il nous rappelle par ce vers que nous omettons souvent de voir ce qui nous lie à nos semblables, que chaque mort est une perte pour nous aussi et que…

— Moi, je le vois, le coupa Beth, avant d'ajouter d'une voix si basse que même Ivy eut du mal à l'entendre : Bientôt. Le glas sonnera bientôt.

Ivy eut un frisson dans le dos. Parfois, lorsque Beth « voyait » des choses, elles se concrétisaient. Avait-elle parlé pour elle, ou au nom de Gregory ? Venait-elle de comprendre ce qu'il tramait ? Quelqu'un allait-il bientôt mourir ?

Ivy lui posa une main sur le bras.

— Beth…

Mais celle-ci se libéra d'un geste vif, puis s'éloigna à grands pas vers le côté de l'église, dont elle fit le tour dans le sens inverse des aiguilles d'une montre.

— Anges, protégez-la, pria Ivy. Anges, protégez-nous tous.

Chapitre 2

Tristan courait. Que fuyait-il ? Vers où allait-il ? Il ne le savait pas. Un cœur qui n'était pas le sien battait dans sa poitrine. Ses jambes se mouvaient avec la célérité d'une personne habituée à filer à toute allure, à esquiver, à se cacher.

Pourtant, il ne parvenait pas à échapper à ces voix, à mettre de la distance entre elles et lui. Ces chuchotements inhumains et menaçants ne le quittaient pas. Il s'arrêta un moment pour essayer de décrypter des mots dans le bruissement incessant, mais il n'y perçut que des émotions : de la détresse et de la fureur.

Reprenant sa course, il se jeta à travers les fourrés, piétina les brindilles, provoqua un éboulis de pierres dans un ravin. Or, quoi qu'il fasse, quel que soit le bruit qu'il produisait, rien n'effaçait la rumeur persistante qu'il entendait à peine.

À bout de souffle, il s'arrêta une seconde fois. Il se trouvait en haut d'une crête, tout au bord d'un flanc de coteau escarpé, rocailleux et densément boisé. La mémoire lui revint alors : la nuit où Will et lui avaient parcouru des kilomètres à la vitesse de l'éclair pour aller sauver Ivy prisonnière sur le pont de la voie ferrée, des voix avaient résonné à ses oreilles. Des voix qu'il avait identifiées comme celles de démons.

Malgré la faiblesse de ses jambes épuisées et ankylosées, il se remit à courir, l'esprit envahi par des images d'Ivy, telle qu'il l'avait découverte en cette nuit brumeuse à l'automne précédent, debout sur le pont qui enjambait la rivière et ses rochers. Il se revit se ruant vers elle en appelant son nom. Ce faisant, il avait trébuché, et les voix avaient poussé des cris de joie stridents pendant qu'il s'effondrait, qu'il tombait et tombait…

Tristan se réveilla brusquement. « Ce n'était qu'un rêve », se rassura-t-il non sans se blottir contre les imposantes racines d'un arbre renversé. Grâce à la lueur de la lune, il se rendit compte qu'il était allongé à mi-hauteur d'un versant parsemé d'arbres et de rocaille. Il comprit enfin où il était : à cap Cod, dans le parc national de Nickerson, où il s'était réfugié juste après son évasion de l'hôpital.

Quelques semaines plus tôt, après avoir été retrouvé à demi mort au bord de l'océan, les médecins, à qui il assurait ne pas connaître son nom, l'avaient déclaré amnésique. Peu à peu cependant, la mémoire lui était revenue pour lui révéler qu'il n'était pas Luke McKenna, mais Tristan. C'est durant cette période que les souvenirs de sa vie avec Ivy lui étaient revenus.

Il savait désormais qu'il était décédé dans un accident, sous ses yeux, et qu'on l'avait renvoyé sur terre sous la forme d'un ange, dont la mission avait été de prévenir Ivy du danger que constituait pour elle Gregory. Il y était parvenu avec l'aide de Beth et de Will, ainsi que d'une jeune fille, devenue ange aussi, du nom de Lacey. Une fois son devoir accompli, il était passé dans la Lumière.

Alors, que faisait-il là maintenant ? Tristan se rappela qu'il avait sauvé Ivy une seconde fois, en la ramenant à la vie après son accident de voiture sur Morris Island. Par la suite, Ivy lui avait révélé que Gregory était lui aussi réapparu, sous les traits d'un démon. Tristan en avait déduit qu'il devait à nouveau porter secours à Ivy. Or, si tel était le cas, pourquoi l'avait-on spolié de ses pouvoirs ? Comment pourrait-il l'aider alors qu'il devait se cacher de la police ?

Le cosmos voulait-il l'éprouver en le prenant au piège d'un coup monté ? Ces voix railleuses qui semblaient chanter sa perte étaient-elles les porte-parole des funestes pensées de Gregory ?

Tristan n'était certain que d'une chose : il aimait Ivy et ne pourrait supporter l'idée d'en être séparé de nouveau.

Chapitre 3

— Arrose-moi, Ivy ! lança Kelsey. Je suis en train de griller.

— Ça ne t'arriverait peut-être pas si tu utilisais autre chose que de l'huile hydratante pour bébé, lui fit remarquer Dhanya en allongeant les jambes avant de pointer les orteils avec grâce et de tourner une page d'un gros roman.

Elle était installée dans un fauteuil de style Adirondack, qu'elle avait traîné autour de l'auberge pour l'installer sur un coin d'herbe à côté de l'espace livraisons, où Ivy lavait sa voiture de location. Kelsey, qui prenait un bain de soleil sur une serviette juste à côté, se leva pour s'observer. Son bikini noir révélait avantageusement son harmonieuse silhouette musclée, à la poitrine galbée et aux hanches rebondies.

« Si Kelsey avait pris un bain de soleil devant Michel-Ange, il l'aurait immortalisée par une sculpture », se dit Ivy, avant de lever son tuyau et de pointer le jet d'eau vers elle.

— Pas les cheveux ! s'écria Kelsey.

— Ça ne changera rien ! s'esclaffa Ivy en repoussant sa propre chevelure blonde, plus frisée encore que la crinière auburn de Kelsey. Pas avec un océan entier près de toi !

L'auberge Seabright, qui appartenait à la tante de Kelsey et de Beth, trônait au sommet d'une falaise qui surplombait les dunes de la petite ville d'Orleans. Bien que la surface plane du jardin de tante Cindy soit délimitée par une haie vive de buissons, qui protégeait le promontoire sablonneux du vent, mais cachait aussi l'océan, la présence de ce dernier envahissait l'air humide de son odeur salée. Il était possible de voir le bleu foncé de l'Atlantique depuis la véranda de l'auberge, où les filles et Will servaient le petit déjeuner, et depuis les chambres du premier étage, que le petit groupe d'amis nettoyait pour les clients.

Ils travaillaient cinq jours par semaine, six en période chargée, et prenaient leurs congés à tour de rôle. Ils devaient se présenter en cuisine chaque matin à six heures trente. En ce week-end de fête où les touristes avaient afflué sur cap Cod, ils avaient fini à quatorze heures et, fatigués par un rythme de travail soutenu, avaient décidé de se reposer à l'auberge. Will était monté dessiner dans sa chambre, qui se trouvait dans la grange rénovée, et Beth était restée dans le *cottage*, où dormaient les quatre amies. Ce dernier se nichait au milieu des arbres qui séparaient la propriété de la route.

Beth passait de plus en plus de temps seule, ce qui inquiétait Ivy. Elle voyait dans cet isolement la preuve que Gregory renforçait son contrôle sur son esprit. L'année précédente, lorsque Tristan avait tenté de s'introduire dans son cerveau, Beth s'était défendue. Après avoir compris qu'il s'agissait de la présence angélique de leur camarade décédé, elle lui avait permis de s'exprimer à travers elle. Cette fois néanmoins, elle avait dû sentir la présence maléfique de son nouvel habitant et avait rapidement annoncé à Ivy le retour de Gregory. Était-il devenu trop puissant pour qu'elle puisse lui résister ? Ivy s'efforçait de maintenir au mieux le lien qui l'unissait à Beth, mais celle-ci repoussait maintenant chacune de ses tentatives.

Depuis que la police était venue à l'auberge une semaine plus tôt à la recherche de Luke, Kelsey et Dhanya s'étaient rapprochées d'Ivy. Celle-ci se doutait que, si elle était montée dans l'estime de la première, c'était grâce à son aventure avec un « garçon beau comme un dieu qui fuyait la justice ».

Le corps étincelant de gouttes d'eau, Kelsey repartit vers sa serviette de bain, qu'elle ajusta légèrement pour que l'angle de bronzage soit parfait.

— Tu commences à rougir, la prévint Dhanya.

— Tais-toi ! lui rétorqua Kelsey. Je ne veux pas le savoir, surtout pas si ça sort de la bouche de quelqu'un qui est né bronzé. Tu ne peux pas comprendre à quel point c'est dur d'avoir une peau de Blanche-Neige.

— De quoi te plains-tu ? lui dit Dhanya. Elle avait un prince, elle, au moins.

Kelsey s'allongea sur le dos, avant de répondre, le sourire aux lèvres :

— C'est vrai. En parlant de ça, il faut qu'on t'en trouve un, Ivy.

Surprise par la déclaration de Kelsey, Ivy arrosa sans le vouloir la portière qu'elle venait de sécher.

— Tu pleures depuis sept jours, reprit Kelsey. C'est suffisant comme deuil, non ?

Ivy ne put réprimer un petit rire.

— Sors avec nous ce soir, l'encouragea Kelsey. Plusieurs des coéquipiers de Bryan viennent au cap spécialement pour la soirée de Max. Vous vous rendez compte, des étudiants de fac, des joueurs de hockey !

— Je meurs d'impatience… marmonna Dhanya. Tu crois qu'il leur reste des dents ?

— Quelle snob tu fais, Dhanya !

— Je ne veux pas te vexer, renchérit Ivy avec un sourire, mais je suis d'accord avec elle. Je préfère les garçons sans dentier.

— Tu dois passer à autre chose, Ivy, persista Kelsey, les yeux fermés. En finir, et sans regret. Quant à toi, Dhanya, tu ferais mieux de fermer tes romans à l'eau de rose et de vivre dans la réalité. Et puis, poursuivit-elle de sa voix de pythie, vous vous trompez complètement au sujet de leurs dents. Le hockey à l'université est un sport d'adresse et de discipline, qui exige autant d'intelligence que de force. Je suis sûre que les amis de Bryan sont comme lui.

— Irrésistible, lança une voix grave.

Dhanya pivota dans son fauteuil, le visage empourpré, tandis que Kelsey se redressait vivement.

Bryan partit d'un éclat de rire franc et jovial.

— À moins que tu ne préfères le style de Max, ajouta-t-il à l'intention de Dhanya.

— Ça m'étonnerait, intervint le prénommé, qui venait d'apparaître à son tour à l'angle de l'auberge.

Les deux garçons, devenus amis à l'université, étaient aux antipodes l'un de l'autre. Bryan, cheveux noirs et yeux verts, de taille moyenne mais bâti en force, avait belle allure ; débordant d'assurance, il faisait toujours bonne figure et portait sur ses lèvres un éternel sourire narquois. Max, lui, avait une morphologie plus fine et compensait une apparence monochrome – cheveux châtain clair, yeux marron clair, bronzage de même couleur douze mois sur douze – par des vêtements de marque aux teintes des tropiques, qu'il avait toutefois remplacés par des tenues bon chic bon genre depuis qu'il avait appris que Dhanya le trouvait vulgaire.

— Comment avez-vous fait pour nous trouver ? s'enquit Kelsey.

— Beth nous y a aidés, lui expliqua Bryan. Enfin, on lui a un peu forcé la main. Il a fallu qu'on entre dans la cuisine pour qu'elle daigne nous répondre. Sinon, elle aurait continué à parler toute seule.

— C'est toujours comme ça avec elle, déclara Kelsey. Elle est complètement ailleurs quand elle écrit.

Max et Bryan haussèrent les épaules en échangeant un regard sceptique. Ivy en déduisit qu'ils avaient, eux aussi, remarqué chez Beth un comportement étrange que Will s'obstinait à nier, et que Kelsey trouvait plus commode d'ignorer.

— Est-ce que tout le monde vient à la fête de Max ce soir ? s'informa Bryan.

— Bien sûr, je ne vais pas rater ça, lança Kelsey en badigeonnant son corps déjà luisant d'une autre couche d'huile.

— Et toi, Dhanya ?

— Oui.

Bryan se tourna alors vers Ivy.

— Désolée, lui répondit-elle en secouant la tête.

— Est-ce que ça signifie qu'on pourra t'appeler si Kelsey se soûle à nouveau ? plaisanta Bryan, ses yeux verts pétillants de malice.

C'était ainsi que tout avait commencé. Trois nuits après que Gregory fut revenu dans le monde des vivants à cause d'une séance de spiritisme qui, à l'origine, se voulait être un jeu, Kelsey et Dhanya, durant l'une des folles soirées organisées par Max, avaient bu au point de ne plus pouvoir tenir debout. Ivy et Beth avaient accepté d'aller les récupérer en voiture, mais, alors qu'elles cherchaient l'adresse, un chauffard avait percuté leur véhicule avant de s'enfuir. Ni les secouristes ni les médecins n'avaient su expliquer comment Ivy avait survécu. Elle seule connaissait la raison de ce miracle : Tristan lui avait donné le baiser de la vie.

Ivy finit de sécher la portière de sa voiture de location, puis se redressa pour faire face à Bryan. Il parlait tout le temps de beuveries, mais elle avait fini par comprendre que lui-même ingurgitait beaucoup plus de caféine que d'alcool.

— Non, ça signifie que tu devras faire en sorte qu'elle ne boive pas trop, lui répondit-elle enfin.

— En la surveillant comme un bébé ? répliqua-t-il d'un ton taquin.

— Si nécessaire, acquiesça Ivy. Tante Cindy est au bout du rouleau avec nous.

— Je la comprends, approuva Bryan. Mon oncle vous aurait déjà tous licenciés. Vous sortez tout le temps, et toi, tu as réussi à envoyer une voiture à la casse, avant de sortir avec un tueur qui prétendait être amnésique…

— Il l'était, l'interrompit Ivy.

— Tu en es sûre ?

— Absolument.

Piquée au vif, Ivy entreprit de frotter l'arrière de la Volkswagen blanche à l'eau savonneuse. La remarque de Bryan venait de lui rappeler que tante Cindy lui avait reproché son manque de jugement en matière de relations. Ivy aurait tant aimé hurler que c'étaient, au contraire, sa perspicacité et son intuition qui l'avaient poussée, avec raison, à accorder sa confiance à un inconnu. Toutefois, la sécurité de Tristan exigeait qu'elle garde le silence ; il lui était impossible de se défendre.

— Est-ce que tu as des nouvelles de Luke ? demanda Max.

— Non.

— Est-ce que tu aimerais en avoir ? renchérit Bryan en s'emparant d'une éponge pour enlever une tache qu'elle n'avait pas vue.

Ivy chercha son regard, dont les yeux verts avaient brillé, pensait-elle, d'une lueur de compassion. Toutefois, Kelsey les épiait jalousement, et il se détourna vite pour jeter sur sa petite amie son éponge mouillée. Ivy laissa tomber la sienne dans le seau afin d'attraper le tuyau d'arrosage.

— Pourquoi voudrais-tu que je cherche à savoir ce qu'il est arrivé à un meurtrier ? demanda-t-elle néanmoins à Bryan.

— Parce que, pour toi, ce n'en était pas un.

— Je me suis laissé duper, reconnut-elle. J'ai été stupide.

Bryan la scrutait avec une intensité telle qu'elle se détourna à son tour.

— Tout le monde fait des erreurs, Ivy, lui dit-il enfin. Tu n'as pas à te sentir coupable de quoi que ce soit.

— C'est exactement ce que je n'arrête pas de lui répéter, intervint Kelsey. Bon, combien y a-t-il de beaux joueurs de hockey à rencontrer ce soir ?

— Tu en connais déjà un, lui répliqua Bryan avec un sourire. Et si je ne suis pas trop occupé avec leurs amies de Boston, je t'en présenterai quelques autres.

— J'y compte bien. J'ai un certain nombre de questions à leur poser à ton sujet.

Pendant qu'ils poursuivaient leur petit jeu, Max tentait, en vain, d'encourager une Dhanya bien embarrassée à lui parler de son roman, dont il n'avait pas vu que c'était une histoire d'amour torride. Ivy s'empressa de terminer le nettoyage de sa voiture, qu'elle alla ensuite garer sur le parking de l'auberge.

Bien qu'elle se l'interdise, elle aurait aimé plus que tout se rendre au parc national de Nickerson, où elle était presque sûre que Tristan se cachait. À quatre reprises ces sept derniers jours, les policiers lui avaient téléphoné et, par deux fois, Rosemary Donovan était passée à l'auberge, en civil et en voiture banalisée, pour « prendre de ses nouvelles ». Où qu'elle aille, Ivy se sentait observée. Une semaine plus tôt, les services de police avaient correctement présumé que Luke prendrait contact avec elle ; il n'y avait donc rien de surprenant à ce qu'ils la surveillent pendant un certain temps.

« Quand on aime quelqu'un et qu'on a envie de le voir, songea Ivy, il est beaucoup plus difficile d'être patient que courageux. » Elle aurait mille fois préféré prendre des risques que de devoir attendre comme elle le faisait. Mais sa propre sécurité n'était pas seule en cause. « Protège-toi », dit-elle intérieurement à Tristan tout en revenant vers le *cottage*.

Le silence régnait dans la petite construction de bardeaux.

— Beth ? Tu es là ? appela-t-elle.

Sans réponse de la part de son amie, Ivy se rendit dans la cuisine, située après le salon, où elle se servit un verre de thé glacé qu'elle emporta avec elle vers l'escalier. Celui-ci, assez raide, montait au premier étage le long du conduit d'une grande cheminée construite au centre du vieux *cottage*. Ivy n'en avait grimpé que quelques marches lorsque Beth, soudain apparue sur le palier du haut, dévala les marches vers elle à une vitesse telle qu'Ivy dut se plaquer contre le mur pour l'éviter.

— Beth ! s'écria-t-elle, tandis que, dans la confusion, une partie de son thé se renversait.

Beth poursuivit sa course sans s'arrêter, puis disparut par la porte qui donnait sur l'arrière de la maison. Sous le choc, Ivy resta figée quelques instants. Si elle n'avait pas entraperçu le visage de son amie, elle aurait pensé qu'elle avait fui de peur. Or elle avait eu le temps de voir la colère intense qui l'animait, et cela l'effraya : Gregory poussait-il lentement Beth vers la folie ?

Après avoir nettoyé le thé qui avait éclaboussé le sol, Ivy passa enfin au premier étage, qui se composait d'une unique grande chambre équipée d'une petite salle de bains aménagée en face de la cheminée. Quatre lits occupaient chacun un coin de la pièce mansardée : ceux de Dhanya et de Kelsey à droite, ceux d'Ivy et de Beth à gauche. Ivy huma l'air pour déterminer si Beth avait fait brûler des bougies, puis jeta un coup d'œil sous le lit de Dhanya, où celle-ci gardait la planche de Ouija. Rien n'indiquait que Beth l'ait consultée.

Ivy se dirigea alors vers sa commode pour y prendre un tee-shirt propre. Dans le tiroir, tous ses vêtements étaient sens dessus dessous. Refusant de considérer que quelqu'un ait pu fouiller dans ses affaires, elle se changea puis déposa son sac de partitions sur son lit, où elle s'assit pour ôter ses tongs et enfiler les chaussures qu'elle mettait pour jouer du piano.

Alors qu'elle se relevait, une douleur vive lui transperça le pied droit en plusieurs endroits. Son genou fléchit. Elle se laissa retomber sur le lit et arracha sa chaussure. Interdite et horrifiée, elle fixa sa plante de pied. Sa peau luisait de gouttes de sang et d'éclats de verre. Ainsi, le passé se répétait. L'été précédent, avant de tuer Ella, la petite chatte d'Ivy, Gregory lui avait tailladé les coussinets. Quelque temps après, il avait répandu des morceaux de verre sur le tapis de bain d'Ivy. Et voilà que le cauchemar recommençait. Bien au-delà de la souffrance physique, Ivy éprouva de l'horreur à la pensée qu'elle se trouvait prise dans un piège dont elle savait que les mâchoires se refermaient peu à peu sur elle.

Grimaçante, elle retira du bout des doigts un premier éclat de verre, puis se rendit à cloche-pied dans la salle de bains, où elle extirpa le reste à l'aide d'une pince à épiler. La brûlure due aux lacérations l'élançait, et son souffle s'accéléra, mais elle était trop ébranlée pour pouvoir même pleurer. Elle plongea son pied dans un bain d'eau froide, puis entreprit de le sécher, mais la présence de morceaux qu'elle n'avait pas vus la fit tressaillir. Elle reprit la pince.

Finalement, elle appliqua un désinfectant sur ses blessures, qu'elle protégea avec des pansements, puis elle repartit en boitillant vers son lit, sur lequel elle s'effondra. Elle était terrorisée ; Gregory avait atteint son but. Elle se doutait que son acte lui avait procuré une grande satisfaction.

— Tristan ! s'écria-t-elle – en vain, car il n'avait plus le pouvoir de l'entendre.

Pour ne pas perdre le contrôle d'elle-même, elle s'interdit de s'imaginer Beth en train de perpétrer son méfait, puis elle secoua sa chaussure, pour en faire tomber les fragments étincelants jusqu'au dernier.

Elle devait prévenir Will, lui prouver que sa colère à son égard était injuste. Il fallait qu'elle le convainque de l'écouter et de l'aider à se défendre, avant que Gregory n'aille trop loin, avant qu'il ne soit trop tard, pour Beth, et pour elle.

Chapitre 4

Les vêtements de Tristan avaient fini par sécher depuis sa baignade, la nuit précédente, dans Ruth Pond. Étant donné la forte chaleur en cette fin d'après-midi, il aurait bien aimé nager dans l'étang de nouveau, mais il demeura caché au plus profond de la forêt, loin des chemins de randonnée. Malgré la faim qui le tenaillait, il s'était restreint à voler aux campeurs le strict nécessaire – un petit pain par-ci, un morceau de viande par-là – pour éviter qu'ils ne s'en rendent compte et ne soient plusieurs à le mentionner aux autorités du parc, qui auraient alors enquêté.

Tristan mourait d'envie de revoir Ivy, mais c'était impossible ; il était encore activement recherché, et les services de l'ordre attendaient certainement qu'il commette cette erreur précise pour le capturer. Il savait que le bon sens aurait voulu qu'il quitte cap Cod, mais il ne supportait pas l'idée de s'éloigner d'Ivy. Et s'il renonçait ? Qu'il la voie une dernière fois, et se laisse arrêter après ? Non. Il y avait Gregory et, si lui, Tristan, croupissait en prison, Ivy se retrouverait seule face à son tortionnaire. Il devait rester, même caché.

Au cours de la semaine qui venait de s'écouler, Tristan s'était souvenu d'un nombre croissant d'épisodes de sa vie, ainsi que de la période qui avait suivi sa mort. Et il avait repensé à Lacey. Était-elle encore sur terre ? Lorsqu'il l'avait rencontrée, cela faisait deux ans qu'elle allait où bon lui plaisait, guidée par sa seule fantaisie et son envie de s'amuser, au lieu de s'appliquer à découvrir l'objet de sa mission. Certes, une autre année avait passé, mais Tristan n'aurait pas été surpris d'apprendre qu'elle était toujours de ce monde.

— Lacey, murmura-t-il timidement. Lacey, tu es là ? Est-ce que tu m'entends ? Lacey, j'ai besoin de ton aide.

Des feuilles se mirent à bruire et un insecte vint bourdonner à ses oreilles. Mais la voûte vert sombre des chênes et des pins lui bloquait la vue du ciel et Tristan se sentit soudain seul, prisonnier de son environnement.

— Regardez qui voilà, le salua soudain une voix familière. Boucles d'Or avec une barbe !

— Lacey ! se réjouit Tristan tout en la cherchant des yeux.

Ce faisant, il remarqua un halo mauve sur une branche à deux mètres environ au-dessus de sa tête. Alors qu'il effectuait un pas en arrière pour mieux l'observer, sur une virevolte, le halo de couleur atterrit à ses côtés. Tristan le contempla avec tendresse.

— Comme j'aimerais pouvoir te toucher et te prendre dans mes bras, dit-il. Mais j'ai perdu tous mes pouvoirs. Je ne te vois plus.

À peine avait-il fini sa phrase qu'une jeune fille aux cheveux longs de teinte magenta, vêtue d'un caleçon et d'un haut sans manches, se matérialisa, aussi réelle que les troncs d'arbres autour de lui. Abasourdi, il tendit le bras et referma les doigts sur une main plus petite que la sienne, aux longs ongles vernis de violet. Il attira Lacey à lui et se réjouit de la chaleur de son corps.

— Comme c'est bon de te revoir, murmura-t-il.

La jeune fille se libéra de son étreinte.

— Tu m'as manqué, Lacey.

— Je suppose que tu m'aurais manqué aussi si je n'avais pas été trop occupée, balbutia Lacey en reculant encore d'un pas.

— À quoi ? s'enquit-il. À faire apparaître des photos bizarres sur les grands écrans de Times Square ? À terroriser des petites filles qui s'amusent dans un cimetière ? Tu te rappelles la grande fête chez les Baines, quand tu as fait grimper Ella sur la table où se trouvaient les boissons et que tu as commandé un bol de lait au serveur comme si c'était elle qui parlait ?

— Oui, c'était le bon vieux temps, répondit-elle avec un sourire.

— J'en déduis que tu n'as toujours pas trouvé ta mission, observa Tristan.

— Ne te fie pas aux apparences, lui répliqua Lacey. Je ne suis peut-être pas encore passée dans la Lumière, mais, au moins, je ne suis pas qu'un vulgaire corps comme toi… d'autant que ce n'est même pas le tien.

Tristan ne put qu'acquiescer d'un signe de tête.

— C'est comment, la vie d'un meurtrier en cavale ? reprit Lacey.

— Pas très drôle. Comment se fait-il que tu sois au courant ?

— On en parle partout dans les journaux et sur Internet. Je ne m'éloigne jamais trop des propriétaires de tablettes numériques. Il t'en a fallu du temps avant de m'appeler.

— Je ne savais pas qui j'étais, lui rappela-t-il.

— Si tu ne venais pas de me dire que je t'ai manqué, je n'aurais pas été étonnée que tu me fasses venir uniquement pour me demander un service.

— En fait…

— Oh, oh !

— Lacey, j'ai vraiment besoin de toi.

— Ça recommence, marmonna-t-elle en grimaçant. Qu'est-ce que tu crois ? Qu'on joue dans une série télé ? Tu sais, de toutes mes années à Hollywood, je n'ai jamais voulu me cantonner à un seul rôle.

Tristan n'avait pas gardé le même souvenir qu'elle de sa carrière d'actrice, mais décida qu'il valait mieux ne pas la reprendre sur ce point.

— Ivy croit que Gregory est revenu, déclara-t-il à la place.

— Ce qui signifie… laisse-moi deviner… qu'Ivy est en danger.

Tristan passa outre au ton sarcastique de son amie et poursuivit :

— Il m'est difficile de lui venir en aide… maintenant.

Des rires et des voix de randonneurs s'élevèrent au loin. Tristan tourna la tête d'un air inquiet, avant de reprendre dans un souffle :

— Si la police m'attrape…

— La police est le moindre de tes soucis ! s'exclama Lacey.

— Ne parle pas si fort, l'enjoignit Tristan.

Aussi souple qu'un chat, Lacey se suspendit d'un bond à la branche au-dessus d'elle.

— Si qui que ce soit remarque que…

— Ne parle pas si fort, l'interrompit Lacey.

Elle observa les alentours en silence un instant.

— C'est bon, ils sont partis, annonça-t-elle en se laissant retomber lestement sur le tapis d'aiguilles de pin.

Elle tendit alors le bras vers Tristan et enroula une de ses mèches de cheveux sur son doigt.

— Tristan, reprit-elle, est-ce qu'il t'est jamais venu à l'idée que quelqu'un a passé à tabac ce corps sexy que tu traînes avec toi, l'a laissé pour mort, et risque de ne pas être très heureux de découvrir qu'il bouge encore ? À ta place, je couperais ces jolies boucles dorées et j'essaierais une teinture nuance brunette, pour hommes bien évidemment. Je crois qu'ils en font pour les barbes aussi.

Séduit par son continuel entrain, Tristan la regarda avec un sourire béat, qui eut pour effet de la faire reculer de nouveau.

— Je prévois de me déguiser, lui confia Tristan sans remarquer sa réaction, mais, pour l'instant, il faut que je reste caché ici, jusqu'à ce que la police pense que j'ai quitté le cap.

— En voilà une bonne idée ! s'exclama Lacey en claquant des doigts. Quitter le cap. T'en aller aussi loin que possible. Je vais repousser les rendez-vous avec mes autres clients pour te donner un coup de pouce.

— Non, je ne peux pas quitter Ivy.

— Bien sûr que si.

— Pas alors qu'elle est en danger.

Lacey secoua la tête d'un air affligé.

— Eh bien, dans ce cas, tu as entre les mains ce qu'on pourrait appeler un problème éternel.

— Autrement dit ?

— À ton avis, qui écrit le scénario de ce film ? Je doute fort que le grand chef là-haut apprécie les corrections que tu apportes à son texte.

— Je ne comprends pas.

— Tu as enfreint le règlement, Tristan. Tu t'es pris pour Dieu quand Ivy a eu cet accident. Les poupées qu'il fait mourir sont censées rester mortes. Or, toi, tu as donné à Ivy le baiser de la vie.

— Je ne l'ai pas fait pour la ressusciter. Je voulais juste la tenir dans mes bras.

— Tu es pitoyable.

— Je voulais... caresser son visage... l'embrasser une dernière fois...

— Parfaitement pitoyable.

En dépit de son attitude volontairement sarcastique, Lacey n'avait pu dissimuler une certaine émotion. Alors qu'elle s'apprêtait à se tourner, Tristan l'attrapa par le bras.

— Tu ne crois pas vraiment ce que tu dis, si ? lui demanda-t-il. Tu me comprends, Lacey, je sais que tu me comprends. Toi aussi, tu as aimé quelqu'un, je m'en souviens maintenant. Juste avant que je parte, tu m'as dit que...

— La différence entre toi et moi, le coupa-t-elle en se libérant d'un geste brusque, c'est que j'ai vite retrouvé la raison.

Tristan se rendit enfin compte qu'elle évitait son regard.

— Ce n'est pas bien de mentir quand on est un ange, la réprimanda-t-il d'un ton plaisant.

— Elle est bien bonne, celle-là ! s'exclama Lacey en relevant la tête vivement. Surtout de la part de quelqu'un qui a perdu ses pouvoirs. Tu ne comprends donc pas, Tristan ? Tu es déchu ! Tu ne te matérialises plus. Tu n'es rien d'autre que ce corps qui n'est plus le tien. Tu entends ? Tu es déchu !

Tristan retint son souffle. Était-ce possible ? On ne l'avait pas renvoyé parmi les mortels pour protéger Ivy de Gregory ? Bien sûr, il savait qu'il n'avait plus de pouvoirs, mais il avait présumé qu'il était fondamentalement le même que lorsqu'il avait marché vers la Lumière, et non un individu lambda voué à errer sans but sur terre. Abasourdi, il se laissa glisser contre un tronc d'arbre.

— Je te le dis, Tristan, c'est ta dernière chance, reprit Lacey.

— Comment ça, ma dernière chance ? balbutia-t-il.

Lacey perdit de son assurance.

— Je... je ne suis pas sûre. En tout cas, tu es déjà mort une fois et, à mon avis, c'est ton éternité que tu mets en jeu maintenant.

Tristan tritura en silence des feuilles rabougries et des aiguilles de pin marron qui recouvraient encore le sol, bien que l'été soit à son plus fort et la végétation verte et vigoureuse, un rappel s'il en fallait que vie et mort se mêlaient au rythme des saisons. Les êtres humains et les anges voyageaient-ils en boucle ou cheminaient-ils en droite ligne vers l'éternité ? Tristan n'avait pas la réponse, et ne comprenait pas davantage la signification de son statut de mort vivant. Il ne savait qu'une chose : il aimait Ivy.

— Lacey, est-ce que tu voudrais bien transmettre un message à Ivy de ma part ?

— Et toi, est-ce que tu as entendu ce que je viens de te dire ?

— Oui.

— Tu m'épuises. À plus d'un titre, ajouta-t-elle en levant les mains.

Sa peau était devenue translucide.

— J'arrive à me matérialiser un peu plus longtemps chaque fois, mais…

Tristan la regarda s'estomper.

— Lacey, ça va ?

Le halo mauve fila se cacher derrière un arbre, avant de réapparaître à gauche, puis à droite, comme un enfant jouant à cache-cache.

Tristan sourit.

— Lacey, est-ce que tu veux bien me rendre un service pour qu'Ivy sache que je ne l'ai pas abandonnée ? répéta-t-il.

— Quel genre de service ? grommela-t-elle.

— J'aimerais que tu mettes un penny brillant sur son oreiller, ou dans sa main, peu importe pourvu qu'elle le remarque et comprenne que c'est un message de ma part. Le jour où j'en ai trouvé un au fond de l'étang, je me suis souvenu de la première fois que je l'avais embrassée, au lycée, alors qu'elle-même venait de ramasser une pièce dans la piscine. C'est à partir de ce moment-là que la mémoire m'est revenue. Apporte-lui un penny, s'il te plaît. Elle comprendra tout de suite.

Le halo mauve s'étira en un mince tortillon jusque dans les branches des arbres.

— Tu as de la chance que je sois fatiguée, Tristan, dit Lacey d'une voix de plus en plus faible. Sinon, je te collerais une calotte.

Chapitre 5

— Max ! Je ne savais pas que tu étais là.

Ivy redescendait dans la cuisine, après avoir passé un long moment à se remettre de l'incident et à préparer ce qu'elle dirait à Will. Max, lui, se tenait debout devant un placard ouvert.

— Je suis venu remplir la bouteille d'eau de Dhanya et j'allais en profiter pour prendre quelque chose aussi, expliqua-t-il à Ivy, un verre à la main. Ça va ?

— Ouais, gronda-t-elle.

Elle était contrariée de devoir lui parler, mais elle se sermonna aussitôt : « Du calme, Ivy. Tu ne l'as pas entendu parce que tu étais préoccupée, ou parce qu'il ne voulait pas te déranger et a essayé de se faire discret, pas parce qu'il cherchait à t'espionner. »

— Il y a du thé glacé à la framboise dans le réfrigérateur et des sachets de limonade dans le placard juste à côté de toi, lui indiqua-t-elle pour se rattraper.

— Je peux t'offrir quelque chose ? lui proposa Max.

La première fois qu'il était venu à l'auberge, à l'occasion d'un barbecue, il avait suivi Dhanya partout avec l'espoir non dissimulé de se faire servir. Ivy se demanda si son amie avait remarqué à quel point il avait changé de comportement.

— Non, mais je te remercie, lui répondit-elle en agitant par inadvertance la main avec laquelle elle tenait sa chaussure.

Max la regarda avec surprise.

Avant qu'il ne puisse lui poser la question du pourquoi et du comment, Ivy se dirigea avec hâte vers la porte de derrière.

— Ivy ! l'appela-t-il.

Elle se figea.

— J'ai une grande maison. Viens à ma fête avec Kelsey et Dhanya ce soir. Si tu t'ennuies, tu pourras te réfugier dans la bibliothèque, ou ailleurs. Les pièces où s'enfermer ne manquent pas. Ça m'arrive souvent de le faire quand je donne une soirée.

— Merci, Max. Je doute d'être des vôtres tout à l'heure, mais je n'oublierai pas ton offre.

Une fois dehors, Ivy traversa la zone boisée derrière le *cottage* en direction de la grange rénovée. Deux des suites que tante Cindy y avait aménagées pour ses clients donnaient sur le jardin et l'auberge, tandis que la troisième faisait face au bosquet, qui protégeait l'ensemble de la propriété du bruit de la rue Cockle Shell. La chambre que Will occupait, sans vue, avait été installée à l'étage dans ce qui avait servi autrefois d'appentis.

Alors qu'elle s'en approchait, Ivy entendit des voix. Elle s'arrêta un instant, l'oreille tendue, puis reprit son chemin pour aller se plaquer contre le mur directement sous la fenêtre de Will. Beth était avec lui.

— Tu ne vois donc pas qu'Ivy a changé ? disait-elle.

— Tout le monde change, lui répondit Will. Suzanne est sans doute la seule à l'avoir compris et c'est pour ça qu'elle a préféré passer ses vacances en Italie. Toi, Ivy et moi avons espéré que tout resterait pareil jusqu'à notre départ à la fac, mais en réalité, on s'éloigne les uns des autres plus vite qu'on l'avait prévu.

— Non, je parle d'autre chose. Ivy a un vrai problème. Après avoir rencontré Luke, elle s'en est prise à toi, Will. Et maintenant, c'est moi, sa cible.

— Qu'est-ce que tu veux dire ?

— Elle… elle me reproche le retour de Gregory.

Ivy écarquilla les yeux, interloquée.

— Elle prétend que c'est moi qui lui ai permis de revenir dans notre monde le soir de la séance de spiritisme.

« Je n'ai jamais dit ça ! On est toutes responsables ! Pourquoi ment-elle ? » se demanda Ivy en appuyant l'épaule contre le bois rugueux du mur.

Elle perçut alors le bruit d'une chaise qu'on recule pour se lever, puis le grincement des ressorts du lit. En dehors du fauteuil de bureau, celui-ci était le seul endroit où Will pouvait s'asseoir dans cette chambre qu'il avait emplie de matériel de dessin et de peinture.

— Beth, quand j'ai essayé de mettre Ivy en garde contre Luke, je lui ai dit que Suzanne nous avait envoyé un e-mail pour nous prévenir qu'elle se sentait hantée par Gregory et qu'elle faisait des rêves similaires aux tiens. Je pensais que ça l'effraierait assez pour qu'elle se raisonne. Je voulais qu'elle se rende compte qu'elle mettait de nouveau toute sa confiance dans un gars qui ne le méritait pas, comme avec Gregory. De là à affirmer qu'il est revenu… c'est un peu tiré par les cheveux.

— Tu as bien cru au retour de Tristan l'an dernier.

— J'ai entendu Tristan. J'ai vu son halo. Il y avait des signes.

— J'en ai aussi.

— Vraiment ?

— Ouvre la main.

Il y eut un long silence.

— Du verre, murmura Will. Des éclats de verre.

— Elle les a cachés dans ma chaussure.

Stupéfaite, Ivy se redressa si brusquement qu'un autre fragment brillant tomba dans l'herbe de sa propre chaussure, qu'elle tenait encore à la main.

— Ivy ? Je n'y crois pas, reprit Will.

— C'est Gregory qui lui a donné cette idée. J'ai peur, Will. Je n'arrête pas de penser à l'an dernier, quand il avait recouvert le tapis de bain d'Ivy d'éclats de verre aussi. Je t'assure qu'il est là. Pourquoi sinon me ferait-elle ça ?

— Ivy ? répéta Will, incrédule.

— Elle a changé depuis qu'elle a rencontré Luke, insista Beth. C'est comme s'il lui avait jeté un sort.

Ivy entendit Will faire les cent pas dans la chambre.

— Où se trouvaient tes chaussures ? demanda-t-il à Beth.

— Dans la salle de bains.

— Quelqu'un y a peut-être cassé un verre et ramassé les morceaux sans penser à vérifier là.

Beth ne répondit pas tout de suite.

— Tu es loyal, Will, finit-elle par déclarer, et je t'admire pour ça. Malgré tout ce qu'Ivy t'a fait, tu lui restes fidèle.

Il y eut un bruit de papier froissé. Ivy supposa que Will jetait une de ses esquisses.

— J'essaie juste de comprendre, répondit-il à Beth.

— Ou de te convaincre qu'Ivy est la personne que tu n'as jamais cessé d'aimer.

La gorge d'Ivy se serra. La remarque de Beth venait de rouvrir la douleur qu'elle ressentait à avoir fait tant de mal à Will. Aurait-elle jamais l'occasion de lui rendre justice ? Comment pourrait-elle lui demander de l'écouter et de la croire encore une fois ?

— J'aime Ivy aussi, reprit Beth, mais je vois bien qu'elle s'est éloignée de nous deux. Je ne peux plus lui faire confiance.

Ébranlée par ces propos, Ivy s'affaissa contre le mur de la grange. Gregory avait-il placé des éclats de verre dans leurs deux chaussures, afin de les dresser l'une contre l'autre, comme il l'avait déjà fait avec Suzanne ? Entre autres pouvoirs qu'avait eus Tristan, il avait appris à matérialiser ses doigts. Les démons en étaient-ils capables aussi ?

À moins que Gregory n'ait obligé Beth à parler en son nom, avant qu'Ivy n'ait le temps de révéler à Will sa propre version, pour semer le doute dans l'esprit de celui-ci. Il serait désormais quasi impossible de le persuader que Gregory occupait le cerveau de Beth.

Ivy repartit vers le *cottage*. Quelle que soit la façon dont ce démon s'y était pris, il venait de remporter cette manche. Il avait réussi à monter ses deux amis contre elle.

Chapitre 6

La cicatrice qui barrait le cou de Tristan de part en part juste sous la mâchoire était désormais presque entièrement recouverte par sa barbe. Les ecchymoses sur son corps avaient disparu. La nuit précédente, il avait passé des heures à couper au mieux ses épais cheveux ondulés à l'aide d'un couteau à poisson volé à des campeurs. Ce qu'il en restait dépassait à peine d'une casquette de base-ball qu'il avait ramassée sur un chemin autour de Flax Pond. Enfin, un tee-shirt défraîchi de l'équipe des Red Sox, trouvé sur une corde à linge, finissait de lui donner l'allure de la plupart des jeunes touristes de cap Cod. Et pourtant, lorsqu'il se plaça dans la queue à la cafétéria de l'hôpital, il eut le sentiment d'avoir le mot « Recherché » placardé sur la poitrine.

La veille, après le départ de Lacey, il avait longtemps réfléchi à l'inconnu qui avait roué de coups le corps qu'il occupait. De toute évidence, Luke McKenna avait d'étranges antécédents, et tant que Tristan ne connaîtrait pas le détail de ces derniers ainsi que du déroulement de la nuit fatale où il avait perdu la vie, il constituerait une proie facile.

Pour autant qu'il le sache, l'adversaire de Luke ne s'était pas fait connaître des services de police. Pourquoi ? Avait-il, lui aussi, maille à partir avec eux ? À moins qu'il ne soit mort, auquel cas la charge potentielle de deux meurtres pesait sur Luke. Peut-être s'étaient-ils battus sur un bateau, avant que Luke ne passe sa victime par-dessus bord, une pierre aux pieds, pour la faire disparaître à jamais.

En outre, quel pouvait être le motif du différend entre Luke et cet adversaire inconnu ? L'argent ? le pouvoir ? Un amoureux de Corinne, l'ex-petite amie de Luke, avait-il voulu venger sa disparition ? Il existait trop de scénarios possibles, et pas assez de faits établis. Or comment demander aux enquêteurs le rapport rédigé la nuit où Luke avait été conduit, inconscient, à l'hôpital ? La seule personne qui accepterait éventuellement de lui donner des informations était Andy, l'infirmier qui l'avait soigné.

Bien que l'odeur de bisque de palourdes et de frites lui ait mis l'eau à la bouche, Tristan, forcé à l'économie par sa situation, se contenta de commander un café. Après s'être approprié un journal abandonné, il s'assit devant la longue baie vitrée, à contre-jour, pour garder les traits de son visage dans l'ombre. Sa capacité croissante à ruser ne cessait de le surprendre, et de le gêner parfois aussi.

Il se demanda combien de temps il pourrait profiter de la cafétéria sans se faire remarquer. Andy n'était peut-être pas de service ce jour-là, mais il ne pouvait pas prendre le risque de monter vérifier à l'étage où il travaillait. Aussi, Tristan attendit. Il feignit de lire, de siroter son café, l'œil fixé par-dessus le rebord de son gobelet sur chaque nouvelle personne qui entrait. Il les enviait, ces employés las et affamés, qui ne se rendaient pas compte de la chance qu'ils avaient de pouvoir manger avec leurs amis et aller où bon leur semblait sans avoir à s'inquiéter d'être traqués.

Au bout de quarante-cinq minutes, Andy apparut enfin, accompagné de deux collègues féminines. Tous trois étaient en tenue de bloc opératoire. Tristan fut surpris de sentir sa gorge se nouer à la vue de l'infirmier aux cheveux blond-roux. En dépit du peignoir ridiculement court qu'Andy lui avait prêté pendant sa convalescence, Tristan n'avait jamais remarqué à quel point il était trapu. Dans les jours qui avaient suivi son arrivée à l'hôpital, Tristan s'était senti si désespéré et effarouché qu'il en était devenu agressif. La seule personne à laquelle il avait fait confiance dès le début était Andy. Il lui devait beaucoup.

L'infirmier balayait la salle du regard à la recherche d'une table libre, lorsqu'il remarqua que Tristan l'observait. Comme un détective privé dans un film de série B, ce dernier souleva son journal à hauteur d'yeux pour se cacher.

Andy lui parlerait-il ? Appellerait-il la police ? Même s'il n'avait pas lu la presse, quelqu'un avait dû lui annoncer que le fameux patient qui lui avait filé sous le nez était recherché pour meurtre.

Bien que les trois collègues aient fini de manger en moins d'un quart d'heure, Tristan eut l'impression de devoir attendre une éternité. Aussi, dès qu'ils eurent déposé leurs plateaux, il se leva à leur suite et s'empressa d'appeler Andy discrètement.

L'infirmier se retourna pour l'évaluer du même coup d'œil rapide avec lequel il l'avait jaugé tous les matins en venant lui faire ses soins.

— Désolé, lui dit Tristan, j'ai été obligé de me débarrasser du peignoir.

Les yeux écarquillés, Andy pivota sur ses talons pour lancer à ses collègues, qui se dirigeaient vers le hall principal :

— Je vous retrouve en haut !

Une fois les deux infirmières sorties, il refit volte-face.

— Guy ? souffla-t-il en employant le prénom que l'hôpital avait donné à Tristan alors qu'il n'avait encore aucun souvenir ni aucune connaissance de sa véritable identité.

Tristan hocha la tête en signe d'assentiment.

— Bonté divine ! Qu'est-ce que tu fabriques ici ? Tu veux tenter le diable ou quoi ?

— Il faut que je te parle. Est-ce qu'on pourrait s'asseoir ? Juste une minute ? l'implora Tristan en lui indiquant du doigt la table où il avait laissé son café.

Andy lui emboîta le pas.

Ils restèrent un moment silencieux, Andy assis de dos à la baie, et Tristan, aux clients de la cafétéria.

— Tu as l'air en forme, finit par déclarer Andy.

— Je te dois la vie.

— N'exagérons rien.

— Je n'exagère pas. Je…

— C'est vrai, tu me dois le peignoir que je t'ai donné pour remplacer la blouse d'hôpital qui dévoilait ton arrière-train aux autres patients.

Heureux de voir Tristan rire, Andy eut un sourire qui illumina son visage hâlé et estompa les pattes-d'oie qui le marquaient. Puis il jeta un coup d'œil furtif dans la salle et reprit à voix basse :

— Tu me dois aussi beaucoup d'explications, mais sois bref. Les hôpitaux sont remplis de curieux. Qu'est-ce que tu viens faire ici ?

— J'ai besoin d'informations. Quand je suis arrivé, j'étais dans quel état ?

— Je n'ai fait ta connaissance qu'après ton séjour en soins intensifs.

— Tu as dû lire leur dossier médical.

— Oui. Tu avais avalé beaucoup d'eau salée. Étant donné ta confusion mentale quand tu as repris connaissance, on a pensé que ton cerveau avait été atteint, mais les scanners n'ont révélé aucune lésion. Est-ce que tu as retrouvé la mémoire ?

— Non. Je ne me souviens de rien concernant la vie d'un gars du nom de Luke.

Andy l'observa d'un air surpris, peut-être à cause de la formulation que Tristan avait utilisée. Or ce dernier ne voyait pas comment expliquer que le fameux Luke n'était pas lui – du moins sans courir le risque que l'infirmier l'expédie chez le psychiatre de l'hôpital.

— Tu ne te rappelles... rien ? redemanda Andy lentement.

— Tu veux parler du meurtre que j'aurais commis ? Non.

— Ton taux d'alcoolémie était élevé, reprit l'infirmier. Chaque personne a un seuil de tolérance différent en matière d'ébriété, selon sa constitution et le niveau d'alcoolisme, mais j'étais surpris que les chiffres ne soient pas plus importants. Tu es resté longtemps dans le coma. Tu avais perdu du sang, mais pas trop – le coup de couteau n'avait pas été aussi profond qu'il y paraissait. Il semblait possible qu'on t'ait frappé à la tête, mais, comme je te l'ai dit, on n'a trouvé aucun signe de lésion grave. Malgré ce que tu avais ingurgité, tu n'avais apparemment pas manqué d'oxygène comme quelqu'un resté sous l'eau pendant un long moment. Bref, tu étais une véritable énigme médicale. En parlant de ça, comment va Ivy ?

— Tu étais au courant ? s'étonna Tristan, avant de se pencher pour ajouter : Ils l'ont mentionnée dans le journal, c'est ça ?

— Non. Ils protègent l'identité des mineurs. Mais elle est venue me voir l'après-midi même où tu t'es éclipsé. En plus, le jour où je l'ai envoyée avec ses amies au solarium, en espérant que ça te mettrait de bonne humeur, je n'ai pas manqué de remarquer ton expression quand tu as quitté la salle comme une fusée...

Il sourit.

— Tu l'avais déjà dans la peau. Sans compter que je t'ai vu revenir au solarium, après le départ de ses amies.

— Rien ne t'échappe.

— Si, ceux de mes patients qui quittent mon étage par l'escalier de service, répliqua Andy sèchement. Guy... enfin,

Luke, il y a autre chose que je dois te dire. On a fait des tests toxicologiques, qui se sont révélés négatifs. Mais il existe des substances qu'on peut faire ingérer à quelqu'un à son insu et qui ne laissent pas de traces chimiques identifiables dans l'organisme. Celle que je connais est utilisée à des fins médicales : elle paralyse le patient de façon temporaire. Il arrive qu'elle provoque des effets secondaires, comme des trémulations, surtout quand le patient se réveille. Quand on est infirmier, on apprend à reconnaître ces signes cliniques, et je les ai observés chez toi.

— Est-ce que tu en as parlé à la police ?

— Pendant ton séjour, ce qui les intéressait, c'était de recueillir les dépositions des secouristes et des médecins, pas celles d'un petit infirmier.

Andy plongea son regard dans celui de Tristan.

— Comprends-tu ce que je veux dire ?

Tristan hocha lentement la tête, conscient de la signification de l'information qu'Andy venait de lui fournir.

— Il est possible qu'on m'ait injecté un produit toxique pour m'empêcher de courir ou de nager, et de me défendre.

Un frisson lui parcourut le dos.

— Donc, si j'ai atterri ici, ce n'est pas à cause d'une discussion qui a mal tourné ou d'une bagarre entre deux gars éméchés. J'ai été victime d'une tentative de meurtre préméditée.

— Et l'auteur de cette première tentative risque de réitérer. Sois prudent.

Le bipeur de l'infirmier sonna.

— As-tu un endroit sûr où aller ? reprit Andy sans prêter attention au signal sonore.

— Oui, mentit Tristan.

— Tu en es certain ?

— Oui.

Le bipeur retentit de nouveau et, cette fois, Andy le consulta.

— Désolé, dit-il, je dois monter.

— Est-ce que tu vas prévenir la police que tu m'as vu ?

— À ton avis ?

Tristan se leva, prit son gobelet, et y fit tourner le fond de café un instant.

— Je ne comprends pas pourquoi tu ne signalerais pas qu'un meurtrier est entré en contact avec toi, déclara-t-il enfin.

— Et moi, je ne comprends pas pourquoi, un beau matin, je me suis retrouvé avec deux patients au dossier médical inexplicable : un garçon qui ne se souvient toujours pas du meurtre qu'il est censé avoir commis, et une fille qui aurait dû mourir avant son arrivée à l'hôpital et qui l'a quitté sans une égratignure ou presque. Sincèrement, ça n'a pas de sens. Mais vingt-trois ans de travail comme infirmier m'ont appris à accepter les miracles tout en continuant simplement de faire ce pour quoi j'ai été formé, soigner.

— Merci.

— En revanche, ajouta Andy alors qu'ils se séparaient, je risque fort de signaler le vol de mon peignoir.

Chapitre 7

— Allez-y ! Vraiment, je suis sérieuse. Je peux faire les lits, dit Ivy à Dhanya et à Kelsey en les chassant dans le couloir du premier étage de l'auberge.

Il était quatorze heures. Après avoir servi le petit déjeuner, toutes trois avaient passé l'aspirateur, lavé les lavabos et changé les serviettes, pendant que Will faisait la même chose dans la grange. Lui avait maintenant rejoint Beth, avec laquelle il finissait de nettoyer le jardin. Ivy se demandait si tante Cindy n'avait pas remarqué le comportement étrange de sa nièce et ne lui assignait pas à dessein des tâches qui la maintenaient à distance des clients.

— Je ne suis pas pressée, reprit Ivy. Je peux m'occuper de ce qu'il reste à faire.

— Je croyais que tu venais avec nous à Chatham, protesta Dhanya.

— Une autre fois, lui répondit Ivy. C'est promis.

Kelsey lâcha une pile de draps pliés dans ses bras.

— Viens, Dhanya, on perd du temps. Cueillez dès aujourd'hui les marguerites de la vie, comme dit l'autre.

— Les roses, Kelsey. Cueillez dès aujourd'hui les roses de la vie[3], rectifia Dhanya en la suivant en bas de l'escalier de service après un dernier regard vers Ivy.

---

3. Titre d'un poème de Pierre de Ronsard écrit en 1578, dont le thème, récurrent depuis Horace et son *carpe diem*, est repris, entre autres, par le poète anglais Robert Herrick en 1648 dans son poème « To the virgins, to make much of time » (*Aux vierges, pour profiter du temps présent*).

Tristan avait échappé à la police neuf jours auparavant. Plus le temps passait, plus Ivy sentait le poids de l'attente. Elle n'avait aucune nouvelle et souffrait de la crainte grandissante que quelque chose ne lui soit arrivé dont elle ne saurait jamais rien. Aussi préférait-elle travailler plutôt que s'allonger au soleil, et n'importe quelle activité à l'oisiveté, pour s'empêcher de penser.

Elle s'apprêtait à préparer les lits pour les nouveaux clients de la journée lorsque tante Cindy l'appela depuis le palier.

— Ivy, tu veux bien descendre, s'il te plaît ? Mme Donovan est là.

Tante Cindy n'appelait jamais l'officier Rosemary Donovan par son grade, probablement, supposait Ivy, pour que ses clients ne s'inquiètent pas des visites répétées de la police auprès d'une employée de la maison. De son côté, l'officier Donovan venait toujours en civil, avant de prendre son service. Ivy la soupçonnait de vouloir établir une relation de confiance avec elle dans l'espoir de capturer Luke.

— Je n'ai pas encore fait les lits, répondit Ivy en apparaissant dans le couloir. Est-ce qu'elle peut monter ?

Ivy évitait de s'asseoir autour d'une table avec la jeune femme policier, de sorte à ne pas se sentir soumise à un interrogatoire.

— Personnellement, je veux bien, lança l'officier Donovan depuis le rez-de-chaussée. J'ai toujours voulu jeter un coup d'œil aux chambres.

Ses cheveux noirs rassemblés en une longue queue-de-cheval et ses lunettes de soleil aux verres courbes perchées sur le haut de sa tête comme à l'accoutumée, elle grimpa les escaliers d'un pas leste.

— Oh, qu'elle est jolie ! s'exclama-t-elle en entrant dans la chambre baptisée Au temps des pommes. Jolie et confortable.

— C'est une de mes préférées, confirma Ivy.

La jeune femme admira les frises au pochoir, la courtepointe rouge, et les anciens casiers à pommes reconvertis en tables de nuit, avant de s'asseoir dans un rocking-chair rehaussé d'un coussin en tapisserie.

— Un jour, j'aurai une maison avec des pièces comme celle-ci, déclara-t-elle.

Tout en hochant la tête, Ivy étendit sur le matelas une alèze propre, qu'elle fixa à chaque coin.

— J'ai des nouvelles, dit soudain l'officier Donovan. Luke est parti.

Ivy, qui dépliait le drap-housse, s'arrêta net dans son mouvement. Le tissu de coton retomba doucement sur le lit.

— Parti… où ? balbutia-t-elle une fois ses esprits retrouvés.

— Il a fini par quitter le cap, et le Massachusetts sans doute aussi.

Ivy le voulait en sécurité, mais…

— Comment le savez-vous ?

— Le personnel de nettoyage d'une aire de services d'autoroute a retrouvé son téléphone portable dans l'espace commercial vers cinq heures ce matin.

— Où ?

Ivy n'avait pu s'empêcher de poser la question trop rapidement, et avec un intérêt trop marqué.

— Sur la Massachusetts Turnpike. Au niveau de Ludlow. La mauvaise nouvelle, c'est qu'à partir de là, on n'a plus aucun indice. S'il est monté avec quelqu'un qui circulait sur la route 84, il peut être allé vers le nord comme vers le sud ; et si le conducteur voulait rejoindre le Thruway, ça veut dire qu'il traverse l'État de New York vers l'ouest à l'heure qu'il est.

La jeune femme s'interrompit pour observer Ivy.

— La bonne nouvelle, c'est qu'il est probablement loin.

Ivy baissa la tête, feignant de se concentrer sur le lit à faire.

— Ivy…

— Oui ? répondit-elle en tirant d'un coup sec sur le dernier angle du drap-housse.

— Les criminels qui agissent en loups solitaires manquent vite d'argent et de personnes à exploiter. Il n'est donc pas inhabituel qu'ils reviennent voir la dernière qui les a aidés. Je veux que tu sois prudente au cours des prochaines semaines.

— Entendu, acquiesça Ivy tout en étalant un drap de dessus de façon égale des deux côtés du lit.

— Il est dangereux.

— Oui, murmura Ivy en jetant une couverture d'été sur le drap.

— Très dangereux.

— Je sais.

L'officier Donovan se leva pour attraper un pan de la couverture et ne la lâcha que lorsque Ivy daigna enfin la regarder.

— Ivy, écoute-moi. Même si tu refuses de croire que Luke soit un meurtrier, tu ne peux tout de même pas nier la brutalité de la bagarre dans laquelle il a été impliqué. Tu as vu l'état de ses blessures à l'hôpital. Quelles que soient les raisons de ce fait, Luke vit dans un monde de violence. Ne te laisse pas prendre entre deux feux.

— C'est un bon conseil.

— Oui, marmonna Donovan. À condition que tu le suives.

Une fois le lit fini, l'officier Donovan partit.

Une demi-heure plus tard, alors qu'Ivy traversait le jardin entre l'auberge et le *cottage*, elle remarqua Beth et Will, assis sur la balançoire. Le regard perdu dans le vague, Beth avait un carnet ouvert sur les genoux. Will, lui, dessinait sur son bloc à spirale. Ivy regrettait tant l'époque où tous trois s'entendaient si bien. Elle adorait alors les observer, tandis que, la tête penchée l'un vers l'autre, ils donnaient libre cours à leur talent créatif en riant, totalement absorbés dans la bande dessinée qu'ils composaient. Will ne se rendait-il donc pas compte de la distance que Beth gardait désormais entre elle et tout ce qui lui importait jusqu'alors ?

— Salut ! lança Ivy.

Contrairement à Beth, qui l'ignora, Will leva les yeux vers elle. Ivy combattit l'irritation qu'elle éprouvait encore à son égard pour avoir dénoncé Guy à la police, et lui annonça simplement ce qu'il savait déjà :

— L'officier Donovan est passée me voir.

— Ah bon ?

— Elle pense que Luke a quitté le cap. Ils ont trouvé son téléphone portable dans une aire de services sur le Mass Pike.

Will hocha la tête sans exprimer une seule émotion. Ivy aurait préféré essuyer sa colère plutôt que cette froideur mêlée d'indifférence feinte. Elle se serait sentie moins abandonnée. Elle repartit donc vers le *cottage*, où elle prit son sac de partitions.

Elle n'avait pas joué depuis plus d'une semaine, en partie par peur de devoir affronter le père John. Le prêtre l'avait autorisée à utiliser le piano de l'église, avant d'aider « son ami Guy » à trouver un emploi auprès de l'un de ses paroissiens. Recommander les services d'un meurtrier : quelle image à donner pour un prêtre !

Ivy s'attendait désormais à ce qu'il refuse d'ouvrir son lieu de culte à une jeune fille qui avait de telles fréquentations.

Un quart d'heure plus tard, alors qu'elle s'entretenait avec la gouvernante du presbytère, le père John surgit de son bureau.

— Ivy, vous m'avez manqué ! s'exclama-t-il. Vous voulez jouer ?

— Oui.

— Alors, je vous accompagne jusqu'à l'église. J'en profiterai pour vous montrer en chemin ma toute dernière rose. C'est une Glamis Castle.

Le prêtre mena Ivy vers un jardin ceint par une clôture de piquets blancs. Alors qu'il en poussait le portail, il se tourna vers elle.

— Comment allez-vous ? lui demanda-t-il.

— Bien.

— La semaine a été rude, sans doute.

— Oui.

— Kip m'a demandé de vos nouvelles.

Ivy montra son appréciation d'un hochement de tête.

— Il a été si gentil avec... Luke, murmura Ivy. Il lui a donné du travail, un lieu où vivre, lui a prêté son téléphone, et sa moto.

— Kip et sa femme aimaient beaucoup Luke et ont été aussi choqués que moi par la nouvelle...

— Je vous dois des excuses. J'aurais dû vous avouer ce qui s'était passé à l'hôpital. Je... j'aurais dû, mais je lui faisais confiance.

— Ce n'est plus le cas ?

Ivy se mordit les lèvres de dépit.

— Je n'ai perçu aucun mal en lui, reprit le prêtre. Et Kip non plus. Pour nous, c'est un bon travailleur et quelqu'un d'honnête. Kip m'a dit qu'il avait tout laissé chez lui, y compris sa paie. Nous espérions tous les deux que la police s'était trompée sur son compte, et qu'il pourrait revenir.

— Moi aussi, admit Ivy.

Quel soulagement de constater que quelqu'un d'autre partageait sa vision, au-delà des apparences. Ainsi, sans connaître l'histoire de Luke, des tierces personnes avaient perçu la bonté de son cœur. Quel réconfort de ne pas avoir à prétendre être horrifiée par la relation qui la liait à lui !

— Merci, murmura Ivy au prêtre avec reconnaissance.

Le père John lui indiqua du doigt un arbrisseau qui miroitait de roses blanches pommées, puis l'accompagna jusqu'à l'église, dont il lui ouvrit la porte. Une fois à l'intérieur, Ivy alla aussitôt s'asseoir au piano et se perdit dans la musique. Elle ne voulait pas se laisser envahir par le souvenir des moments qu'elle avait vécus dans ce lieu en compagnie de Tristan.

Une heure plus tard, alors qu'elle prenait une pause pour s'étirer, toutes les pensées qu'elle avait réussi à refouler la submergèrent. Elle leva les yeux vers l'imposant vitrail au-dessus de l'autel, où teintes bleues et vertes se mélangeaient pour former un canot ballotté par une tempête, dans lequel Jésus, la main tendue, invitait Pierre à traverser les flots pour le rejoindre. « La mise à l'épreuve de la foi », médita Ivy.

Des voix s'élevèrent alors à l'extérieur de l'église, et le père John entra, suivi d'un homme les bras chargés d'une énorme composition florale.

— Je célèbre un mariage dans une heure et demie, expliqua le prêtre à Ivy. Mais continuez de jouer. Votre musique rend mon travail plus doux.

Tandis que la livraison des fleurs se poursuivait et que le père John préparait le maître-autel ainsi que les deux secondaires, Ivy choisit d'exécuter des œuvres qu'elle connaissait bien, mais qu'elle n'associait pas à Tristan. Une minute après le départ du fleuriste, alors qu'elle venait de s'arrêter momentanément pour décider du prochain morceau à interpréter, le père John poussa une exclamation de surprise.

Il se tenait au fond de l'église, les coudes appuyés sur le rebord du large bassin de marbre placé sur un socle que constituaient les fonts baptismaux. Il venait d'y plonger une main pour en ressortir un objet suffisamment petit pour disparaître dans sa paume.

Il remonta l'allée vers Ivy, sa main mouillée tendue, le visage exprimant à la fois bonheur et perplexité.

— C'est un penny, annonça-t-il. Un penny très brillant.

— Un enfant a dû l'y jeter, répondit Ivy en observant la petite pièce. Mon frère Philip avait l'habitude de nous en demander pour les lancer dans les fontaines des centres commerciaux.

— Peut-être, marmonna le père John d'un ton sceptique.

C'est alors qu'Ivy remarqua que de l'eau avait éclaboussé l'un des verres de lunettes du prêtre. Se levant précipitamment de sa banquette, elle se rua vers les fonts baptismaux, dans lesquels elle repêcha un second penny.

— Il y en avait deux ? demanda-t-elle au prêtre.

— Deux ? répéta ce dernier, de plus en plus perplexe.

Un penny au fond de l'eau… était-ce un signe de Tristan ? Avait-il trouvé le moyen de pénétrer dans l'église ? Pourtant, les gouttes d'eau sur les lunettes du prêtre indiquaient que… le penny venait de tomber dans le bassin. La gorge d'Ivy se serra. Dans l'impossibilité de se montrer lui-même, Tristan avait-il envoyé Lacey pour lui transmettre son au revoir ?

Elle jeta un coup d'œil rapide dans l'église. Ses petits vitraux latéraux représentaient des anges ailés vêtus de robes blanches sur un fond aux couleurs de pierreries. Or l'une de ces robes lançait des reflets mauves. « Lacey ? » s'enquit Ivy en silence.

Le halo miroitant disparut, pour réapparaître dans un vitrail derrière le père John. Lacey savait que les croyants voyaient sa lumière. Aussi, Ivy en déduisit qu'elle voulait rester cachée du prêtre. Elle rejoignit celui-ci près de l'autel. Avec un haussement d'épaules et un sourire ténu, elle déposa le second penny dans la main qu'il lui tendait. Tout croyant qu'il était, elle avait peine à imaginer qu'il accepterait son explication.

— Je vais les mettre dans le tronc des pauvres, lui dit-il.

Ivy aurait bien aimé l'en empêcher. Ces pennies valaient des milliards à ses yeux. Ils signifiaient que Tristan pensait à elle, qu'il l'aimait. Cette évidence rendait ces pièces inestimables. Elle répondit néanmoins :

— Bonne idée.

— Je vais laisser la porte ouverte pour le cas où des invités arriveraient en avance, l'informa alors le père John. Du coup, vous pourrez partir quand vous voulez… mais revenez bientôt, ajouta-t-il.

Une fois que le lourd battant de bois se fut refermé derrière lui, Ivy pivota sur ses talons.

— Lacey, tu es toujours là ?

Pas de réponse.

Elle ne voyait pas son halo, mais elle savait que l'amie de Tristan aimait jouer à cache-cache.

— Lacey, si tu es là, s'il te plaît, parle-moi. Je dois savoir où se trouve Tristan, s'il va bien. Je t'en prie, dis-moi qu'il est en sécurité. Je te demande juste une petite minute de ton temps.

Toujours pas de réponse.

— Quel mauvais caractère pour un ange ! finit par grommeler Ivy.

Là-dessus, elle rassembla ses partitions et abaissa le couvercle du piano d'un geste vif.

À une dizaine de mètres derrière elle, un livre tomba bruyamment sur le sol. Ivy fit volte-face.

— D'accord, d'accord, j'ai compris, poursuivit-elle. Tu as déposé ces pennies ici parce que Tristan t'a implorée de le faire. Tu n'es pas venue pour moi.

Ivy remonta vers l'autel pour aller ramasser la grande bible. Dans sa chute, elle s'était ouverte. Les mots noirs et rouges aux initiales bordées d'or inscrits sur la page lui sautèrent immédiatement aux yeux :

« Ruth répondit : Ne me presse pas de te laisser, de retourner loin de toi ! Où tu iras, j'irai, où tu demeureras, je demeurerai[4]. »

Ivy sanglota. La peur et la douleur qui montaient en elle depuis neuf jours la submergèrent. Elle serait allée où il allait, elle aurait demeuré là où il demeurait, si seulement Tristan le lui avait permis, si seulement il lui avait demandé de l'accompagner.

Finalement, elle se redressa. Alors qu'elle replaçait le livre saint sur l'extrémité de l'autel, elle y remarqua un bombement. De peur que l'une des pages à bordure dorée ne soit écornée et abîmée, elle s'empressa de le rouvrir. Une pièce était logée au début du Livre de Ruth. Bien qu'elle soit à l'effigie d'un ange, comme celle que Philip avait donnée à Guy quelques semaines auparavant, elle semblait être en or massif.

Ivy la déposa dans le tronc des pauvres en sortant.

— Lacey, tu es une vraie peste, s'esclaffa-t-elle à travers ses larmes.

---

4. Livre de Ruth (1, 16), Ancien Testament, traduction d'après le texte grec par Louis Segond.

Chapitre 8

— Où étais-tu ?

Sans répondre à la question de Lacey, Tristan se laissa tomber par terre à l'abri d'une barricade de branches cassées. Puis il s'allongea sur le tendre lit d'aiguilles de pin, et ferma les yeux. L'impossibilité de relâcher sa vigilance l'avait épuisé plus que sa marche, et pourtant il avait parcouru des kilomètres.

— Ici et là, finit-il par déclarer.

— Ce n'est pas le moment de se reposer, le réprimanda Lacey.

— Il fait nuit… Ça me paraît parfait, au contraire.

— D'accord, le grognon, je pensais que tu passais ta vie à guetter ta dulcinée.

Tristan se redressa vivement.

— Ivy ? Tu l'as vue ?

— Bien sûr que oui. Et je lui ai donné de la monnaie, comme tu me l'avais demandé. Il me tarde de découvrir si elle est si futée que tu le prétends.

— Qu'est-ce que tu veux dire ?

Le halo mauve virevolta devant lui.

— Je lui ai laissé un indice. Je me demande si elle élucidera le mystère.

— Lacey, on n'est pas en train de jouer…

— Moi, si, lui répliqua-t-elle, avant d'ajouter avec une pointe de mélancolie : J'y suis obligée... Bref, il faut que j'y aille. J'ai d'autres clients à assister, des clients qui, eux, savent m'apprécier. Tu sais, j'ai dépensé beaucoup d'énergie à transformer ce bout de candélabre en pièces d'or.

— Quel candélabre ?

— Le gros et grand qui se trouve près des fonts baptismaux à St. Peter.

— Tu leur as volé une partie de leur candélabre ? répéta Tristan qui avait peine à suivre les propos de son amie.

— Juste un petit bout, lui répondit-elle en s'approchant. Tu ne pensais tout de même pas que je pouvais faire deux pièces d'or à partir de rien, si ? Les créations, c'est le rayon réservé du grand patron. Contrairement à toi, je n'essaie pas de lui usurper son rôle.

Tristan, quoique toujours déconcerté, reçut ce message précis cinq sur cinq. Il en soupira de lassitude.

— Ne t'endors pas, Tristan, lui conseilla Lacey. Et garde un œil sur l'étang. Ta poupée en a peut-être plus dans le cerveau qu'elle ne le laisse paraître.

***

Ivy tournait et virait. Fatiguées par leur soirée de l'avant-veille, Kelsey et Dhanya s'étaient couchées de bonne heure. Beth les avait imitées peu de temps après, et Ivy avait pensé pouvoir elle-même récupérer. Cependant, elle ne cessait de se demander où était Tristan. Sans l'aide de Lacey, elle ne le trouverait jamais.

Un faible miaulement s'éleva à la fenêtre du salon, dont la moustiquaire remua alors férocement. Ivy se leva pour laisser entrer Dusty. Depuis qu'elle s'était rendu compte que les pouvoirs de Gregory s'aiguisaient de jour en jour, elle n'avait plus réussi à dormir dans son lit, à seulement deux pas de Beth, sans se réveiller au moindre des mouvements de celle-ci. Aussi, une fois tout le monde endormi à l'étage, elle avait pris l'habitude de redescendre s'installer sur le canapé sans faire de bruit.

Lorsque le gros maine coon avait découvert son petit jeu, lui-même s'était accoutumé à venir chercher un peu d'attention auprès d'elle chaque nuit.

Ivy se rassit et caressa Dusty tout en réfléchissant. Quelque chose, dans ce que l'officier Donovan lui avait révélé, la chiffonnait. Si Luke possédait encore un téléphone, pourquoi ne l'avait-il pas appelée pour lui dire qu'il allait bien ? Et s'il avait préféré garder le silence de peur que la police ne le localise, il n'aurait probablement pas commis l'imprudence de laisser tomber cet appareil dans une aire de services. En outre, comment les enquêteurs savaient-ils que c'était le sien ? Kip l'avait acheté à son nom.

Le téléphone dont la police se trouvait maintenant en possession avait donc peut-être appartenu au vrai Luke. Celui-ci était mort quatre semaines plus tôt, mais il ne paraissait pas impossible que l'un des nombreux automobilistes s'arrêtant sur l'aire de services ait depuis envoyé l'appareil dans un recoin d'un coup de pied involontaire.

Toutes ces considérations mises à part, la découverte de ce téléphone semblait avoir convaincu la police que le fugitif avait quitté le cap.

« Et si ce n'était pas le cas ? » se demanda Ivy. Pourquoi Lacey lui avait-elle rendu visite ? Une étincelle d'espoir s'alluma dans son cœur. Elle se leva pour aller ouvrir un tiroir du bureau dans lequel tante Cindy conservait des dépliants touristiques destinés à ses clients. Après avoir allumé une petite lampe, elle étudia une brochure contenant un plan du parc national de Nickerson. Si Tristan y était retourné, quelle partie de ce grand domaine boisé aurait-il choisie pour refuge ?

Ivy retint sa respiration. Elle avait entendu parler des étangs de Flax et de Cliff, qui offraient plages et bateaux, mais elle n'avait jamais remarqué la petite tache de bleu juste à l'ouest de Cliff Pond : l'étang de Ruth. « Où tu iras, j'irai, où tu demeureras, je demeurerai. »

Sans perdre une seconde, Ivy s'empara de ses clés de voiture. Quelques minutes plus tard, elle quittait l'auberge, comme elle l'avait fait le soir où elle était repartie sur la plage de Race Point après y avoir célébré l'anniversaire de la mort de Tristan avec le reste du groupe. Elle s'était alors sentie attirée vers cet endroit comme par un aimant ; cette fois, cependant, elle avait toutes les raisons d'espérer que Tristan l'attendrait à son point d'arrivée.

La nuit, le parc était fermé, et seuls les campeurs avaient le droit d'y entrer. Ivy consulta le plan à la recherche d'un chemin le jouxtant où garer sa voiture. Elle commençait à regretter d'avoir à conduire cette Coccinelle blanche si distinctive. Elle ne souhaitait pas la laisser trop près d'un accès vers l'étang de Ruth, où elle brillerait comme un étendard pour toute personne à la recherche de Luke, mais le croissant de lune ce soir-là ne répandait que peu de luminosité et elle ne voulait pas utiliser sa petite lampe de poche à moins d'une absolue nécessité. Elle finit par s'arrêter à une bifurcation de la route 6A, à un kilomètre et demi environ de l'endroit où une voie pavée croisait un chemin de randonnée menant à l'étang de Ruth. La marche forcée qu'elle entreprit alors, seule sur cette route à l'extérieur du parc à deux heures trente du matin, lui donna presque le vertige. Alors qu'elle s'apprêtait à chanter à tue-tête et à faire de grands gestes pour calmer sa peur, une voiture arriva en face. Elle la croisa, puis ralentit derrière elle, comme si le conducteur hésitait.

Ivy jeta un coup d'œil furtif par-dessus son épaule, mais le véhicule poursuivit sa route. Avant qu'elle n'ait le temps de se mettre à couvert, un second apparut, qui ralentit également. « C'est normal, se persuada-t-elle. Je me poserais aussi des questions si je rencontrais une jeune fille seule au milieu de la nuit. » Elle fut néanmoins soulagée d'atteindre le chemin de randonnée qui s'enfonçait à travers les arbres.

Une quinzaine de mètres plus loin, bien que ses yeux se soient habitués à l'obscurité, celle-ci devint trop profonde pour qu'elle sache où elle allait. Le camping le plus proche se trouvait à un peu plus de quatre cents mètres de là. Malgré ses réticences, elle alluma donc sa lampe de poche, en espérant que la forêt serait assez dense pour atténuer le rayon de lumière mouvant. Elle l'orienta vers le sol juste devant elle, et fit glisser sa main jusqu'à la tête de la lampe pour que ses doigts filtrent la luminosité.

Derrière elle, une branche craqua soudain. Ivy éteignit vivement la lampe et se tourna pour scruter la trouée formée par l'intersection entre le chemin et la route. Pareille à du velours noir brossé à contre-poil, la nuit y était plus claire. Toutefois, Ivy n'y perçut aucun mouvement. Irritée par son inutile nervosité, elle reprit sa marche.

Elle avait prévu de compter ses pas pour garder trace de la distance parcourue, mais ses enjambées trébuchantes et irrégulières rendirent sa décision caduque. Elle savait qu'à un moment le chemin se divisait en trois. Les deux qui partaient sur la droite longeaient de près le bord de l'étang. Le dernier, sur la gauche, le contournait, avant de s'en écarter. Étant donné le message que Tristan lui avait transmis par l'intermédiaire de Lacey, n'avait-il pas en tête de rester près de l'eau ?

Ivy présuma cependant qu'il demeurerait caché, et que ce serait à elle de se montrer : si elle voulait qu'ils se retrouvent, il lui faudrait prendre le risque de se mettre à découvert.

Un craquement de bois fendu suivi par un piétinement de brindilles la fit tournoyer sur elle-même. Elle redressa le rayon de la lampe de sorte à pouvoir éclairer la forêt sur une quinzaine de mètres, mais une illusion d'optique en résulta qui zébra les arbres et l'empêcha de différencier les troncs des espaces vides entre chacun d'eux. Elle abaissa alors légèrement le faisceau lumineux, mais la lumière se perdit cette fois dans des branches tombées et des broussailles.

Ivy tâcha de se raisonner. Après tout, les animaux avaient le droit de faire du bruit, et ils n'étaient pas tous discrets comme des chats. Elle se remit à marcher. Au bout d'un moment qui lui parut une éternité, elle se demanda si elle n'avait pas manqué la fourche. Elle avança encore de six mètres, puis pointa la lampe vers le haut. Enfin, le panneau de signalisation ! Avec un soupir de soulagement, elle s'engagea sur le sentier du milieu, qui longeait l'eau au plus près.

Éclairé par le croissant de lune, l'étang était parfaitement immobile, telle une surface d'ébène poli. Si Tristan se dissimulait non loin de là, comment attirer son attention au mieux ? L'appeler le mettrait en danger. Ivy n'hésita pas. Se baissant pour passer sous des branches basses, elle pénétra dans les roseaux, puis dans l'étang.

Après le départ de Lacey, Tristan n'avait pu garder les yeux ouverts.

L'aller-retour entre le parc de Nickerson et l'hôpital faisait près de soixante-cinq kilomètres, ce qui constituait une énorme distance à parcourir en une journée. Étant donné que les campings étaient regroupés autour des trois étangs de Cliff, Little Cliff et Flax, il avait opté pour celui de Ruth quelques jours plus tôt. Les arbres, qui l'enveloppaient d'une obscurité bienveillante, l'avaient aidé à s'endormir et à sombrer dans le monde des rêves.

Allongé sous la galerie de bois d'une vieille maison, il observait Ivy qui se baignait dans un étang. Elle n'était pas consciente de sa présence et nagea longtemps à travers l'eau couleur saphir où se propageaient des ondes aux reflets dorés. Tristan constata avec émerveillement le plaisir qu'elle prenait maintenant à nager et à faire la planche.

Il avait une folle envie de la rejoindre pour admirer son visage, pour toucher l'extrémité de ses cheveux. Ces derniers, éparpillés sur l'eau autour de sa tête, ressemblaient sans aucun doute à des rayons de soleil.

Ivy se mit à parler, et sa voix était si proche qu'il l'entendit à l'intérieur de lui : « C'est formidable de flotter, entourée d'arbres, un grand bol de ciel bleu au-dessus de toi, alors que le soleil étincelle au bout de tes doigts et de tes orteils. » Ces mots qu'elle faisait siens désormais étaient ceux qu'il avait prononcés lorsqu'il lui apprenait à nager.

Il désirait tant la tenir. Tout ce qu'il souhaitait, c'était de l'embrasser encore une fois. Il pénétra lui aussi dans l'étang. Il tendit les bras vers elle, mais, alors qu'il voulait l'étreindre, il se sentit tiré vers le fond.

— Ivy !

— Tristan ? Tristan, où es-tu ?

— Ivy !

Sa propre pesanteur l'entraîna dans les ténèbres. La surface de l'eau le recouvrit et devint son ciel. Un enchevêtrement de grosses branches submergées l'emprisonna. Il se débattit pour remonter.

— Ivy !

— Tristan ? Où es-tu ?

Il se réveilla en sursaut. Les pins emplissaient l'air d'une odeur entêtante. Dans la trouée devant lui, haut dans le ciel, luisait doucement un fin quartier de lune. Il se leva et aperçut dans l'étang une silhouette, dont chaque mouvement provoquait des cercles brillants de lumière argentée à la surface de l'eau.

— Ivy, dit-il doucement.

Elle se retourna, le chercha des yeux dans les arbres, puis nagea précipitamment jusqu'à la rive. Lorsqu'il émergea des pins, elle s'arrêta, indécise. Elle ne le connaissait pas avec sa barbe et sa nouvelle coupe de cheveux. Il éclata de rire.

— Oh, mon Dieu ! C'est vraiment toi ! s'esclaffa Ivy en se ruant vers lui.

Il la serra fort, enfouit son visage dans sa chevelure d'or. La voir, la toucher, l'entendre... étaient-ce là les désirs normaux d'un ange déchu ? Peu importait ; il les ressentait.

Agrippée à lui, elle s'exclama :

— Comme tu m'as manqué !

— Toi aussi, lui répondit-il. Chaque minute, chaque jour.

— Je pensais que tu étais parti.

— Je n'ai pas pu.

Toujours dans l'étreinte de ses bras, elle pivota légèrement pour regarder par-dessus son épaule.

— Il faut faire attention. Quelqu'un pourrait nous voir.

— Il n'y a personne ici, la rassura-t-il.

La seule chose qui comptait pour lui désormais était la présence d'Ivy à ses côtés. Être en sa compagnie le rendait imprudent.

— Peut-être, mais on est à découvert...

La lâchant à contrecœur, il la prit par la main et l'entraîna dans le sous-bois où il avait élu domicile. Là, il s'agenouilla pour tenter de lui ménager un endroit confortable. Lorsqu'il leva les yeux, elle souriait.

— Merci pour ce coussin d'aiguilles, plaisanta-t-elle, mais c'est toi que je prévois d'utiliser comme oreiller.

Tristan se redressa pour l'embrasser, sans la toucher, en la retenant seulement par son long et pur baiser. Bientôt, elle s'abandonna contre lui. Lorsqu'ils s'assirent enfin, il s'adossa à un tronc d'arbre et elle vint poser la joue sur son torse.

Ils ne prononcèrent pas un mot pendant un long moment. Entendre la respiration d'Ivy, sentir une mèche de ses cheveux retomber sur son poignet suffisaient au bonheur de Tristan.

— Si on pouvait arrêter le temps, murmura-t-il, ou revenir en arrière…

Elle redressa la tête.

— Ce n'est pas nécessaire, Tristan. C'est déjà un miracle qu'on nous ait donné une autre chance de nous retrouver.

Il avait déjà entendu ce mot dans la journée. Andy et Ivy avaient-ils raison, ou bien Lacey ? Vivre dans le corps de Luke était-il un miracle ou un châtiment ?

— En revanche, il y a une chose que je ne m'explique pas, reprit Ivy.

Elle lui parla de la visite de l'officier Donovan et de la découverte du téléphone portable.

— Qu'est-ce que tu as fait de celui que Kip t'a acheté ?

— Je le lui ai laissé dans la grange, avec les autres affaires qu'il m'avait prêtées.

— Donc, celui qu'ils ont récupéré dans cette aire de services appartenait bien à Luke. Pour Donovan, c'était la preuve que tu avais quitté le cap. Or Luke est mort il y a quatre semaines. Auraient-ils trouvé des messages dessus ?

— Il est possible que quelqu'un s'en soit servi. Et que ce quelqu'un soit la personne qui a tué Luke.

Ivy se redressa.

— Quel dommage qu'on ne sache pas ce qui s'est passé la nuit où on t'a retrouvé sur la plage. Si je pouvais mettre la main sur le rapport de police…

— Tu ne crois pas que ta demande éveillerait un peu les soupçons ? Ivy, je pense que le plus sûr est que tu continues de prétendre ne pas vouloir entendre parler de moi.

— Et le dossier médical ? Je pourrais essayer de le demander à Andy…

— C'est déjà fait.

Tristan lui relata sa conversation, qu'Ivy écouta avec grande attention.

— Un produit toxique qui ne laisse pas de traces chimiques, répéta-t-elle lentement. Ainsi, l'agression était préméditée.

— Oui.

— Tristan, tu vas devoir être prudent !

— Je le suis déjà, lui rappela-t-il.

— Si le meurtrier lit les journaux, il croit que Luke a survécu. Et s'il revenait ? Il a essayé de t'assassiner une fois, il essaiera...

— J'en doute, la coupa Tristan. Il doit savoir que la police est sur mes talons. Pourquoi courir le risque d'être arrêté pour meurtre, alors que la justice elle-même lui offrira sa vengeance ?

Tristan observa Ivy, curieux de voir si son raisonnement l'avait convaincue. Lui-même, en son for intérieur, ne l'était pas. Son expérience avec Gregory lui avait appris que les assassins, y compris ceux qui manigançaient leur coup minutieusement, ne prévoyaient jamais toutes les incidences possibles de leurs actes, à commencer par celles qui les concernaient directement. Une fois son premier meurtre assouvi, Gregory avait été incapable de s'arrêter.

— Comment va Beth ? demanda Tristan pour changer de sujet. Est-ce que Gregory a vraiment pris le contrôle de son cerveau ?

— Je crois qu'elle... essaie de lui résister. Elle s'est isolée de tout le monde à l'exception de Will, et lui refuse de voir qu'elle a changé de personnalité. On dirait qu'il est en plein déni.

Tristan, sentant qu'Ivy n'en avait pas terminé, attendit patiemment.

— Je n'arrive plus à communiquer avec Beth, avoua Ivy en secouant la tête d'un air morose. Le mieux que je puisse faire, c'est d'essayer de regagner la confiance de Will, pour que lui tente de l'aider.

Tristan soupçonnait qu'Ivy ne lui avait pas révélé le fond de ses pensées ; toutefois, il ne le faisait pas davantage avec elle. Il avait sa propre façon d'occulter de son esprit les peurs qu'il ressentait. Et pourtant, dans son cas, le danger était unique, car la mort n'aurait plus qu'une conséquence pour lui : sa séparation d'avec Ivy.

Pour l'heure, elle était avec lui. Voilà tout ce qui comptait.

Chapitre 9

— Non, je vais à la plage avec Ivy, déclara Dhanya le vendredi après-midi.

Ivy, qui passait un tee-shirt par-dessus son bikini, ouvrit des yeux aussi grands que Kelsey. Beth et Will ayant annoncé qu'ils descendraient se baigner près de l'auberge, elle avait prévu de se joindre à eux, ne serait-ce que pour quelques minutes, avant d'aller marcher au bord de l'eau. Elle saisissait toutes les occasions qui se présentaient de renouer des liens avec Will afin de regagner sa confiance. Ils ne seraient pas trop de deux pour combattre Gregory.

— On avait décidé d'aller à Chatham, protesta Kelsey.

— On y va ce soir et demain soir, lui rappela Dhanya. Ça ne te suffit pas ?

— Tu es en colère ?

— Kelsey, le fait que je ne passe pas chaque seconde de la journée avec toi ne signifie pas que je t'en veuille.

— Alors, ça ne t'a pas dérangée que j'essaie de séduire Max avant-hier ?

Dhanya, à qui le détail avait visiblement échappé, fronça les sourcils.

— Pourquoi est-ce que ça me dérangerait ? répondit-elle. Mais, maintenant que j'y repense, je comprends mieux. En fait, c'est à toute l'équipe de hockey que tu faisais du plat !

— Exactement !

Toutes deux éclatèrent de rire.

— Tu es prête ? finit par demander Dhanya à Ivy.

— Oui… Laisse-moi prendre mon livre.

Quelques minutes plus tard, elles traversèrent le jardin devant l'auberge, puis s'arrêtèrent en haut de l'escalier qui descendait jusqu'à la plage au pied de la falaise. Les vastes dunes, l'étendue plane de sable blanc et le bleu scintillant de la mer au-delà offraient une vue spectaculaire. Au nord, l'océan contournait une langue de sable, derrière laquelle il formait une crique où mouillaient les bateaux des pêcheurs de homards et ceux des plaisanciers.

Will et Beth étaient installés sur les deux bancs placés en vis-à-vis sur le palier à mi-hauteur des cinquante-deux marches de l'escalier. Penché au-dessus de son bloc à dessin, Will était en pleine création. Beth, immobile, ne semblait prêter attention ni à ce qu'il faisait ni au classeur posé ouvert à côté d'elle.

Lorsque Ivy et Dhanya arrivèrent près d'eux, Beth tourna brusquement la tête.

— Pourquoi est-ce que tu me suis ? lança-t-elle d'un ton cassant.

— Pardon ? s'étonna Dhanya.

— Je parle à Ivy, répliqua Beth. Pourquoi est-ce que tu me suis ?

Will regarda Beth et Ivy à tour de rôle avec le même air perplexe.

— Je vais à la plage avec Dhanya.

— Moi aussi, lui rétorqua Beth.

Haussant les sourcils, Dhanya jeta un coup d'œil en coin à Ivy avant de déclarer :

— La plage est grande, Beth.

— Et tu n'as pas besoin de t'asseoir avec nous, ajouta Ivy d'une voix aussi calme et bienveillante que possible. Je vois bien que vous êtes occupés avec votre bande dessinée.

Là-dessus, elle entraîna Dhanya derrière elle, et toutes deux reprirent leur descente de l'escalier.

— Elle est de plus en plus bizarre, déclara Dhanya lorsqu'elles eurent atteint l'extrémité de l'étroite promenade en planches qui rejoignait un sentier traversant les dunes.

— Elle a changé, c'est certain, acquiesça Ivy.

Elles avancèrent dans le sable chaud.

— Kelsey m'avait prévenue que sa cousine était étrange, mais, dans sa bouche, je pensais que ça signifiait qu'elle ne faisait pas de sport, que ce n'était pas une fanatique des soirées et qu'elle ne courait pas après les garçons.

Elles étalèrent leurs serviettes à l'écart des autres personnes qui se trouvaient là, pour la plupart des clients de l'auberge Seabright.

— Qu'est-ce qu'il lui arrive, à ton avis ? reprit Dhanya.

— Je ne sais pas vraiment.

Ivy se sentait si seule quand il s'agissait de ses peurs au sujet de Beth qu'elle aurait bien aimé se confier à Dhanya. Mais il était improbable que celle-ci la croie. Et, dans le cas inverse, elle s'affolerait. Si facile et posée que soit Dhanya à première vue, elle se montrait vite déstabilisée par des comportements ou des actions qui ne correspondaient pas à ses attentes, et son rejet était alors souvent implacable. Max en avait fait les frais.

Elles ouvraient chacune leur livre lorsque Will et Beth les rejoignirent. Ils s'installèrent du côté de Dhanya, évitant Ivy. Celle-ci feignit de ne pas le remarquer.

— Vous avancez dans votre intrigue ? leur demanda-t-elle comme si de rien n'était.

À la demande de Philip, Will et Beth s'étaient lancés dans la réalisation d'une bande dessinée dont Lacey Lovett et Ella le chat, deux anges, étaient les héros.

En réponse à sa question, Beth contempla l'océan.

— Les aventures ont lieu sur le cap maintenant, n'est-ce pas ? insista Ivy dans l'espoir d'éveiller ne serait-ce que la politesse de Will.

— Oui, répondit-il en effet. Et Philip nous a demandé d'y inclure des pirates.

— Mille millions de mille sabords ! s'exclama Ivy.

Will sourit faiblement.

— On peut voir vos dessins ? demanda Dhanya en posant son livre de poche.

— Je me concentre encore sur le décor d'ensemble plus que sur l'action. On... euh... on a encore un peu de travail d'écriture à faire, ajouta-t-il en glissant un regard en coulisse vers Beth.

Sa remarque éclaira Ivy : Beth ne parvenait plus à écrire depuis la séance de spiritisme, depuis que son esprit était occupé.

— Je peux vous montrer les derniers dessins que j'ai croqués, si vous voulez. Vous me direz ce que vous en pensez, suggéra Will.

Il ouvrit son bloc à dessin, qu'il tendit à Dhanya.

— L'église au clocher ! lança Ivy, qui s'était approchée de son amie. C'est fantastique, Will !

— Elle a l'air abandonnée, fit remarquer Dhanya.

— Elle l'est.

— Will réussit toujours à donner une ambiance aux bâtiments, dit Ivy à Dhanya en tournant la page du bloc. Oh, Ella... dit-elle en souriant. C'était mon chat.

— Celui que Gregory a tué ?

Beth tourna la tête vers elles.

— Exact, confirma Ivy. Ella paraît très contente d'elle derrière ce banc d'église.

— Oui, comme si l'endroit lui appartenait, acquiesça Will. Je crois que le lieu de résidence d'Ella et Lacey pour cette série d'aventures sur le cap sera cette église.

Il se pencha pour tourner une autre page. Ella, cette fois, était assise en haut du clocher.

— À hauteur d'oiseau, observa Ivy. C'est vraiment le paradis pour elle !

— Les détails sont extra, admira Dhanya en continuant de feuilleter le bloc pour étudier d'autres scènes qui se passeraient à l'intérieur de l'édifice.

— Oui, murmura Ivy, pensive.

Depuis qu'ils étaient séparés, Will et elle n'avaient plus jamais ri ensemble, et elle se demandait comment il réagirait si elle le taquinait.

— C'est drôle, s'aventura-t-elle, je pensais que les fenêtres étaient constituées de panneaux de verre opaque... ce qui signifierait qu'on ne voit rien de l'extérieur.

Will eut un petit sourire.

— Il faut que je te dise quelque chose au sujet de Will, Dhanya, poursuivit Ivy. C'est un citoyen très respectable et respectueux des lois, hormis quand il a envie d'observer de près un objet ou un lieu qu'il veut dessiner.

— La poignée d'un des soupiraux est cassée, avoua Will.

— Quelle chance ! L'église elle-même t'a invité à entrer, plaisanta Ivy.

— À ce niveau-là de la bâtisse, on voit la pierre qui a servi de fondation au clocher, poursuivit Will avec enthousiasme. J'y ai trouvé un morceau de corde enroulée. C'est certainement celle qui était attachée à la cloche.

— Est-ce que tu es monté jusque-là ? s'enquit Ivy.

— Il n'y a pas d'escalier, mais seulement une trappe dans le plafond du rez-de-chaussée, juste sous le clocher, accessible par une échelle. Ils sonnaient peut-être les cloches depuis le sous-sol.

— Ne demande pas pour qui sonne le glas, marmonna Beth en tournant lentement la tête jusqu'à ce qu'elle rencontre les yeux d'Ivy. Il sonne pour toi.

Dhanya décocha à Ivy un regard éloquent. Will feignit de n'avoir rien entendu.

« Il voit qu'elle a changé, songea Ivy, mais il refuse de l'admettre. »

Quoi qu'il en soit, elle avait fait une percée. Il lui avait adressé son premier sourire depuis des semaines, et, bien que la demande soit venue de Dhanya, il avait accepté de la laisser regarder ses dessins et de partager avec elle son intérêt pour l'église. Ils admirèrent quelques planches supplémentaires, puis Dhanya et Ivy reprirent leur lecture, et Will, ses croquis.

Réchauffée par le soleil dans son dos, Ivy, qui avait peu dormi la nuit précédente, s'assoupit vite. Des voix et des rires la réveillèrent bientôt.

Elle souleva la tête.

— Tu t'es assez reposée ? lança Kelsey. On dirait que c'est toi qui as fait la fête hier soir.

— Si ça se trouve, c'est le cas, déclara Chase en posant une carte.

Tous deux jouaient avec Bryan et Max sur une couverture étendue près d'Ivy. Will dessinait toujours et Dhanya lisait. Beth avait disparu.

— Tu serais allée à une soirée après avoir refusé de venir à la mienne ? lança Max.

— Maxou... il t'arrive de ne pas rester toi-même à tes propres fêtes, intervint Bryan.

— J'y reste. Je me ménage des temps de repos, c'est tout, lui répondit Max.

Il étudia ses cartes un instant avant d'en poser une que Bryan recouvrit aussitôt.

— Mauvaise idée, Max !

— Mauvaise idée, Bryan ! s'exclama Kelsey d'un air triomphant en plaquant la main sur la couverture.

Chase jeta son jeu en riant.

— Elle triche, dit-il.

— Elle gagne, rectifia Kelsey. Ça t'arriverait peut-être aussi si tu étais plus concentré. Tu avais un meilleur jeu que moi. Tu aurais pu prendre la main.

— Je me bats uniquement quand ça en vaut la peine, lui répliqua Chase en prenant une longue gorgée de sa bouteille de thé vert.

— Avec Stefan, par exemple ? le taquina Kelsey. Je n'en ai pas cru mes oreilles quand tu as parié tout cet argent pour une course contre lui dans la piscine. Qu'est-ce qui t'a pris ?

— Il m'a énervé. On dirait qu'il marche aux stéroïdes.

Bryan s'allongea sur ses coudes.

— Tous les goals de hockey sont fous, déclara-t-il.

— Il n'y a pas que ça, affirma Dhanya en levant les yeux de son livre. Il fait peur.

— Et encore, tu ne l'as pas vu en pleine saison quand il est couvert de bleus, lui répondit Bryan avec un sourire.

— Pourquoi t'appelle-t-il « toupie » ? s'informa Dhanya.

— Parce que je peux faire demi-tour comme personne devant les défenseurs.

— Tu sais d'où vient ton coéquipier, n'est-ce pas ? lui demanda Chase.

Sans en dire davantage, il vissa lentement le bouchon sur sa bouteille. Il voulait visiblement obtenir l'attention de tout le monde avant de poursuivre.

Le visage de Will était resté impassible, mais Ivy suspecta, à sa façon de planter la mine de son crayon sur la page de son bloc, que Chase avait dit une phrase de trop.

— Du même quartier que Luke McKenna, reprit ce dernier.

— Vraiment ? s'étonna Max. C'est lui qui te l'a dit ?

— Il n'arrêtait pas de se vanter. Et puis il a commencé à parler de la patinoire de River Gardens. Je connais ce quartier. Les ouvriers y côtoient les voyous… et la drogue, beaucoup de drogue, répéta Chase avec un revers de main dégoûté. Mon père y a quelques clients.

— Ton père vend de la drogue ? ironisa Will.

Tout le monde rit, sauf Chase.

— Il est avocat de la défense au pénal, rétorqua-t-il froidement.

« Le même quartier, pensa Ivy, et le même âge. » Ainsi, beaucoup d'habitants du cap, voire de vacanciers, seraient probablement à même de reconnaître Luke si Tristan et elle se montraient imprudents.

La conversation dévia sur d'autres invités présents à la soirée de Max.

— Si vous daignez abandonner vos fêtes à la Gatsby un moment, sachez que j'en organise une chez moi samedi soir, annonça Chase. Avec des amis que j'ai rencontrés au ski à Jackson Hole. Je suis sûr que vous les apprécierez.

— C'est quoi, une « fête à la Gatsby » ? demanda Bryan.

— Une fête qui ressemble à celles que Fitzgerald décrit dans son roman, suggéra Will.

— Exactement, confirma Chase. Gatsby le Magnifique. Un riche qui possède tout un tas de joujoux et qui essaie désespérément de séduire une fille en organisant des fiestas coûteuses et bien arrosées.

Ivy présuma que ce condensé tendancieux du fameux livre visait à humilier Max.

— C'est très bien, ça ! approuva Kelsey avec enthousiasme.

— Qu'est-ce qui est bien ? Les soirées façon Chase ou façon Gatsby ? lui demanda Bryan.

Kelsey souleva ses longs cheveux auburn de ses épaules et les resserra en une queue-de-cheval qu'elle agita comme un éventail.

— Façon Gatsby, bien entendu, répondit-elle à Bryan avec un soupir.

— Personnellement, j'aimerais bien venir, Chase, décréta Dhanya à la surprise générale.

— Moi aussi, s'empressa d'annoncer Max. Puisqu'on y va tous les deux, je peux passer te chercher, Dhanya, si tu veux.

— Eh bien, ânonna celle-ci, prise au dépourvu, c'est que… je prévoyais d'y aller avec Ivy.

Bien sûr, Ivy n'était pas au courant et constituait un piètre alibi, mais Max refusait visiblement de regarder la réalité en face.

— Aucun problème, déclara-t-il avec un hochement de tête. Je prendrai mon autre voiture. Comme ça, on aura assez de place.

— Pour Will et Beth aussi ? le pressa Dhanya.

Le prénommé s'arrêta net dans son croquis et Kelsey roula les yeux, exaspérée par la conversation.

Ivy attendait, fataliste, que Max propose un véhicule encore plus grand, qui existait d'ailleurs certainement dans le parc automobile de la famille Moyers, lorsqu'il comprit enfin le message que Dhanya tentait de lui faire passer. Son teint s'empourpra. Kelsey se retint comme elle put de pouffer de rire. Quant à Chase, il afficha un sourire suffisant. Will décida d'intervenir.

— Pour simplifier les choses, je propose de ne rien modifier de ce qui était prévu. Max, on te retrouve tous les quatre là-bas.

— Et tu seras mon cavalier, lui lança Bryan.

— Et moi, alors ? aboya Kelsey.

— Je pensais que tu préférais les fêtes à la Gatsby, ironisa Bryan. Mais je te permets de nous accompagner si tu y tiens tant.

Ivy écouta le groupe badiner un moment encore, puis elle se leva pour aller marcher au bord de l'eau, où le vent emporta pour son plus grand plaisir les rires et les conversations. Cette journée d'attente avant de revoir Tristan lui paraissait interminable.

Tous deux savaient qu'ils prenaient des risques à se rencontrer. Tout aurait été plus simple s'ils avaient pu identifier l'origine de la menace qui planait sur eux. Gregory avait-il découvert que Tristan occupait le corps de Luke ? Le cas échéant, l'attaquerait-il ouvertement ou lui tendrait-il une embuscade à un moment opportun ? À moins qu'il ne se contente d'aider les ennemis de Luke ? Tuer le corps qui était désormais celui de Tristan serait aussi efficace que de la tuer, elle.

Toutefois, qui étaient les ennemis de Luke ? Si Andy ne se trompait pas, une ou plusieurs personnes avaient perpétré son meurtre avec une redoutable efficacité, ce dont elles n'étaient pas conscientes puisqu'elles le pensaient encore en vie. Récidiveraient-elles avec le même succès ? Ivy les mènerait-elle à son insu jusqu'à Tristan ?

Un frôlement contre son coude la fit sursauter.

— Salut.

— Oh, Bryan, soupira Ivy, soulagée, tout en emprisonnant dans ses mains ses cheveux qui lui fouettaient le visage. Tu vas te baigner ?

— Non, je me promène, lui répondit-il avec un sourire en coin avant de se placer devant elle, face à la plage, sans aucun doute pour pouvoir mieux apprécier les réactions de Kelsey.

« Il ne va pas recommencer », se lamenta Ivy intérieurement. Bryan l'avait déjà poursuivie de ses assiduités une fois à la patinoire. Il avait refusé d'admettre alors qu'il cherchait à attiser la jalousie de Kelsey, mais Ivy savait bien que c'était leur jeu préféré.

— J'ai cru comprendre qu'il y avait encore une fête ce soir, lui dit-elle.

— Oui, à quelques maisons de chez Max. Ça t'intéresse ?

— Non. Je veux juste que tu t'y trouves une fille qui, elle, sera ravie de rendre Kelsey jalouse. Tu aurais dû apprendre ça à la fac : les camarades de chambre sont propriété interdite.

Les yeux verts de Bryan pétillèrent de rire, avant de s'assombrir brusquement.

— En fait, je veux te parler, lui dit-il. Alors, je vais jouer à ce que je sais faire de mieux, tomber les filles, et t'adresser plein de sourires, te prendre la main…

— Pas ça, je t'en prie.

— … mais ce sera juste pour amuser la galerie.

— En effet, comme c'est drôle ! lança Ivy en se détournant de lui.

— Je dois te parler de quelque chose, seul à seule, ajouta-t-il.

Ivy pivota sur ses talons pour lui faire face.

— Qu'est-ce que tu veux dire ?

— C'est au sujet de Luke.

Il avait désormais sa pleine attention.

— C'était un ami.

— Un ami ! répéta Ivy, abasourdie.

Bryan le lui confirma d'un signe discret du menton.

— Tu as l'air tendue, poursuivit-il. Je vais incliner la tête ; laisse croire que je te drague.

Ivy fit une telle grimace qu'il s'esclaffa :

— Heureusement que ce n'est pas toi qui es face aux autres !

— Bon, tu connais Luke ? s'impatienta-t-elle. Pourquoi est-ce que tu ne me l'as pas dit plus tôt ?

Il détenait certainement des informations que Tristan et elle cherchaient désespérément à obtenir.

— Parce que je suis lâche.

— Je ne te crois pas, décréta-t-elle après l'avoir étudié un instant.

— Pourtant, c'est vrai. Maintenant que Luke est parti, je n'ai plus besoin de me demander ce qui est bien ou mal, ni si je dois l'aider ou pas.

— Parce que tu l'as déjà fait ?

— Je te l'ai expliqué, c'était mon ami.

— Un ami proche ?

Bryan jeta un coup d'œil vers le groupe avant de répondre :

— On a grandi ensemble, dans ce quartier dont Chase a dit tant de bien. Je savais que quelqu'un en parlerait à un moment ou à un autre. Je faisais du patin avec lui. Sa mère était alcoolique, et elle en est morte. Son père avait fichu le camp depuis longtemps… où, personne ne le sait. Luke ne se souvenait même pas de lui. Il passait beaucoup de temps chez nous.

Bryan respira profondément, lentement.

— J'ai vraiment du mal à croire que quelqu'un puisse tout oublier de sa vie, que tout ce qu'on a fait ensemble a disparu de sa mémoire.

Ivy ne fit pas de commentaire.

— Mais c'est certainement mieux pour lui.

— Mieux ? s'insurgea-t-elle. C'est mieux de ne pas savoir comment se défendre ou de qui avoir peur ?

— Le fait est que Luke n'était pas mieux armé avant de devenir amnésique. Ça te dérangerait si on marchait un peu ? Je connais bien Kelsey, et je vois qu'elle aimerait bien nous rejoindre. Heureusement, elle est trop fière pour nous courir après.

Ils marchèrent quelques minutes en silence. Le regard baissé vers l'eau écumeuse qui roulait sur ses pieds, Ivy essaya d'évaluer les conséquences de la découverte qu'elle venait de faire.

— Luke était un gars bien, reprit enfin Bryan. Il était prêt à tout pour aider un ami. Mais il se trompait souvent sur les gens. Quand on grandit dans un quartier à problèmes, où survivre est le travail numéro un de tout le monde, mieux vaut apprendre à distinguer ses amis de ses ennemis.

— Il avait beaucoup d'ennemis ?

Bryan s'arrêta pour observer une mouette tournoyer avant de fondre vers l'eau en piqué.

— Il suffit d'en avoir un. Mais non… la plupart des gens l'aimaient bien et, quand ce n'était pas le cas, ils l'ignoraient.

— Quel genre de relation avait-il avec Corinne ?

— Il était fou amoureux d'elle, soupira Bryan en secouant la tête. Elle l'a roulé dans la farine.

— C'est dur, mais à moins d'être possessif et violent, on ne tue pas quelqu'un qui vous quitte. Il la maltraitait ?

— Non. Par contre, il avait le sang chaud ; tu as dû le remarquer. Son côté passionné faisait de lui un joueur de hockey tantôt génial, tantôt lamentable. Il n'arrivait pas à maîtriser ses émotions. Et il se comportait dans la vie comme sur le terrain. Quand il buvait, c'était encore pire.

— Est-ce qu'il était soûl la nuit de sa mort ?

— Oui.

— Comment l'as-tu aidé ?

— J'ai livré à la police un petit détail véridique, pour qu'ils me croient. Ensuite, je leur ai fourni assez de fausses pistes pour qu'ils partent le chercher dans la mauvaise direction et que Luke ait le temps de s'enfuir. Je l'ai conduit à plus de cent cinquante kilomètres d'ici et je lui ai donné de l'argent. Les policiers n'ont pas beaucoup apprécié mes fausses pistes, mais ils n'ont pas cherché plus loin. À leurs yeux, je ne suis qu'un hockeyeur sans cervelle originaire d'un quartier défavorisé ou, au pire, un petit voyou fidèle à un autre, comme dit si bien Chase.

Le vent avait tourné, et Ivy fit de même pour se dégager le visage de ses mèches de cheveux.

— Kelsey arrive, murmura-t-elle.

— Ah bon ? Alors Luke n'est pas le seul à se tromper sur les filles, répondit Bryan avec un sourire ironique. Ivy, ajouta-t-il, personne au cap à l'exception de mon oncle et de Stefan… le gars dont Chase parlait… ne sait que je connais Luke, et je ne veux pas que ça change.

— D'accord.

De toute façon, il était dans l'intérêt de Tristan qu'elle n'ébruite pas cette nouvelle. En outre, Ivy estimait préférable que Bryan continue de penser que Luke avait quitté la région tant que Tristan et elle n'auraient pas réfléchi à la situation plus avant.

— J'avais une raison de te raconter tout ça, reprit Bryan. Je connais mon ami. Si Luke a des sentiments pour toi, il reviendra, même s'il doit risquer sa vie pour ça.

Ivy eut peine à ne pas laisser transparaître son émotion.

— Si tu as besoin de mon aide, n'hésite pas…

— Salut, l'interrompit Kelsey. Tu te sens regonflée, Ivy ?

— En fait, je me traîne, lui répondit celle-ci, et je m'apprêtais à repartir m'allonger.

Là-dessus, elle s'éloigna rapidement, un peu trop, pensa-t-elle, pour quelqu'un qui se disait fatigué. Une fois arrivée devant sa serviette, elle jeta un coup d'œil vers la mer. Bryan poussait Kelsey qui venait de faire pareil avec lui. Lui riait ; elle, non.

Lorsqu'elle s'assit, elle se rendit compte que Dhanya l'observait avec une curiosité non dissimulée. La conversation qu'elle venait d'avoir avec Bryan n'avait pas éveillé que les soupçons de Kelsey.

— J'aimerais bien qu'il arrête ses provocations, déclara Ivy.

— Oui... répondit Dhanya d'un air vague, visiblement peu convaincue que Bryan soit seul en cause.

Ivy tourna discrètement la tête vers Will. Il la regardait avec la même froideur qu'il avait affichée à son égard pendant plusieurs semaines. Elle venait de perdre la confiance qu'elle avait regagnée en début d'après-midi. Un pas en avant, un pas en arrière.

Chapitre 10

— Bryan ? s'exclama Tristan. Il aurait pu te fournir cette information dès le départ. Ça m'aurait évité de passer tout ce temps à chercher qui j'étais censé être.

— J'ai d'abord eu la même réaction que toi, répondit Ivy. Et puis je me suis dit qu'il avait peut-être voulu te protéger en gardant le secret. C'est Will, pas Bryan, qui t'a dénoncé à la police.

Tristan ne tenait plus en place. Tel un lion en cage, il aurait aimé casser des branches, donner des coups de pied dans les pierres. Mais il n'était que vingt-deux heures trente et les campeurs ne dormaient pas encore. En ces nuits faiblement éclairées par un mince zeste de lune, la plupart évitaient de se promener, aussi Ivy et lui couraient-ils *a priori* peu de risques. Toutefois, le matin même, un enfant, lassé d'une partie de pêche, s'était éloigné de l'étang à l'insu de ses parents et avait surpris Tristan endormi. Dans l'après-midi, en manque d'attention, le garçonnet était revenu. Il ne lui faudrait pas longtemps avant d'aller raconter à tout un chacun qu'il s'était fait un nouvel ami.

— Je pense que Bryan n'a compris que tu étais de retour que le soir de la fête foraine, reprit Ivy, la veille de la descente de police à l'auberge. Jusque-là, il n'avait pas fait le rapprochement entre toi et Guy.

— Tu penses qu'on peut lui faire confiance ?

— Je me suis posé la même question. Je crois qu'il est tiraillé entre son sens du devoir et le respect d'une amitié.

Ivy lui relata par le menu tout ce que Bryan lui avait appris.

— À mon avis, il vaut mieux que j'attende un peu avant de lui révéler que tu es toujours ici.

— Le problème, c'est qu'il doit disposer de renseignements que j'ai besoin de connaître, lui fit remarquer Tristan.

— Et que je peux obtenir de lui sans qu'il s'en rende compte, répliqua Ivy. Il sait que je suis tombée amoureuse de toi, enfin de Luke. Ma curiosité lui paraîtra naturelle.

Tristan étudia Ivy en silence. Un foulard dissimulait son abondante chevelure dorée et ses chaussures étaient couvertes de boue car, au lieu d'emprunter la piste cyclable, elle avait décidé ce soir-là de longer l'étang pour le rejoindre. Elle redoutait autant que lui que la police et les ennemis de Luke ne découvrent où il se trouvait.

— Quoi ? lui demanda-t-elle. Qu'est-ce qu'il y a ?

— Je ne sais pas... j'ai l'impression qu'on nous observe.

Ivy se mordit la lèvre.

— Toi aussi ? ajouta-t-il.

— La nuit dernière, oui, avoua-t-elle avant de respirer profondément. Tristan, je crois qu'il faut que tu partes, que tu quittes le cap.

— Non !

— Tu dois t'en aller loin d'ici.

— Je ne te laisserai pas tant que Gregory est dans les parages, affirma-t-il en la saisissant par les épaules.

— Ce ne sera pas long. Dès que j'en aurai appris un peu plus sur Luke et ceux qui lui en voulaient...

— Non.

— Je peux te conduire tout de suite de l'autre côté du canal, s'empressa-t-elle de proposer, les yeux brillants de larmes. Demain soir, je quitterai l'auberge plus tôt pour venir te retrouver et te conduire plus loin. La semaine prochaine, maman, Philip et Andrew partent en Californie, mais Beth et Will ne sont pas au courant. Je demanderai un congé de quelques jours en disant que je dois rentrer chez moi. On s'y arrêtera pour faire le plein de provisions et je te conduirai encore plus loin.

Tristan prit tendrement son visage dans ses mains.

— Écoute-moi, ma chérie. Entre ici et « plus loin », il y a des ponts, des péages… et beaucoup de caméras de surveillance, partout. L'officier Donovan t'a avertie que je reviendrais, et elle va garder l'œil sur toi. Si la police découvre que tu as quitté le cap, ils iront vérifier à ton adresse personnelle, puis ils publieront un avis de recherche.

Les larmes d'Ivy coulaient maintenant. Comme pour les arrêter, Tristan appuya sa joue contre la sienne.

— Tristan, si le meurtrier de Luke te retrouve, je… je ne supporterai pas de te voir mourir une deuxième fois.

— Et moi, je ne survivrai pas à l'idée d'être loin de toi pendant que Gregory essaie de te détruire.

Elle enfouit son visage dans le creux de son épaule.

— Il faut qu'on réfléchisse. Il doit bien y avoir un endroit. Un autre parc le long du cap, peut-être ? murmura-t-il.

— Que ce soit celui-ci ou les autres, ils sont trop exposés, et dans l'autre direction… L'église ! s'exclama-t-elle soudain.

S'il n'avait pas craint de vexer Ivy, Tristan aurait éclaté de rire.

— Je doute que le père John ait envie de m'y revoir, lui rappela-t-il doucement.

— Je parle d'une autre église, toute petite, à cinq kilomètres à peine d'ici. Une association est en train de rassembler des fonds pour la restaurer et en faire un centre culturel, mais, pour l'instant, personne ne semble jamais y venir. La pelouse n'est pas entretenue, et la poignée d'un des soupiraux est cassée. Will s'est faufilé à l'intérieur l'autre jour par cette fenêtre pour y prendre des photos…

— Et s'il y revenait ?

— Tu devrais pouvoir bloquer l'accès avec un bout de bois une fois que tu seras dedans, non ? Et si des personnes entrent par le grand portail d'entrée, tu auras probablement le temps de t'échapper puisque tu seras dans le soubassement.

— Tu peux me dire où c'est ?

— Je vais t'y conduire.

— Il vaut mieux que j'y aille à pied plus tard dans la nuit.

Comme Ivy s'apprêtait à protester, il prit les devants.

— Ivy, lui dit-il, personne ne doit voir ta petite Volkswagen blanche près de cette église.

L'air grave, les yeux rivés sur les siens, elle accepta son argument d'un signe du menton.

Ils avaient passé si peu de temps ensemble. Tristan aurait aimé partager avec elle le simple plaisir d'une promenade, à profiter de cette nuit d'été, serrés dans les bras l'un de l'autre.

Il aurait été mieux pour elle qu'elle ne l'ait jamais aimé.

— Je ne sais pas à quoi tu penses, mais tu as tort, déclara Ivy avant de l'étreindre, jusqu'à ce qu'ils sachent tous deux que le moment était venu de se séparer.

Lorsque Ivy arriva à l'auberge le vendredi soir, seul Dusty était là pour l'accueillir. Impatiente de chercher des renseignements sur la vie de Luke afin d'essayer de comprendre qui pourrait désirer sa mort, elle ouvrit son ordinateur sur la table de la cuisine et tapa River Gardens + Providence dans le moteur de recherche. Un plan du quartier apparut, qu'elle étudia quelques minutes avant de le transférer sur son téléphone portable. Puis elle survola la liste des entrées, qui renvoyaient à deux salons de coiffure, l'un pour hommes, l'autre pour femmes, à deux magasins de vins et spiritueux, à plusieurs bars, et à une école élémentaire ainsi qu'à un collège portant le nom du quartier. Ces références mises à part, River Gardens apparaissait le plus souvent dans des articles qu'elle avait lus une semaine plus tôt environ sur la mort de Corinne Santori.

En boucle dans ces derniers revenaient les deux mêmes photos d'une superbe jeune fille de dix-neuf ans aux cheveux bruns et aux yeux sombres. Il y était dit que Luke McKenna et elle étaient allés dans les mêmes écoles, jusqu'à ce que Luke arrête les cours à l'âge de seize ans. Des amis y rapportaient qu'ils s'étaient fiancés en secret, mais que Corinne avait mis fin à leur relation en février, deux mois avant son meurtre.

Ivy s'étonna de la longévité de leur histoire commune. Après le lycée, Corinne s'était inscrite dans une école d'art pour y étudier la photographie, tout en travaillant chez un photographe, ce qui lui avait également permis de louer un appartement, loin de River Gardens. Pendant ce temps, Luke semblait être resté prisonnier d'une spirale de l'échec : il avait écopé d'un casier judiciaire pour consommation d'alcool illégale avant la majorité, pour conduite en état d'ivresse à deux reprises, et pour agression devant un bar – même si les poursuites, dans cette dernière affaire, avaient été abandonnées plus tard. Ivy se demanda si Corinne n'avait pas eu pitié de lui. À moins qu'elle n'ait pas osé le quitter par crainte de sa propension à la violence.

Soudain, la moustiquaire de la porte d'entrée claqua. Ivy ferma immédiatement sa page Internet et sa messagerie.

— Qui est là ? lança-t-elle.

Personne ne lui répondit. Dusty, qui dormait sur l'une des chaises autour de la table, se dressa sur ses pattes, le regard tourné vers le salon, les narines frémissantes.

— Beth ? Dhanya ? Kelsey ? demanda Ivy.

Des bruits de pas, qu'elle reconnut comme étant ceux de Beth, s'arrêtèrent à l'entrée de la cuisine. Comme Dusty fouettait l'air de la queue et que ses pupilles s'étaient dilatées en deux grands miroirs noirs, Ivy se tourna vivement vers Beth, mais ne vit rien chez elle qui ait pu provoquer une telle réaction de méfiance chez le chat. Toutefois, quand Ella vivait encore, elle sentait l'esprit de Tristan. Dusty avait-il détecté la présence de Gregory ?

— J'allais me préparer du pop-corn, dit Ivy dans l'espoir d'entamer une conversation. Assieds-toi, ça m'empêchera de tout manger.

— Je n'ai pas faim.

— Alors, tiens-moi juste compagnie, suggéra Ivy d'un ton léger.

Beth entreprit de traverser la cuisine.

— Beth, qu'est-ce qu'il y a ? s'écria Ivy en se levant pour la saisir par le bras. Tu n'es pas toi-même. Tu ne parles plus. Beth, tu as changé. Est-ce que tu t'en rends compte ?

Elle tenta de regarder son amie dans les yeux, mais Beth détourna la tête.

— Il se passe quelque chose, Beth. Tu es hantée par Gregory.

— C'est ridicule, lui rétorqua son amie. C'est toi qu'il veut. C'est toi qu'il hante.

Là-dessus, elle se dégagea d'Ivy avant de se ruer dans l'escalier.

Celle-ci resta figée un instant, puis retourna d'un pas inquiet vers la table sur le rebord de laquelle Dusty s'était perché, son épaisse fourrure hérissée le long du dos.

— C'est lui que tu as vu ? lui demanda Ivy doucement. Est-ce qu'il est devenu assez fort pour ça ?

Comment pourrait-elle arrêter Gregory ? Lacey avait raison, il était bel et bien revenu pour se venger, et l'effet s'en faisait déjà sentir, puisqu'il détruisait sous ses yeux une personne qu'elle aimait.

Elle prit peur que Will ne se rende à l'évidence que lorsque Beth aurait commis un acte extrême. Serait-il trop tard alors pour la sauver ? Ivy ne pouvait se résoudre à l'idée qu'il n'existait plus aucun moyen de communiquer avec elle.

« Anges, aidez-moi. Guidez-moi. Montrez-moi le chemin ! »

Elle se pencha vers son ordinateur pour rouvrir et consulter sa messagerie : Philip, maman, Andrew, Philip encore, Suzanne.

Suzanne. Deux semaines plus tôt, celle-ci avait écrit à Beth qu'elle rêvait de Gregory. Ivy cliqua sur son nouveau message :

« Ivy, tu me manques. J'aimerais bien que tu sois là. »

« Et moi donc », songea Ivy.

« Est-ce que Beth va bien ? Hier, elle m'a envoyé un mot bizarre au sujet d'un rêve qu'elle a fait. Elle m'a inquiétée. »

Ivy consulta l'heure : minuit et vingt-huit minutes. En Italie, il était donc six heures et vingt-huit minutes du matin.

« De quoi parlait son rêve ? » tapa Ivy sur le clavier, avant d'envoyer le mot en messagerie instantanée. Elle se remit debout pour aller se servir un verre d'eau avec des glaçons. Puis elle fit nerveusement les cent pas. Dusty, lui, s'était installé sur les pierres devant la cheminée, le regard fixé sur le raide escalier qui montait vers la chambre.

« Réveille-toi, Suzanne, pria Ivy. Réveille-toi. »

Un petit signal sonore la fit revenir vers l'écran.

« Est-ce que tu sais quelle heure il est, ici ?!? D'une fille, étranglée par un serpent enroulé autour de son cou. »

Les sourcils froncés, Ivy se rassit et répondit :

« Probablement une fille de Providence assassinée par son ex-copain, qui vivait sur le cap. »

Ivy ne savait pas si Suzanne avait entendu parler de Luke. Elle en était à se demander si elle devait ajouter des détails à sa description, lorsqu'un grondement sourd de Dusty attira son attention. Elle envoya à Suzanne sa réponse en l'état, puis se dirigea sans bruit vers l'escalier, l'oreille tendue.

Des pas légers, probablement ceux de Beth, traversèrent la chambre vers les lits de Kelsey et de Dhanya. Ivy crut entendre un tiroir de la commode s'ouvrir puis se fermer. Elle huma l'air, pour déterminer si Beth avait allumé des bougies, qu'elle regretta aussitôt de ne pas avoir jetées, avec la planche de Ouija de Dhanya. C'étaient elle et Kelsey qui avaient décidé de faire la séance de spiritisme lors de leur première semaine à l'auberge. Beth s'était opposée à ce qu'elles utilisent des bougies au parfum d'airelle, en précisant que seules les blanches n'attiraient que les bons esprits. Maintenant, Beth avait toujours une bougie votive rouge sur la table de nuit entre son lit et celui d'Ivy.

Lorsqu'elle l'entendit repartir vers le côté de la chambre qu'elles deux occupaient, Ivy grimpa plusieurs marches sur la pointe des pieds.

— Beth ? appela-t-elle en sentant une odeur de soufre.

Elle avait craqué une allumette.

Ivy finit de monter l'escalier. Une fois sur le palier, elle découvrit son amie, allongée sur le dos, les yeux fermés. La flamme de la bougie dansait dans son support de verre rouge. La statuette d'ange d'Ivy avait été repoussée jusqu'au bord de la table de nuit, où la lumière vacillante lui donnait une apparence spectrale.

Même si Beth ne bougeait pas, Ivy était certaine qu'elle ne pouvait pas s'être endormie si rapidement. Elle vint s'asseoir sur son propre lit, en face de son amie. Le visage de cette dernière était immobile, mais tourmenté. On aurait dit un masque de mort. Tristan, qui était la bonté même, était piégé dans le corps d'un tueur et Gregory, l'incarnation du mal, se tapissait dans celui de la personne la plus douce qu'Ivy ait jamais connue. Il existait tant de façons de mourir, tant de façons de perdre un être aimé, aussi.

L'améthyste que Will et elle avaient offerte à Beth pour ses dix-huit ans, posée sur la table de nuit à côté de la bougie, étincela. Beth avait cessé de la porter depuis quelques jours, peut-être une semaine. Ivy la toucha du doigt, puis se pencha dans l'intention de souffler la flamme.

— Qu'est-ce que tu fais ? lui demanda Beth brusquement.

Ivy se redressa.

— J'allais éteindre ta bougie, répondit-elle. Ce n'est pas prudent de la laisser brûler pendant que tu dors.

— Elle est protégée par le verre.

— Peu importe. Si tu te tournes brutalement, tu risques de la renverser. Ou bien le vent pourrait souffler ton drap dessus au risque qu'il prenne feu.

Beth se contenta de hausser les épaules, puis roula sur son flanc pour tourner le dos à Ivy. La flamme vacillante projeta sur le mur son ombre sombre.

— Beth, j'ai une question à te poser. J'ai trouvé des débris de verre dans ma chaussure. Est-ce que tu saurais pourquoi ?

— C'est toi qui les y as mis, répliqua Beth sans bouger.

— Moi ! s'exclama Ivy. Ça n'a pas de sens. Pourquoi voudrais-tu que je me blesse volontairement ?

— Pour attirer l'attention, déclara Beth, avant d'ajouter d'une voix monocorde : Plus de Will. Plus de Tristan. Pauvre Ivy a besoin d'attention.

Ivy recula le buste. Gregory contrôlait-il les réponses de Beth ? Ou cette dernière, influencée par sa présence, croyait-elle réellement ce qu'elle disait ?

— C'est faux, se défendit Ivy.

— C'est faux, répéta Beth.

— Beth, regarde-moi !

Celle-ci répondit à sa demande si vivement qu'elle renversa la bougie du bras, qui alla rouler sur la table de nuit.

Ivy l'arrêta, non sans se brûler légèrement le bout des doigts, puis en souffla la flamme.

— Je ne sais plus comment faire pour te parler, Beth. Je ne sais plus !

Leurs yeux se croisèrent. Ceux de Beth brillaient d'une lueur froide, bien qu'il n'y ait plus de lumière dans la chambre qui puisse s'y réfléchir. Rassemblant toutes ses forces pour attraper la bougie sans trembler, Ivy redescendit dans la cuisine.

Chancelante, elle s'assit à la table. Suzanne lui avait envoyé un autre message :

« *IVY, C'ÉTAIT TOI QUE LE SERPENT ÉTRANGLAIT.* »

Chapitre 11

Encore à demi endormi, Tristan souleva la tête, sans trop savoir quelle heure il était ni pourquoi il se trouvait allongé dans ce qui ressemblait à un grenier. Au-dessus de lui se dessinait un carré de lumière, contre lequel s'appuyait une échelle. Il se redressa. Des poutres maîtresses formaient d'immenses X droits dans les murs de la pièce tout en bois. Un morceau de grosse corde effilochée en son extrémité pendait du plafond à trois mètres du sol environ. Tristan était dans le clocher de l'église dont Ivy lui avait parlé.

Avant de partir la nuit précédente, celle-ci lui avait donné une couverture propre, une lampe de poche et une bouteille d'eau de réserve, qui provenaient du kit d'urgence de sa voiture. Tristan avait attendu que le ciel commence à pâlir pour quitter le parc. Il était arrivé devant l'édifice juste avant le lever du soleil que, par chance, un épais brouillard feutrait. La maison la plus proche de l'église, petite et en partie cachée par un écran d'arbres, faisait face à la route 6A. De l'autre côté de Wharf Lane, une deuxième maison, à ossature de bois, délabrée, et également protégée par une haie boisée, semblait assez grande pour avoir fait office d'auberge. Une voiture était garée dans son allée trouée d'ornières. Sur le trottoir opposé se dressait un troisième bâtiment, ancien et reconverti en galerie d'art. Bien que l'enseigne ait indiqué que celle-ci fermait à dix-huit heures chaque soir, Tristan s'était glissé le plus discrètement possible le long du mur latéral de l'église où il cherchait le soupirail à la poignée cassée.

Après avoir pénétré dans le sous-sol faiblement éclairé, il avait découvert un escalier. Les marches l'avaient conduit au rez-de-chaussée de l'édifice, du côté du chœur. C'est à l'autre bout qu'il avait trouvé l'échelle sous la trappe qui donnait dans le clocher. Une fois sur le dernier barreau de cette dernière, il avait balayé le plancher de la pièce avec sa lampe pour éviter toute rencontre fâcheuse.

L'espace lui était apparu plus propre qu'il ne l'aurait pensé. Aussi, il y avait jeté son tapis de sol et la couverture qu'Ivy lui avait apportée. Apaisé par un sentiment de sécurité qu'il n'avait pas éprouvé depuis onze jours, il s'était profondément endormi.

Quelle heure était-il maintenant ? Il regarda le vestibule sombre en contrebas, puis le carré de lumière au-dessus de sa tête. Curieux de monter dans le clocher, il se leva et se pendit aux barreaux de l'échelle pour en contrôler la résistance. Étant donné que ceux du haut avaient davantage souffert des intempéries que les niveaux inférieurs, arrivé à mi-hauteur, il s'agrippa à la corde qui pendait pour le cas où le bois se fendrait sous son poids. Enfin parvenu au sommet de la tour carrée, il respira à pleins poumons l'air rafraîchissant de la matinée.

Pour ne pas risquer d'être vu depuis la rue, il resta accroupi à l'abri de l'allège, d'où il étudia le mécanisme de la massive cloche de bronze. Une grosse corde courait le long de la roue de sonnerie, avant de passer sur une poulie et de disparaître par un trou dans le sol. Tristan rit intérieurement : s'il avait basculé de l'échelle, il aurait fait sonner la cloche à toute volée.

Les larges doubles baies percées dans chaque mur du beffroi dessinaient un arc en ogive de style gothique qui encadrait le ciel, bleu foncé à l'est, strié d'orange à l'ouest. Il avait dormi douze heures ! Soudain conscient du ronronnement des véhicules qui circulaient sur la route principale en contrebas, il s'aventura à jeter un coup d'œil à travers la rangée de pointes métalliques qui décorait la partie inférieure des ouvertures. Il aperçut alors l'allée de pierre du cimetière, qui, envahi par les buissons, semblait abandonné.

Tristan redescendit dans la pièce où il avait dormi, puis le long de l'échelle vers le rez-de-chaussée. Les fenêtres de l'église, à petits carreaux en losange de ton pastel, le masquaient de l'extérieur, mais laissaient entrer suffisamment de luminosité pour faire apparaître la voûte d'ogives gothique qui soutenait l'édifice. Tristan s'assit sur un banc et son esprit s'emplit aussitôt de souvenirs de sa vie passée. Combien de fois il avait fait escalader à ses figurines préférées les bancs de la chapelle de l'hôpital, où il avait l'habitude d'attendre son père, tandis que celui-ci s'occupait de ses papiers à l'aumônerie. Sa mère finissait toujours par passer en compagnie du « docteur Teddy Ann », l'ours en peluche qu'elle gardait dans la poche de sa blouse lors de ses visites du soir à ses petits patients.

Sa mère étant pédiatre, Tristan avait appris très jeune que des enfants et des adolescents mouraient. Et il savait que son père, le révérend Carruthers, était toujours là pour prier avec ceux qui avaient peur, qui s'inquiétaient, ou qui pleuraient le décès d'un proche. Il ne lui était jamais venu à l'esprit, en revanche, que le propre petit cercle heureux qu'il constituait avec ses parents pourrait un jour, lui aussi, se briser. Il se demanda comment ils allaient. Il aurait tant voulu entendre leurs voix et les prendre dans ses bras avec le même naturel que lorsqu'il était enfant.

Il resta longtemps sans bouger, tandis que les ombres du soir envahissaient peu à peu chaque recoin de l'église. Ivy était censée lui laisser sur la plage, un peu plus haut sur la route, un petit sac à dos rempli de victuailles et marqué au nom de Philip. Il attendrait que la nuit tombe pour aller le chercher.

Entre-temps, il descendit l'escalier en colimaçon qui menait dans le soubassement, pour étudier ce dernier avant qu'il n'y fasse complètement noir. Les soupiraux, de verre clair et sans rideaux, permettaient de voir à l'intérieur. Tristan resta donc tapi le long du mur. Outre quelques tables et chaises anciennes, l'espace abritait un théâtre de marionnettes pour enfants, des décorations de Noël ternies, et de hauts ventilateurs rouillés qui servaient peut-être encore lors des chauds dimanches d'été.

Tristan mémorisa l'emplacement de chacun de ces objets pour être sûr de pouvoir se frayer un chemin parmi eux sans encombre lorsqu'il reviendrait en pleine obscurité. Puis, subitement impatient, il décida de sortir. Il s'approcha donc du soupirail à la poignée cassée. Là, il se figea. Quelqu'un fixait l'église depuis le bord de la pelouse. C'était Beth.

Elle se tenait aussi immobile qu'une statue de pierre dans un cimetière. Bien qu'il soit trop loin d'elle pour distinguer ses yeux, il comprit à son menton levé qu'elle étudiait le sommet du clocher. Gregory l'avait-il poussée à venir jusque-là ? Avait-il senti sa présence dans cet endroit ? Le port raide et la fixité du regard de Beth lui donnèrent des frissons.

Mais il tâcha de se rassurer. Si Gregory avait été réellement capable de deviner où il se trouvait, Beth aurait scruté le soubassement de l'église.

Cela n'expliquait pas, malgré tout, ce qu'elle faisait là.

Chapitre 12

— Ça ne te dérange pas de prendre ta voiture ? demanda Will à Ivy le samedi soir.

Elle venait de le retrouver devant le *cottage* avec Dhanya, qui marchait comme un robot en attendant que le vernis sèche sur ses ongles.

— Tu ne viens pas ?

— Si, mais Beth a pris ma voiture.

— Beth ! Tu la lui as prêtée ? s'exclama Ivy.

« Quand vas-tu ouvrir les yeux, Will ! avait-elle envie de crier. Beth se coupe de la réalité. Elle fait preuve d'hostilité envers tout le monde. Elle ne devrait pas conduire seule. »

Ivy était obsédée par le rêve qu'avait fait son amie. Elle ne craignait pas qu'il soit prophétique comme l'étaient souvent ses visions, mais elle redoutait que Beth en ait déduit que Luke étranglerait Ivy, ainsi qu'il l'avait fait avec Corinne, et que, pour la « sauver », elle devait le retrouver, pour l'éliminer. Gregory était-il à l'origine de cette manipulation, qui ne constituait peut-être que la première étape d'une sourde et démoniaque machination ?

— Écoute, si tu n'as pas envie de conduire, j'appelle Bryan, s'impatienta Will d'un ton suffisamment irrité pour que Dhanya n'ose pas intervenir.

— Non, non, ça ne me dérange pas, répondit Ivy. Je m'inquiète pour Beth, c'est tout.

Elle savait que Will n'avait pas plus envie qu'elle d'aller chez Chase, où ils ne connaîtraient personne. Aussi, elle aurait préféré que leur soirée parte d'un meilleur pied. En effet, elle comptait sur leurs affinités pour se rapprocher de lui et, qui sait, aborder le sujet de Beth.

En chemin sur la route 6A, ils passèrent devant l'église qui était devenue le refuge de Tristan. Toujours aussi intéressé par l'édifice, Will se tourna sur son siège pour l'observer, ce qui rendit Ivy nerveuse.

— Si tu vois marqué Toby's Landing, préviens-moi, lança-t-elle dans l'espoir de le distraire.

— C'est là, lui indiqua-t-il presque immédiatement.

Ivy quitta la 6A pour s'engager sur une nouvelle route qui débouchait sur une voie privée.

La maison de Chase était la dernière de trois, largement espacées, qui faisaient toutes face à la baie de cap Cod. Depuis l'allée pavée où ils se garèrent, ils admirèrent la façade de cette haute demeure de bardeaux, coiffée d'un grand toit brisé et qui comptait plusieurs fenêtres sur chacun des deux niveaux.

— Elle est parfaite, murmura Dhanya, bouche bée. Si j'habitais sur le cap, je m'achèterais une maison comme celle-ci.

— Elle ne te coûterait probablement que quatre ou cinq millions, badina Will.

L'annonce du prix laissa Dhanya totalement indifférente.

— La propriété de Max vaut plus cher que ça, se contenta-t-elle de répondre, mais il n'y a rien de comparable entre les deux. J'espère que le jardin a une vieille tonnelle de rosiers grimpants avec un banc dessous. Si c'est une vraie maison du cap, ce sera le cas !

— Je te signale que les petites maisons d'ici, qui sont les authentiques « cap Cod », n'ont pas la place pour ça, lui fit remarquer Will.

Ivy s'esclaffa, mais Dhanya était trop subjuguée par la propriété pour relever les pointes d'ironie.

— Chase dit que son père est un avocat connu, poursuivit-elle.

— Oui, c'est ce qu'il dit, lui confirma Ivy alors qu'ils s'approchaient de la porte d'entrée.

— En d'autres termes, le crime paie, pour certains du moins, martela Will.

— C'est faux, objecta Dhanya, qui avait entendu cette pique-là. La plus grande partie de leur argent vient de son grand-père. Bien sûr, son père en gagne beaucoup lui-même. En revanche, sa mère tient une galerie de « beaux-arts » l'été et, d'après Chase, elle ne le fait pas pour l'argent, mais pour son épanouissement personnel.

Ivy et Will échangèrent un regard discret qui, l'espace d'un instant, donna à Ivy l'impression de revivre les moments de complicité qu'ils avaient partagés par le passé, lorsqu'ils comprenaient la pensée de l'autre sans qu'elle ait besoin d'être exprimée. Pauvre Max. Il allait droit à l'échec avec Dhanya. Il avait beau vivre dans une immense demeure remplie de « jouets », Ivy ne voyait pas comment, avec un père propriétaire d'une chaîne discount, il pourrait rivaliser avec cette famille au goût raffiné, avide de justice, et en recherche d'accomplissement de soi.

Chase leur ouvrit la porte, dont il s'écarta pour les inviter à entrer d'un large geste du bras, ce qui leur permit d'apprécier l'entrée lambrissée de bois sombre, l'escalier sculpté ponctué sur un palier à mi-hauteur par une mystérieuse alcôve, et les œuvres d'art dignes d'une galerie. Will, cerné par les toiles peintes, cessa de se montrer méprisant et, lorsque Dhanya et Ivy suivirent Chase vers la véranda qui se trouvait sur l'arrière de la maison, il resta seul à admirer les tableaux.

Chase présenta Ivy et Dhanya à ses amis, une dizaine de garçons et de filles originaires de différents États qui passaient ensemble depuis l'enfance leurs vacances de ski à Jackson Hole. Le groupe ne semblait pas enclin à vouloir s'intéresser aux deux nouvelles venues, ce qui ne surprit pas Ivy s'ils ne s'étaient pas vus depuis longtemps. Ils portaient tous des vêtements de marque, décontractés – un style dont Suzanne avait appris tous les codes à Ivy.

— Ne t'assieds pas avant de t'être servi à boire, lança Chase à Dhanya.

Il l'avait prise par la main, et regarda par-dessus son épaule pour indiquer à Ivy d'un signe de tête de les suivre vers une table chargée de rafraîchissements au bout de la véranda.

Le buffet rappela à Ivy les festins organisés par sa mère et Andrew lorsqu'ils recevaient des membres de l'université : vin frais, bière d'importation, Perrier, kebabs fantaisie et hors-d'œuvre plus légers. Ivy en déduisit que les parents de Chase avaient autorisé l'alcool.

Lorsque Dhanya eut choisi un Perrier, Chase l'emmena vers un garçon et une fille en pleine conversation. Ivy était encore près de la table lorsque Will apparut. Il considéra le groupe d'un coup d'œil, puis, après une légère hésitation, la rejoignit.

— Quand on vous donne des couverts pour des amuse-gueules, c'est que la fête est chic, ironisa-t-il.

— J'aimerais bien manger des chips, là, maintenant, plaisanta Ivy à son tour. Comment as-tu trouvé leurs « beaux-arts » ? s'enquit-elle alors en empruntant à Dhanya le terme que celle-ci avait employé pour décrire la galerie tenue par la mère de Chase.

— Je dois reconnaître qu'il y en a de très beaux, concéda Will.

— Et je dois reconnaître que cet endroit est magnifique, surtout si près de l'eau, confirma Ivy.

La pelouse qui partait de la véranda descendait en pente douce vers la plage. L'air, chaud et humide, semblait faire fondre les étoiles sur la paisible étendue de la baie.

— Ça ne me déplairait vraiment pas de planter un chevalet ici, déclara Will avec nostalgie.

Ivy s'apprêtait à lui demander s'il voulait l'accompagner jusqu'au bord de l'eau quand une jolie fille aux cheveux de jais, qui se tenait dos à eux, se tourna brusquement.

— Tu peins ?

— Oui. Toi aussi ?

Will et elle se lancèrent aussitôt dans une conversation sur l'art. Comprenant que la chance venait de lui échapper, Ivy s'éloigna lentement pour faire le tour des invités. Elle rencontra bientôt un frère et une sœur originaires de Chicago. Elle commençait à apprécier leur compagnie – lui avait choisi l'option musique en seconde année de lycée, et sa sœur était de l'âge d'Ivy – lorsque Bryan, Kelsey et Max firent leur entrée.

Bryan était vêtu d'un short cargo et d'un tee-shirt à l'effigie de son équipe universitaire ; Kelsey avait opté pour un short très court, un haut tube satiné – qui révélaient le maximum de ses courbes – et des chaussures dont les talons auraient fait basculer n'importe quelle fille moins athlétique qu'elle. Max, quant à lui, avait ressorti une de ses nombreuses chemises hawaïennes sur un jean délavé. Les deux modèles bon chic bon genre qu'il avait portés récemment pour plaire à Dhanya devaient être au sale.

— Eh bien, lança la fille de Chicago, on dirait que le spectacle va commencer !

— Quel trio ! s'exclama le garçon en guignant Kelsey. Pourquoi est-ce que tu ne t'habilles jamais de cette façon ? demanda-t-il en plaisantant avec sa sœur.

— Arrête de la regarder, Brett, lui intima celle-ci. C'est exactement ce qu'elle cherche.

— Tant mieux, je suis ravi de satisfaire sa demande.

— Kelsey est ma camarade de chambre, intervint Ivy, et Max et Bryan, de nouveaux amis rencontrés sur le cap.

— Est-ce que l'un d'eux fait du bongo ? se moqua Brett.

— Si tu parles du clubber caraïbe, à mon avis, il joue du steel-drum, lui répondit sa sœur avant de s'adresser à Ivy : Mais je suis sûre qu'ils sont très sympathiques.

— Effectivement, lui rétorqua Ivy.

Là-dessus, après avoir décrété que ce serait une perte de temps que de s'excuser, elle leur faussa tout simplement compagnie, pour aller rejoindre Max et Bryan, qui stationnaient déjà devant le buffet. Max était affairé à tout goûter, avec les doigts. Il n'avait sans doute pas remarqué les piques à cocktail mises à disposition pour éviter de telles indélicatesses. Bryan, lui, avait jeté son dévolu sur la sélection de bières. Quant à Kelsey, elle avait rapidement été ravie par deux garçons qui avaient perdu la tête à peine leurs yeux posés sur elle. Bryan la regarda s'éloigner avec eux, avant d'adresser un clin d'œil à Ivy.

— La prochaine fois, dit-il à Max, il faudra qu'on pense à mettre un haut tube, nous aussi. Tu as remarqué les regards qu'on a attirés en arrivant ?

— J'aime bien ce que je porte, moi, lui répondit Max en baissant la tête pour jauger sa tenue.

— Et moi, Max, je t'aime bien pour ce que tu viens de dire, lui confia Bryan. Je t'ai mal conseillé le jour où je t'ai recommandé de mettre des chemises classiques.

Max tourna la tête vers l'autre côté de la véranda, où Dhanya, serrée contre Chase, s'entretenait toujours avec la fille et le garçon qu'il lui avait présentés. Tous les quatre allaient si bien ensemble qu'on aurait dit deux vieux couples qui assisteraient un jour à leurs mariages respectifs. « Inintéressant », se surprit à penser Ivy avant de se rendre compte qu'elle préférait amplement la compagnie de Max, qu'elle commençait à réellement apprécier.

— Tu es un esprit libre, Max, poursuivit Bryan. Tu ne te fonds pas dans la masse, toi, au moins. Vous êtes d'accord ? demanda-t-il alors à deux invitées qui s'étaient approchées de la table pour se servir à manger.

Elles le toisèrent, étonnées, avant d'examiner Max, et de pouffer.

— Tous les gars d'ici portent le même uniforme. Mais lui, continua Bryan en saisissant Max par l'épaule, il sait expérimenter les couleurs. Ne me dites pas que vous préférez ceux qui n'ont ni imagination ni sens de l'humour ! Ça n'a rien de romantique !

Les deux demoiselles prises à partie échangèrent un regard blasé, par lequel Bryan ne se laissa pas dissuader.

— Vous aimez les catamarans ? reprit-il comme si de rien n'était. Ça vous dirait de filer sur l'océan comme si vous aviez des ailes ? À moins que vous ne préfériez les bateaux Cigarette qui passent au large de Chatham à cent cinquante kilomètres à l'heure ? Ou encore les yachts ? Max peut vous offrir tout ça, il vous suffit de choisir. Et puis, je le répète, c'est un esprit libre.

Les joues de Max s'empourprèrent. Qu'il était timide !

Mais, à la stupéfaction d'Ivy, sa gêne évidente, alliée à la carte de visite fournie que Bryan avait déroulée pour lui, eut l'effet désiré sur les demoiselles, qui finirent par se présenter.

Tandis que la plus petite montrait soudain un intérêt marqué pour Max, la grande se tourna vers Bryan.

— Tu es avec quelqu'un ? s'enquit-elle sans aucune gêne.

— Oui, lui répondit-il.

Il prit aussitôt Ivy par la taille. Elle en avala sa boisson de travers.

— Oh, attention à toi ! s'exclama Bryan avec sollicitude. Ça va, ma chérie ? Viens avec moi.

Ivy le laissa la conduire à l'intérieur de la maison. Elle riait et toussotait toujours lorsqu'elle lui demanda :

— C'est quoi, cette histoire ?

— J'ai fait ça pour Maxou. C'est un bon gars et il mériterait d'avoir une copine. Pas une comme celles-là, mais c'est déjà mieux que rien pour ce soir. Il fallait que je l'aide, Ivy, sinon il aurait passé la soirée à suivre Dhanya comme un toutou en lui faisant les yeux doux. Ce qui aurait fini par la dégoûter de lui. J'aimerais bien qu'il l'oublie.

— Oui, approuva Ivy, ce serait mieux pour lui. Mais on ne choisit pas toujours ceux qu'on aime, ajouta-t-elle avec un soupir.

Bryan l'observa un moment, la tête inclinée. L'éclairage de la pièce adoucissait ses traits.

— Il te manque, suggéra-t-il.

— Oui, beaucoup, concéda-t-elle d'une voix étrange.

Il lui était difficile de dissimuler l'intensité de ses sentiments quand elle parlait à quelqu'un qui se souciait de Luke.

— Tu as peur qu'il lui arrive quelque chose ? supposa Bryan.

— Oui, et surtout de ne pouvoir rien y faire.

Bryan la prit tendrement par l'épaule.

— C'est toujours comme ça avec Luke. On veut l'aider, mais on n'y arrive jamais. C'est à lui de s'en sortir, en particulier dans le domaine de l'alcool, parce que ça lui attire toujours des ennuis.

Ivy acquiesça d'un signe de tête. Étant donné que Bryan lui parlait de Luke, et non de Tristan, elle reprit plus ou moins le contrôle de ses émotions.

— Merci, dit-elle. Merci de ta compréhension.

— Tu sais ce qu'il te faut ? lui répondit-il. De la nourriture, de la vraie. J'ai vu le dernier kebab disparaître sous mes yeux là-dehors. Tu viens avec moi ? On va chercher la cuisine.

Il observa les trois portes qui se présentaient à eux.

— Ma baguette de sourcier intégrée, qui est très sensible aux aliments, me suggère la porte numéro deux. Tu me suis ?

Ivy se demanda quelle serait la réaction des parents de Chase s'ils les découvraient occupés à fouiller dans leurs placards ; après un moment d'indécision, elle se résolut néanmoins à l'accompagner, dans l'espoir que ce temps partagé lui donne aussi l'occasion de lui poser quelques questions. Le talent de radiesthésiste de Bryan se confirma. La porte s'ouvrit sur une cuisine digne d'un magazine de Martha Stewart[5] : la pièce carrée comportait deux fourneaux de cuisson à l'ancienne, un îlot avec plan de travail en granit, et une gamme complète de casseroles à fond en cuivre suspendues à un râtelier en fer forgé. Quelques marguerites d'un bouquet posé sur le plan de travail retombaient vers sa surface noire polie dans laquelle elles semblaient admirer leur reflet. Un pot en céramique, où poussaient de petits tournesols, agrémentait une cheminée ouverte. Bryan se dirigea vers le gigantesque réfrigérateur en inox, qu'il ouvrit.

— Tu vois quelque chose d'intéressant ? lui demanda Ivy.

Il se retourna, un large sourire aux lèvres, en brandissant une boîte en plastique.

— Des restes ! s'exclama-t-il. On dirait du rôti de porc. Tu en veux ?

Comme Ivy refusait d'un signe de tête, il poursuivit son exploration, inspecta des tiroirs, souleva des couvercles, pour finalement déclarer :

---

5. Personnalité de la télévision américaine, femme d'affaires, et fondatrice d'un magazine sur le « bien vivre chez soi ».

— Je sais ce qui cloche chez Chase. Il ne mange pas assez de saletés. Il n'y a pas une seule miette décente de plats bien gras ou sucrés dans ce frigo. Il va falloir qu'on se contente du porc.

Il referma la porte, puis ouvrit la boîte afin d'examiner son contenu.

— Des morceaux de viande comme celle-ci, ça ne se déchiquette pas… Voyons, où sont les couteaux et les fourchettes ? marmonna-t-il.

D'un coup d'œil, il passa en revue le grand nombre de tiroirs qui pouvaient en contenir et trouva le bon à son second essai. Il posa alors Tupperware et couverts sur l'îlot central.

— Et si quelqu'un se l'était réservé pour un encas de minuit ? s'inquiéta Ivy, tandis que Bryan s'apprêtait à attaquer son petit repas.

— Et si plusieurs personnes se l'étaient réservé sans se concerter, lui répondit-il, et qu'aucune n'ose admettre qu'elle l'a mangé ? Ce serait drôle, non ?

Il planta sa fourchette dans le morceau qu'il avait découpé, mais alors qu'il la portait à sa bouche, il s'arrêta en plein mouvement.

— Tu n'as pas l'air d'approuver ce que je fais, dit-il à Ivy.

— C'est vrai.

Bryan enfourna son morceau.

— C'est du filet mignon, apprécia-t-il avant de refermer la boîte en soupirant. Tu sais y faire quand il s'agit de couper l'appétit à un garçon.

Ivy éclata de rire et il lui sourit. Il alla replacer le rôti dans le réfrigérateur, reprit sa fouille des tiroirs, et revint vers l'îlot, cette fois muni de raisins.

— Ne me gronde pas, lança-t-il à Ivy, il en reste encore plein.

— Faveur accordée, lui répondit Ivy. Par contre, j'ai des questions à te poser.

Il grimpa sur un tabouret de bar avant de tirer celui d'à côté pour inviter Ivy à s'y asseoir.

— Il me paraît évident que tu ne m'as pas suivi jusqu'ici pour piller le réfrigérateur. Je me doutais que tu voulais parler de quelque chose... de Luke, par exemple ?

Ivy s'installa, les pieds posés sur le barreau du tabouret.

— Luke est resté amoureux de Corinne même après leur séparation, c'est ça ?

— Oh, que oui !

— D'après ce que j'ai lu à son sujet, elle s'était inscrite dans une école d'art, était locataire d'un appartement et avait un travail. Alors que Luke a arrêté l'école en première. Ils n'allaient pas très bien ensemble.

— Pas moins que Luke et toi, lui fit remarquer Bryan en laissant tomber un grain de raisin dans sa bouche. Qu'est-ce qui t'attire chez lui ?

Ivy réfléchit vite ; c'était Tristan, et non Luke, qui l'avait séduite. Elle tenta de se rappeler la description que Bryan avait faite de son ancien ami lors de leur dernière conversation. Elle prit aussi la précaution de parler au passé.

— J'ai dû percevoir un besoin chez lui. En apparence, il était fort, mais je le sentais profondément vulnérable, presque perdu.

— Ça s'explique. Luke n'a eu que sa mère, qui aurait tout fait, non pas pour lui, mais pour un verre. Elle ne savait même pas s'occuper d'elle, alors tu penses, s'occuper d'un fils... Il n'a jamais connu les rythmes réguliers, les vrais repas, les vêtements propres, et ce depuis tout petit. Je crois que je t'ai déjà dit qu'en grandissant, il avait pris l'habitude de venir chez nous. Mes parents lui imposaient certaines règles et le nourrissaient. Ça l'a aidé. Mais je suppose qu'au bout du compte, il a éprouvé de la gêne à passer du temps avec les parents de son copain. C'est à ce moment-là qu'il a rencontré Corinne. Elle était sûre d'elle et adorait lui donner des ordres comme un parent le fait normalement.

— Tu ne l'aimais pas, présuma Ivy.

— Je l'admirais. Sa propre vie de famille n'avait pas été de tout repos non plus. Sa mère, qui collectionnait les amants, avait fini par opter pour le plus diabolique. Au mieux, c'était un sale type, au pire…

Bryan haussa les épaules sans terminer sa phrase, puis reprit :

— Mais Corinne avait l'esprit d'une sportive de haut rang ; elle était disciplinée et ambitieuse. Est-ce que tu connais le dicton : « Ce qui ne tue pas rend plus fort » ? Cette fille, c'était de l'acier. C'est ça qui a attiré Luke comme un aimant.

— Et elle a répondu à sa vulnérabilité, compléta Ivy.

— Comme toutes les filles, non ?

Ivy grimaça.

— D'accord, peut-être pas, concéda Bryan. Bref. Ce qui les rapprochait a fonctionné pendant un temps, jusqu'au jour où Corinne a eu les moyens de partir. Il faut que tu comprennes ça, Ivy, les habitants de River Gardens font tout ce qu'ils peuvent pour quitter cet endroit. Son billet de sortie, ça a été la photo. Moi, le hockey.

— Et Luke…

— … aurait pu obtenir la même chose que moi. Il avait plus de talent que moi, un talent inné, sauf qu'il n'arrivait pas à surmonter ses blocages.

Il poussa les raisins vers Ivy, qui prit deux grains.

— Qui étaient ses ennemis ? demanda-t-elle.

— Luke n'en avait pas vraiment.

— Pourtant, j'ai lu dans un article qu'il avait été accusé d'agression et…

— La plainte a été retirée, la coupa Bryan d'un ton sec. Désolé, s'excusa-t-il aussitôt, je ne voulais pas m'emporter. C'est juste que, après la mort de Corinne, des journalistes ont commencé à fouiller son passé pour aller déterrer de vieilles histoires, afin de prouver que le système judiciaire et les travailleurs sociaux auraient dû anticiper le drame. Du coup, ils ont inventé une affaire à partir de rien. Tout le monde à River Gardens savait que Luke buvait souvent et qu'il valait mieux l'éviter dans ces cas-là. Quand il était sobre, c'était un bon copain, le meilleur même. Le gars avec lequel il s'est battu – c'était juste une petite bagarre de bar – était de passage dans la région, et s'est comporté comme un idiot.

— Pourtant, quelqu'un a roué Luke de coups il y a quelques semaines…

— Oui, je vois où tu veux en venir. Si les journaux ont écrit la vérité, effectivement, ça n'a pas été qu'une échauffourée.

— Ils l'ont laissé pour mort ! s'exclama Ivy. Il était dans le coma. Si la marée l'avait emporté, il serait mort noyé.

Bryan pianota sur la surface brillante en granit.

— Quelqu'un a dû l'aider entre le moment où moi, puis toi l'avons fait, admit-il. Il a bien fallu qu'il mange, à moins qu'il ne se soit mis à voler. Il s'est peut-être fait un ennemi pendant sa cavale.

Ivy s'appuya contre le dossier de son tabouret. L'idée ne lui était jamais venue à l'esprit. Or, si Bryan avait raison, chercher des renseignements sur l'existence de Luke à River Gardens ne l'aiderait pas à déterminer qui aurait eu un mobile pour le tuer.

— Est-ce que tu sais où il est allé après son évasion de Providence ? demanda-t-elle à Bryan. Jusqu'où l'as-tu conduit, d'ailleurs ?

— Jusqu'à New York. Lui et moi sommes des gamins de la ville, il n'aurait pas réussi à se cacher dans les montagnes du Vermont. Manhattan était un bon endroit où se fondre dans la foule.

« Et où Tristan et moi ne pourrons jamais retracer son parcours », songea Ivy. Cependant, il était revenu à ses racines, et il fallait bien qu'elle commence quelque part.

— Après le meurtre de Corinne, qu'ont pensé les gens du quartier ? Est-ce qu'ils se sont ligués contre Luke ?

— Je ne sais pas vraiment, répondit Bryan. C'était en avril, et j'étais à la fac quand j'ai appris la nouvelle. Je suis rentré pour l'enterrement, bien sûr, mais tout le monde était encore sous le choc. Et quand je suis revenu le week-end suivant, c'était pour sortir Luke de là, pas pour traîner avec nos anciens copains.

— Si des personnes de River Gardens le voyaient, est-ce qu'elles iraient le dénoncer à la police ?

Bryan poussa la grappe de raisin pour poser les coudes sur l'îlot et appuyer son menton sur ses mains.

— Peut-être, déclara-t-il après un moment de réflexion. Si la police offrait une récompense raisonnable, j'en connais quelques-uns qui n'hésiteraient pas. J'espère que Luke restera à bonne distance de Providence.

— Si ce n'est que les gens bougent l'été. Ce qui me rappelle cette fille qu'on a vue à la fête foraine…

— Alicia Crowley ? Elle ne lui ferait jamais de mal. Elle était déjà amoureuse de lui au collège. Elle a quitté le lycée pendant l'année de terminale. Ses parents rêvaient de s'échapper du quartier et y sont finalement parvenus. Mais je suis persuadé que ses sentiments pour Luke n'ont jamais changé. Non, elle ne pourrait pas lui faire de mal, à l'inverse de Corinne.

— Est-ce que tu crois qu'il l'a tuée ? l'interrogea brusquement Ivy.

Bryan baissa les yeux un moment, avant de répondre lentement :

— Non, pas le Luke que je connaissais.

Le cœur d'Ivy s'emballa. Son espoir était-il réaliste ou juste un souhait, conforté par la loyauté de Bryan et sa propre détresse ?

Quoi qu'il en soit, elle ne put s'empêcher de croire. Et si quelqu'un d'autre avait tué Corinne ? Et si Tristan et elle parvenaient à prouver que Luke était innocent ? Ils seraient alors libres de vivre sans se cacher. Voilà tout ce qu'elle demandait : qu'on leur donne une chance de s'aimer comme ils l'auraient fait si Gregory n'avait pas anéanti leur existence.

Dans le cas où son espoir serait fondé, il faudrait qu'ils retrouvent l'ennemi de Luke, pour protéger Tristan, et celui de Corinne, pour lui rendre sa liberté. Autrement dit, Ivy devait continuer de creuser dans la vie de ces deux inconnus. Et la première personne à aller voir dans ce but n'était autre que le troisième angle de leur triangle amoureux : Alicia Crowley.

Chapitre 13

— Désolée de vous interrompre, lança Kelsey sèchement.

Bryan redressa vivement la tête et Ivy se tourna sur son siège. Silencieux depuis un moment, ils étaient restés assis l'un près de l'autre, tandis qu'Ivy se demandait si elle oserait faire appel à Bryan pour l'aider à retrouver Alicia.

Kelsey traversa la cuisine, droit sur Ivy.

— Quand Will m'a dit que tu te trouvais avec Bryan, il a oublié de spécifier que c'était pour une conversation intime, déclara-t-elle.

— On parlait, c'est tout, lui répondit Ivy doucement.

— C'est toujours de cette façon que ça commence.

— Oh, Kelsey ! la taquina Bryan. Tu ne sais pas que les camarades de chambre sont propriété interdite ? C'est même Ivy qui me l'a appris.

Kelsey mordit aussitôt à l'hameçon.

— Parce que tu espérais…

— Mais non, la coupa-t-il en lui prenant les mains pour l'attirer à lui. J'attendais juste de voir combien de temps il te faudrait pour en avoir assez de Bonnet Blanc et Blanc Bonnet.

Ivy se laissa glisser de son tabouret de bar, impatiente de s'échapper avant d'être de nouveau happée dans leur petit jeu romantique.

— Où est Will ?

— Il essaie de joindre Beth, lui répondit Kelsey en s'appuyant de façon provocante contre Bryan. Il passe tout son temps à lui envoyer des textos, comme s'il n'y avait rien de mieux à faire à une fête. La fille qui lui parlait a renoncé et a tourné les talons.

Ivy se réjouit intérieurement. Will semblait enfin avoir compris qu'il y avait matière à s'inquiéter. Elle s'empressa donc de quitter la cuisine. Après avoir été retardée sous la véranda par Max et la nouvelle admiratrice de sa flottille de bateaux onéreux, Ivy trouva Will, qui s'était isolé au bout du jardin. Il glissait dans sa poche son téléphone, qu'il venait de consulter. Ivy s'approcha de lui d'un pas vif.

— Tu as eu des nouvelles de Beth ?

Will fit volte-face.

— Non.

— Will, je suis inquiète.

— Parce que tu crois que je ne le suis pas ?

La fine découpe de la lune et des étoiles s'était totalement estompée. Des éclairs de chaleur zébraient le ciel au loin.

— Bien sûr que si, le rassura-t-elle. Mais avec cette voiture, à l'heure qu'il est, elle pourrait se trouver n'importe où et...

— Tu me reproches de la lui avoir prêtée ?

Après un moment d'hésitation, Ivy décida de lui répondre franchement :

— Un peu, oui. Je sais que tu as voulu bien faire, mais je ne sais pas si tu te rends compte que...

— Je ne suis pas idiot ! J'ai bien vu qu'elle avait changé.

Ivy garda le silence, pour donner à Will le temps de dépasser son hostilité envers elle.

— Normalement, quand on traverse une période difficile, les vrais amis restent à l'écoute, lui dit-il d'un ton de reproche implicite.

— Je sais, sauf que Beth ne veut pas de moi, lui répliqua Ivy en faisant un pas vers lui.

La pelouse se terminait par un dénivelé rocailleux, dans lequel quatre marches avaient été creusées. Will les descendit aussitôt, visiblement désireux de tenir Ivy à distance.

— Elle s'est éloignée de presque tout le monde, d'ailleurs, insista Ivy. Tu l'as bien vu le soir du feu d'artifice.

— Elle n'aime pas Chase, répondit-il, comme si cette raison expliquait tout.

— Tu as entendu ce qu'elle a dit hier quand Dhanya et moi allions à la plage, poursuivit Ivy en rejoignant Will au bas des marches. C'est pareil avec les clients de l'auberge, elle n'agit plus du tout comme au début. Elle est devenue froide.

— Elle est fatiguée.

— Pourquoi est-ce que tu t'acharnes à inventer des explications, Will ? Tu ne peux donc pas regarder la vérité en face ? Will, Beth a un problème, un problème grave, et l'écouter ne suffira pas à l'aider !

Sans répondre, Will s'engagea sur un sentier qui traversait une étendue herbeuse jusqu'à la plage de sable. Ivy le regarda s'éloigner un instant, puis lui emboîta le pas lentement, pour lui laisser l'espace dont il avait besoin, mais toujours aussi déterminée à lui parler de Gregory.

— Will, reprit-elle, mercredi, Beth a caché des éclats de verre dans ma chaussure.

Il pivota sur ses talons.

— Tu te souviens de ce que Gregory nous a fait subir, à Ella et à moi, l'été dernier. C'est un avertissement.

— D'après Beth, ce serait toi qui as mis ce verre dans sa chaussure.

— Je sais, je l'ai entendue te le dire. Soit elle mentait, soit son esprit était sous influence.

— Tu l'as entendue ? Et comment ?

Ivy se mordit la lèvre.

— Tu nous espionnais, c'est ça ? déclara Will d'une voix accusatrice. Tu t'es cachée sous ma fenêtre ?

Ivy tenta de s'expliquer :

— Je venais moi-même te raconter l'incident. Beth m'a devancée.

Will secoua la tête d'un air dépité.

— Vous êtes folles, toutes les deux, murmura-t-il.

— Tu peux penser ce que tu veux à mon sujet, et je t'accorde que je mérite une bonne partie de ta colère. Mais pour l'instant, on parle de Beth, et je veux que tu m'écoutes avec beaucoup d'attention, pour son bien, Will. Gregory est revenu. Il s'est installé dans le cerveau de Beth le soir où on a fait cette séance de spiritisme, et il se sert d'elle pour se venger de moi. Je ne sais pas comment l'aider, comment me débarrasser de lui, comment libérer la Beth que j'aime autant que toi. La seule chose dont je suis sûre, c'est que j'ai besoin de ton aide. Gregory prend des forces de jour en jour.

Will la dévisagea, bouche bée. Au loin, un éclair illumina le contour des nuages au-dessus de la baie, suivi, plusieurs secondes après, d'un roulement de tonnerre.

— Réfléchis-y, Will, conclut Ivy.

Puis elle le laissa seul, avec l'espoir qu'il se rendrait à l'évidence, avant qu'il ne soit trop tard.

Face à l'orage qui approchait, les invités commencèrent à se réfugier sous la véranda et à l'intérieur de la maison. Prétextant un mal de tête, Ivy s'arrangea pour que quelqu'un raccompagne Dhanya et Will, et rentra seule en voiture. À peine avait-elle démarré que la pluie se mit à tomber. Très vite, les quelques grosses gouttes qui mouillaient le pare-brise se transformèrent en torrent d'eau. Les yeux rivés devant elle, absorbée par la route qui apparaissait et disparaissait au gré du va-et-vient des essuie-glaces, Ivy ne put regarder l'église lorsqu'elle passa devant.

« Prends soin de toi, Tristan », murmura-t-elle en poursuivant son chemin vers le *cottage*.

Dès son arrivée, elle prévoyait d'entamer ses recherches sur Alicia Crowley. Avec un peu de chance, celle-ci aurait donné suffisamment d'informations sur sa page Facebook pour qu'Ivy trouve un moyen d'entrer en contact avec elle. Elle pourrait demander à devenir son amie, sauf qu'elle ne souhaitait pas laisser de trace électronique pour la police ou les ennemis de Luke. Une rencontre en vis-à-vis serait plus sage et efficace.

Une fois sur le parking de l'auberge, Ivy nota que la voiture de Will n'était toujours pas là. Pourtant, lorsqu'elle entra dans le *cottage*, elle trouva juste sur le seuil une paire de chaussures appartenant à Beth qu'elle ne se rappelait pas avoir vues plus tôt à cet endroit. Leur toile était recouverte d'un mélange humide et granuleux de sable et de terre, semblable à celui des terrains marécageux et herbeux des plages de la baie.

Pendant qu'Ivy ôtait ses propres chaussures, trempées par l'averse, et les plaçait à côté de celles de Beth, Dusty sortit de la cuisine pour lui adresser un miaulement de bienvenue.

— C'est bien, tu es resté au sec, lui dit Ivy en le flattant d'une caresse. Tu mérites une gâterie, et moi, un thé.

Dans la cuisine, elle s'agenouilla pour remplir la gamelle du chat de croquettes, sur lesquelles Dusty se jeta en ronronnant. Elle l'observa un moment sans bouger, avant de se redresser pour aller prendre son thé glacé à la framboise dans le réfrigérateur. Puis elle s'assit à la table, impatiente de se mettre au travail. Elle souleva le rabat de son ordinateur. Elle fut suprise de le trouver allumé ; elle pensait l'avoir éteint. Sans trop se poser de questions néanmoins, elle attendit que l'écran de veille s'anime. Lorsqu'il le fit enfin, tous ses membres se figèrent : elle avait devant elle les yeux pleins de furie de Gregory.

Tristan nageait, à moins qu'il ne soit en train de voler : dans l'eau lumineuse, aérienne, son corps se mouvait exactement selon sa volonté. Il n'avait qu'une règle à respecter : ne pas regarder derrière lui.

Il désobéit, et vit Ivy. Stupéfait, il pivota sur lui-même et se précipita vers elle. Elle était plus loin qu'il ne l'avait cru. Pour la rejoindre, il dut faire appel à toute la force et à toute la grâce divine qui lui étaient accordées. Alors qu'il s'approchait, la légèreté éthérée qui l'enveloppait changea de nature jusqu'à devenir un océan, qui se chargea de sel et de sable. Tristan prit conscience de ses membres et de cette façon qu'ils avaient de le tirer vers le bas. Il entendit des murmures monter des entrailles de la mer, des voix menaçantes, à peine humaines. Des voix qui se succédaient comme des vagues et qui, chacune leur tour, le submergeaient.

Le vacarme de ces voix ténébreuses s'accrut, empêchant Tristan de penser. Tous ses sens, à l'exception de l'ouïe, perdirent de leur acuité.

— Ivy ? s'écria Tristan. Ivy ! Où es-tu ?

Il s'éveilla. Ses vêtements étaient humides et un filet d'eau coulait sur sa joue. Il s'assit vivement, pour constater avec soulagement qu'il se trouvait dans le clocher de l'église. Comprenant qu'il pleuvait par la trappe, il se leva pour grimper à l'échelle.

Doucement, si doucement d'abord qu'il crut percevoir la plainte du vent, les voix recommencèrent à murmurer. Tristan s'empressa de refermer la trappe au-dessus de sa tête. Le bruit se tut. Il prit une profonde inspiration et rééquilibra sa position sur l'échelle avant de redescendre prudemment, un barreau à la fois, dans la nuit complète qui l'enveloppait.

Parvenu en bas, il voulut attraper sa lampe torche. Il pensait l'avoir mise dans son sac à dos, qu'il chercha en vain. Ivy lui avait laissé une montre à cadran lumineux. Où était-elle ? Tandis que son esprit sautait ainsi d'une idée à l'autre, le bruit des voix s'éleva de nouveau. À peine audibles au départ, elles s'immiscèrent peu à peu dans ses pensées, avec lesquelles elles s'entremêlèrent, avant de les noyer.

Tristan se prit la tête entre les mains, sans réussir à étouffer leur tumulte. À quatre pattes sur le sol de bois brut, il se mit en quête de son sac à dos, et rencontra à la place la trappe qui ouvrait sur le rez-de-chaussée de l'église. Il la souleva, puis descendit la seconde échelle.

L'espace d'un instant, il crut avoir échappé aux voix. Il n'entendait plus, en effet, que le vent, qui faisait trembler les vitraux à joints de plomb. La pluie s'était calmée et le ciel, éclairci. Tristan en déduisit que le jour pointait. C'est alors qu'il s'immobilisa : dans la lumière grise, une ombre semblable à une aile noire venait de passer à vive allure derrière un vitrail. « C'était sans doute une branche, se dit-il, une branche couverte de feuilles, rien de plus. »

Mais les voix repartirent de plus belle. Tristan savait désormais qu'il ne rêvait pas. Il était parfaitement éveillé et il les entendait, même s'il ne distinguait pas les mots qu'elles prononçaient. Leur façon de croître en intensité sans devenir plus intelligibles pour autant l'exaspéra.

— Laissez-moi tranquille ! s'écria-t-il.

Elles semblaient tirer leur énergie de sa colère, or il ne parvenait pas à se contenir, et il hurla de nouveau :

— Laissez-moi !

En réponse, tel un raz-de-marée, elles fondirent sur lui. Il tomba à genoux.

— Mon Dieu, aidez-moi. Je ne comprends pas ce qu'il m'arrive. Lacey, Lacey, j'ai besoin de toi.

Chapitre 14

Le dimanche après-midi, une fois son travail à l'auberge fini, Ivy prit la direction d'un magasin d'alimentation générale situé sur le bord d'une route entre la 6A et la nationale. Le cap étincelait encore sous les gouttes de pluie laissées par les averses de la nuit.

La veille, une fois remise du choc d'avoir découvert le visage de Gregory sur son ordinateur, Ivy avait résolu l'énigme de cette « apparition ». Quelqu'un – Beth, très probablement – avait paramétré dans les préférences de l'économiseur d'écran un document ne contenant que des photographies de Gregory. Après avoir établi que ces dernières avaient été sélectionnées dans son dossier « Album de famille », puis rognées ou augmentées selon les cas, elle s'était sentie violée dans son intimité, comme lorsque son tiroir de commode avait été fouillé.

Tâchant au mieux de s'affranchir de ce sentiment, elle avait effectué sa recherche sur Alicia Crowley comme prévu et découvert que l'ancienne camarade de Luke passait ses vacances au cap à travailler pour l'épicerie tenue par ses grands-parents, dont elle avait trouvé le lien, et donc l'adresse, sur sa page Facebook.

Ivy arriva sur les lieux à quinze heures trente. Elle se gara sur le parking sablonneux à côté de nombreuses autres voitures, qui s'arrêtaient là apparemment avant de quitter le cap. Le bâtiment blanc disposait d'un toit en auvent qui offrait une ombre bienfaisante. Sur les marches du perron le long de la façade étaient posés des seaux remplis de fleurs aux teintes vives, des paniers débordant de légumes et de fruits colorés, et des bouquets de fines herbes. Un tableau noir près de la porte d'entrée promettait du pain, des gâteaux, des confitures, des fromages et du miel en rayons à l'intérieur. À côté du mot pain, barré, était écrit : « Nouveaux arrivages demain » ; Ivy projeta de revenir en chercher.

Un vieil homme chenu, ses lunettes de soleil suspendues à un cordon autour du cou, aidait les acheteurs à l'extérieur. Ivy trouva Alicia dans le magasin, à la caisse. Une femme aux cheveux argentés, debout les mains sur les hanches, écoutait un client dont elle ponctuait le discours de hochements de tête plaisants. « C'est certainement la grand-mère d'Alicia », se dit Ivy. Elle en déduisit que le commerce des Crowley, à l'image de l'auberge de tante Cindy, était un endroit connu qui avait ses fidèles.

Ivy prit un panier et, en attendant de pouvoir s'approcher d'Alicia, sélectionna un pot de confiture de fraises et un morceau de fromage qu'elle apporterait à Tristan. Entre deux clients, Alicia lui avait jeté un coup d'œil, puis un second, visiblement intriguée par ce visage qui lui paraissait vaguement familier.

Ivy sortit nonchalamment du magasin. Sous l'auvent, elle ajouta à son panier une barquette de myrtilles et passa la main sur les bouquets odorants de romarin, de marjolaine et de sauge. Au bout de dix minutes d'allées et venues entre l'extérieur et l'intérieur, désespérant de pouvoir se trouver seule à seule avec l'amie de Luke, elle prit rang dans la queue pour régler.

— Bonjour… Alicia, dit-elle tandis qu'elle plaçait ses achats sur le plateau en bois prévu à cet effet.

— Bonjour.

Les cheveux noirs de la jeune fille étaient ramenés en arrière sur le dessus de la tête, où ils étaient maintenus par une barrette en perles de wampun[6], dont des anglaises s'échappaient. Ses yeux noisette considérèrent Ivy d'un air intrigué, toujours à la recherche de l'endroit où elle avait bien pu la rencontrer.

— On s'est vues à la journée des fraises, l'aida Ivy. J'y étais avec un ami. Un très bon ami.

Ivy remarqua aux yeux écarquillés d'Alicia que la mémoire lui était revenue. La jeune fille jeta un regard vers sa grand-mère, qui s'occupait d'un autre client.

— Oh, souffla-t-elle. Comment… va-t-il ?

— Bien. Je sais que je t'avais promis de t'appeler, poursuivit Ivy dans l'espoir qu'Alicia comprendrait son stratagème et jouerait le jeu. Mais j'ai eu beaucoup de travail à l'auberge, et presque aucun jour de congé.

Alicia hocha la tête.

— Je suis tellement contente de pouvoir parler à quelqu'un qui va à l'université de Rhode Island, ajouta Ivy, non sans se féliciter d'avoir mémorisé la page Facebook d'Alicia. Ça te dirait qu'on se retrouve un de ces jours ? On pourrait aller manger une glace si tu veux.

Alicia prit l'argent qu'Ivy lui tendait et calcula rapidement la monnaie à lui rendre.

— Ma pause est dans cinq minutes, lui annonça-t-elle. Est-ce que tu aimes les boules de neige[7] ?

— J'adore.

— Ils en vendent un peu plus loin sur la route.

---

6. Perles fabriquées par les Amérindiens à partir de coquillages marins polis, utilisées à l'origine comme monnaie d'échange.

7. Dessert composé de copeaux de glace recouverts de sirop aromatisé.

Ivy rangea ses sacs dans sa voiture et, quelques instants plus tard, retrouva Alicia au bord du parking.

Celle-ci se contenta de pointer le doigt dans la direction du marchand de glaces et entreprit de marcher en silence. Ivy lui emboîta le pas sans demander d'explication.

— Comment va Luke ? s'enquit Alicia une fois hors de portée de voix du magasin. Comment va-t-il vraiment ?

— Aux dernières nouvelles, il était terrorisé.

— Où est-il ?

— Il se cache.

Bien que Bryan lui ait affirmé qu'Alicia ne trahirait jamais Luke, Ivy ne souhaitait pas lui fournir des informations qu'elle pourrait involontairement communiquer à des personnes malintentionnées.

— Quand est-ce que tu l'as vu pour la dernière fois ? s'informa Alicia.

— Le soir où la police a essayé de l'arrêter, le lendemain du jour où tu l'as rencontré à la fête foraine.

Alicia s'arrêta net pour se tourner vers Ivy.

— Je ne leur ai rien dit ! s'exclama-t-elle.

— Je sais, la rassura Ivy.

— J'ai lu les articles dans la presse. Depuis que je le connais, j'ai toujours eu peur qu'il finisse seul, blessé, abandonné au milieu de nulle part, sans personne pour venir à son secours.

— Est-ce que tu as une idée de l'identité de ses agresseurs ?

— Non, aucune.

Ivy se demanda si la jeune fille, comme elle, ne retenait pas certains renseignements par mesure de précaution.

— Tu es l'une de ses plus proches amies. Tu dois bien savoir qui pouvait lui en vouloir, insista-t-elle en faisant face à Alicia pour étudier sa réaction.

Le front de celle-ci se plissa légèrement au-dessus de ses épais sourcils.

— Je n'aurais jamais pensé qu'il puisse avoir de tels ennemis, répondit-elle enfin.

— C'est ce que m'a aussi répondu Bryan, déclara Ivy avec un soupir avant de se remettre à marcher.

Arrivées chez le commerçant, elles commandèrent leur boule de neige et attendirent d'être assises à une table en planches de bois brut, à l'écart des autres clients, pour reparler de Luke.

— C'est Bryan Sweeny qui t'a donné mon nom ? demanda Alicia. C'était le meilleur ami de Luke. Je n'en suis pas sûre, mais je crois qu'il l'a aidé à s'échapper.

Ivy prit une cuillerée de ses copeaux glacés vert émeraude avant de répondre :

— Oui.

— Et moi non.

— Pardon ?

— Je ne lui ai été d'aucun secours. Je ne savais pas quoi faire, reprit-elle, la voix brisée par l'émotion, tout en frappant sa boule de neige avec sa cuillère en plastique. Je pensais que, si je parlais à la police, je ne ferais que renforcer les présomptions qui pesaient sur lui.

— Quel type de rapports avait-il avec Corinne ? demanda Ivy.

— Difficile, depuis bien avant leur séparation. Je détestais la façon dont elle le traitait. Quand elle s'est finalement débarrassée de lui, il a craqué. Il était profondément blessé. J'ai eu du mal à y croire, ajouta-t-elle en secouant la tête d'un air triste.

— Croire… qu'il puisse encore l'aimer, ou la tuer ?

— Les deux.

Ivy regarda une goutte de sirop rose couler sur les doigts d'Alicia.

— Je n'ai jamais compris ses sentiments pour cette fille, poursuivit l'amie de Luke. C'est justement parce qu'ils étaient si forts que je n'ai jamais réussi à croire non plus qu'il l'avait tuée.

— Et si tu avais raison ?

Alicia la dévisagea, les yeux écarquillés.

— Il n'aurait pas commis le meurtre ? Qu'est-ce qu'il t'a dit ? Est-ce qu'il se souvient de ce qui s'est passé ? s'empressa-t-elle de demander, la voix pleine d'espoir.

— Non. En revanche, toi et Bryan, les deux personnes qui le connaissaient mieux que quiconque, ne parvenez pas à vous persuader que c'est un assassin.

— J'étais avec Luke le soir où Corinne est morte.

— Quoi ? s'exclama Ivy, qui n'avait lu cette information dans aucun des comptes rendus qu'elle avait consultés. Je croyais qu'il était seul chez lui, à boire.

— La dernière partie est exacte, admit Alicia.

— Il était ivre ?

— Presque, quand je suis arrivée, mais il ne l'était plus quand je suis partie.

Alicia fit une pause pour avaler enfin quelques cuillerées de son dessert déjà bien fondu.

— Tu vois, reprit-elle, on a toujours été amis. Quand ma famille a déménagé de River Gardens il y a deux ans, mes parents m'ont interdit d'y remettre les pieds. Ça faisait des années qu'ils essayaient de rassembler l'argent nécessaire pour quitter ce quartier et nous mettre, mes sœurs cadettes et moi, dans de meilleures écoles. Mais j'ai toujours trouvé le moyen d'y retourner à leur insu. Et puis, quand j'ai emménagé à l'automne sur le campus de la fac, revoir Luke sans qu'ils le sachent est devenu encore plus facile. On avait toujours beaucoup partagé. Il m'écoutait, et je faisais pareil avec lui.

Alicia détourna le regard. Ainsi, Bryan avait raison : elle aimait toujours Luke.

— Il a eu de la chance de t'avoir, murmura Ivy avec tendresse.

Les lèvres serrées, Alicia hocha la tête en silence. Si Ivy l'avait mieux connue, elle l'aurait prise dans ses bras pour la consoler.

— Excuse-moi, balbutia Alicia.

— Je t'en prie, répondit Ivy, les yeux baissés vers sa coupe pour ne pas l'embarrasser.

Elle attendit un instant qu'Alicia se remette.

— Ça va mieux ? lui demanda-t-elle enfin.

— Oui. Le soir où Corinne est morte, Luke m'avait appelée tôt dans l'après-midi. Il n'avait vraiment pas le moral. J'ai vérifié comment il allait vers dix-sept heures. J'avais une dissertation à faire, mais je savais qu'il avait besoin de moi. Alors, je me suis rendue chez lui. J'ai acheté des sandwichs au passage et je lui ai préparé un café fort en arrivant. On a parlé longtemps. Je trouvais que la conversation portait ses fruits, qu'il commençait à accepter que Corinne et lui ne soient pas faits l'un pour l'autre. Et voilà qu'elle lui envoie un texto. Sans mentir, si elle s'était trouvée là, c'est moi qui l'aurais étranglée. Elle l'appelait de la ferme Four Winds, un endroit où ils avaient l'habitude de se promener en amoureux. C'est un verger en périphérie de Providence. Il est fermé l'hiver.

— Corinne voulait récupérer Luke ?

— Elle lui a juste dit qu'elle avait besoin de le voir, répondit Alicia en haussant les épaules. Lui m'a assuré qu'il n'irait pas, qu'il ne lui répondrait même pas. Il m'a remerciée pour mon aide. Bref, je pensais que la crise était passée. On a regardé la télé pendant une heure et, à onze heures du soir, je suis repartie au dortoir pour travailler à ma dissertation.

— Donc, le texto est arrivé vers vingt-deux heures ?

— Oui, juste après. L'épisode de *New York Police judiciaire* démarrait à peine.

Les yeux d'Alicia s'emplirent de larmes.

— Il y avait beaucoup d'alcool dans l'appartement… bien sûr, c'était toujours le cas, sauf quand il n'avait plus d'argent… Mais j'étais certaine qu'il allait mieux, ajouta-t-elle dans un sanglot. Le lendemain, j'ai entendu aux infos que Corinne avait été étranglée à Four Winds, et que la police recherchait Luke. Il leur a fallu deux jours avant de me retrouver pour me poser des questions. Je ne leur ai rien dit, parce que le peu que je savais – qu'il buvait et qu'il avait reçu ce message de Corinne – n'aurait fait qu'aggraver sa situation. De toute façon, ils s'étaient déjà forgé leur opinion. Ils n'ont pas cessé de me répéter : « Il n'y a aucune raison de s'enfuir quand on n'est pas coupable… »

Ivy s'accouda sur la table, les mains sous le menton.

— Les assassins ne sont pas les seuls à avoir des raisons de fuir, observa-t-elle.

— J'aimerais bien le croire, lui répondit Alicia. Au fond de moi, j'en suis sûre. Remarque, je suis peut-être naïve.

Là-dessus, elle jeta un coup d'œil à sa montre et conclut :

— Je dois y aller.

Sur le chemin du retour vers le magasin de ses grands-parents, elle donna à Ivy les noms de personnes qui connaissaient à la fois Corinne et Luke, ainsi que des conseils qui l'aideraient à les convaincre de lui parler.

— La grand-mère de Corinne considérait que sa petite-fille n'avait aucun défaut, expliqua Alicia, mais elle avait un énorme faible pour Luke aussi. La mère, elle, est un cas : elle rivalisait avec sa fille. C'est quelqu'un qui aime bien jouer les adolescentes. Quant au beau-père, il s'appelle Hank Tynan. Il travaille pour un service de berlines ; il sert de chauffeur à de grands dirigeants d'entreprise. Si tu décides de le rencontrer, je te conseille de le faire dans un lieu public. Le monsieur est irascible. D'après Luke, Corinne lui racontait qu'il la battait. C'était peut-être une invention, mais je n'ai jamais fait confiance à cet homme, même avant de savoir ça. Il regarde les gens d'une façon bizarre. Luke et lui ne se sont jamais entendus.

— Merci pour toutes ces informations, déclara Ivy.

Elles échangèrent leurs coordonnées et Ivy repartit vers sa voiture. Avant qu'elle n'arrive sur le parking, Alicia la rappela :

— Attends !

Ivy pivota sur ses talons. Comme Alicia ne bougeait pas, elle revint vers elle.

— Si tu parles à Luke, est-ce que tu pourrais lui dire que j'aimerais bien le voir ?

Ivy hésita.

— Une dernière fois, murmura Alicia avec un regard implorant. Une dernière fois.

Chapitre 15

Tristan s'allongea sur un banc de l'église, les mains derrière la nuque, les yeux occupés à suivre les lignes de la voûte gothique. Les voix qu'il avait entendues à l'aube s'étaient tues après qu'il eut appelé Lacey et se fut mis à prier. Il avait néanmoins la désagréable impression que le problème ne se résoudrait pas aussi aisément.

Il consulta sa montre, désormais bien accrochée à son poignet. Seize heures dix. Cela faisait près de douze heures qu'il avait envoyé son message à Lacey, qui ne lui avait toujours pas répondu. Pendant un moment, il avait craint qu'il ne lui soit arrivé quelque chose. Puis il s'était pris à redouter qu'elle n'ait miraculeusement réussi à remplir sa mission et ne soit passée vers la Lumière sans lui dire au revoir.

— Oh ! arrête de geindre.

Au son de sa voix, Tristan se redressa vivement.

Lacey, assise en tailleur comme un bouddha, un chapelet autour du cou, des papillotes sur les tempes et un kufi[8] sur la tête, le regardait depuis le chœur de l'église.

8. Chapeau traditionnel porté par les hommes en Afrique de l'Ouest, qu'ils soient chrétiens, musulmans ou autres.

— Je défends le multiconfessionnalisme, déclara-t-elle. Pas mal, non ?

— Impressionnant, admit Tristan.

Elle l'étudia pendant une longue minute, puis déplia les jambes avant de sauter sur ses pieds.

— Tu n'es pas de mauvaise humeur, si ? lui demanda-t-elle. Je suis venue aussi vite que j'ai pu.

Il se leva lentement.

— Ce n'est pas grave.

— Ce n'est pas grave ? répéta-t-elle en s'approchant de lui pour scruter son visage. Lacey, Lacey, j'ai besoin de toi ! l'imita-t-elle. J'ai tout de suite compris que ça venait de monsieur le Déprimé. Mais puisque monsieur le Déprimé n'a plus besoin de moi, je vais m'occuper de mes autres clients.

Sur ce, sa silhouette disparut et son halo mauve passa vivement à côté de lui.

— Lacey, attends ! J'ai besoin de toi… Je… je suis un peu sur les nerfs.

Cette fois, la vraie Lacey se matérialisa.

— Tu as vu ça ? Maintenant, je suis capable de rester visible pendant un quart d'heure entier.

— Formidable, marmonna-t-il.

— Et je peux aussi me créer des accessoires, comme tu as pu le remarquer. Je me surprends tous les jours.

— Et Dieu aussi, je parie.

Lacey promena son regard dans l'église.

— Quelle cachette tu t'es trouvée ! s'exclama-t-elle. Qui s'attendrait à trouver un ange ici ?

— Je dors dans le clocher.

— Le clocher ?

Une lueur s'alluma dans ses yeux sombres.

— Superbe idée. Tu as déjà vu *Le Bossu de Notre-Dame* ? dit-elle en avançant de quelques pas, une épaule relevée. Je suis sûre que tu te rappelles ce que l'obsession de Quasimodo pour une femme lui a valu. Il...

— Lacey, la coupa Tristan qui perdait patience, j'entends des voix.

Elle se redressa.

— En ce moment ?

— Quand je t'ai appelée. Mais ça m'est déjà arrivé avant. La première fois, je dormais et j'ai pensé que j'avais rêvé. Aujourd'hui, j'étais bien éveillé, et elles ont fini par faire un tel vacarme que je n'arrivais plus à penser.

— Qu'est-ce qu'elles disaient ? s'enquit Lacey, l'air perplexe.

— Je n'en sais rien. Elles étaient en colère et énervées. Il y en avait des centaines, qui parlaient toutes en même temps.

Lacey haussa un sourcil.

— Elles ressemblaient à celles qui hurlaient la nuit où Gregory est mort.

Lacey recula d'un pas.

— Tu crois qu'elles pourraient avoir un rapport avec lui ? l'interrogea Tristan. Tu crois qu'il pourrait en faire partie ?

— Aucune idée.

— Tu l'as revu, toi, Gregory ?

— Quand je regarde dans les yeux de Beth, j'y perçois des ténèbres, une sorte de noirceur, d'agitation, comme un panache de fumée en mouvement.

— Pourquoi est-ce que tu en déduis que c'est Gregory ?

Lacey réfléchit un instant.

— Difficile à expliquer. C'est comme quand on reconnaît une personne dans un rêve, même si son apparence diffère de son physique réel. On sait que c'est elle, c'est tout.

— Quand Gregory regarde par les yeux de Beth, à ton avis, qu'est-ce que lui voit ?

— Des occasions.

« De faire mal à Ivy, songea aussitôt Tristan. De la tuer et de nous séparer à nouveau. »

— Est-il conscient de ta présence ? demanda-t-il à Lacey.

— Il n'a jamais réagi comme si c'était le cas.

— Par contre, il doit savoir que je suis là.

Lacey grimaça.

— Tu es trop présomptueux, Tristan. Tu crois qu'une sorte de trompette céleste a annoncé ton retour ? Je n'avais pas la moindre idée que tu étais revenu jusqu'à ce qu'Ivy me l'apprenne. Si tu as de la chance, Gregory ne s'en doute pas encore.

Tristan fit les cent pas pendant un moment, puis repartit s'asseoir sur un banc, sur le dossier duquel il pianota.

— Si je comprends bien, Gregory ne quitte pas l'esprit de Beth. Il ne rôde dans aucun autre cerveau ?

— Il pourrait, je suppose... Comme toi pendant ton premier séjour ici. Après tout, tu passais facilement de celui de Beth à celui de Will quand tu voulais communiquer à travers eux, leur parler ou les faire agir pour toi. Tes pouvoirs étaient à leur maximum à l'époque, mais, si tu te souviens bien, ils étaient limités par les perceptions de ceux que tu occupais. Pareil quand tu t'es introduit dans les circuits grillés par la drogue du cerveau d'Eric. L'expérience s'est avérée dangereuse. Lui était vulnérable à ta présence, mais toutes les substances qu'il prenait et toutes ses pensées te rendaient vulnérable à lui aussi, au point que ce qui lui serait arrivé quand tu étais en lui te serait arrivé aussi.

— Bien, très bien, murmura Tristan. Au moins, ça signifie que, tant que Gregory reste en Beth, il ne lui fera rien.

Lacey partit d'un éclat de rire amer.

— Parce que tu crois qu'il aurait peur de se détruire ? Tu crois vraiment que les personnes obsédées comme lui par quelque chose, ou quelqu'un, savent se maîtriser et pensent à s'épargner ?

Tristan, absorbé dans ses réflexions, l'écouta à peine.

— Peut-être qu'on m'a fait revenir caché dans le corps de Luke pour que Gregory ne me repère pas, et que ma mission est bien de sauver Ivy.

— Ta mission est de te sauver toi-même d'Ivy ! lui rétorqua Lacey, le doigt pointé dans sa direction.

— C'est ce que tu penses, mais je ne suis pas de ton avis, lui répondit-il calmement.

Lacey leva les bras au ciel.

— Quand est-ce que tu vas accepter la vérité, Tristan ! s'exclama-t-elle. Ivy était morte. Écrasée, broyée, morte ! Exit Ivy. Tu n'avais aucun droit de lui offrir un billet de retour !

— Je n'avais pas le droit de la ramener à la vie, mais tu considères que la personne qui l'a fait sortir de la route cette nuit-là, elle, avait le droit de la tuer ? explosa-t-il.

— Aucun de vous deux n'avait le droit de faire ce qu'il a fait.

— C'est ça que tu as appris en trois ans d'errance sans être capable de trouver ta mission ?

Sans un mot, Lacey lui lança un regard noir, avant de se diriger vers le grand portail de l'église par l'allée centrale. Parvenue au bout, elle fit volte-face de façon théâtrale.

— Je n'ai peut-être jamais lu le scénario universel, déclara-t-elle d'un air fier, et c'est vrai que le grand patron ne m'a jamais consultée, mais je peux te dire ce que je vois depuis mon fauteuil de spectatrice dans la salle : un ange qui a perdu tous ses pouvoirs, qui occupe le corps d'un assassin et qui entend des voix de démons se rapprocher de lui inexorablement. Tu as fait une grosse erreur, Tristan. Maintenant, c'est toi-même que tu vas devoir sauver.

Peu de temps après qu'Ivy eut quitté Alicia, elle s'arrêta sur le parking d'un commerce de proximité pour écrire tout ce que l'amie de Luke lui avait appris. Puis elle reprit la route et se rendit à St. Peter, où elle passa le reste de l'après-midi à réviser au piano les partitions que son professeur lui avait données à travailler pour l'été. Jouer semblait toujours l'aider à réfléchir.

En chemin vers le presbytère où elle allait déposer la clé, il lui revint soudain que tous les articles qu'elle avait trouvés sur le meurtre de Corinne omettaient deux détails : l'heure estimée de son décès, et celle à laquelle son corps avait été retrouvé. La seule phrase dont Ivy se souvenait qui y faisait vaguement référence ne disait rien de plus précis que « tard le soir du 14 avril ». Si Alicia avait quitté la maison de Luke après vingt-trois heures, la distance à parcourir entre River Gardens et Four Winds n'aurait laissé à celui-ci qu'un laps de temps restreint pour commettre le meurtre et rentrer avant minuit.

Ivy s'arrêta dîner à Chatham et arriva au *cottage* alors que Kelsey et Dhanya en partaient. Elle leur dit au revoir, puis appela Beth depuis le pied de l'escalier dans la cuisine. Le plancher à l'étage craqua, mais Beth ne lui répondit pas. Elle l'appela à nouveau, de façon répétée, avant de renoncer et d'ouvrir son ordinateur. Elle retint son souffle le temps que l'écran s'allume. Il était redevenu normal.

Elle consulta alors le dossier dans lequel elle avait rassemblé les articles sur la mort de Corinne. Elle commençait à se demander, en effet, si la police n'avait pas tu certaines informations le temps d'interroger les suspects. Aucun des textes d'origine ne mentionnait les circonstances de la découverte du crime ; seul l'un d'eux, paru après que le retour de Luke sur le cap eut été établi, indiquait le nom de la personne qui avait retrouvé le corps : James Oberg.

Ivy fit une recherche, infructueuse, sur Facebook. Elle consulta alors un annuaire téléphonique de la région de Providence, où elle remarqua le numéro d'un certain James P. Oberg, qu'elle s'empressa d'appeler. La voix qu'elle entendit sur le répondeur, quoique âgée, dénotait une certaine vitalité, voire un tempérament légèrement belliqueux. Elle raccrocha, pour prendre le temps de décider si elle devait laisser un message ou non. Arrivée à la conclusion que les personnes âgées n'aimaient probablement pas les appels anonymes répétés, elle reprit le combiné. « Bonjour, je m'appelle Abbie Danner, dit-elle. Je suis journaliste stagiaire au *Times* de cap Cod. J'aurais quelques questions à vous poser au sujet d'un article que j'écris pour le journal. » Puis, elle indiqua son numéro de téléphone portable, en expliquant que ce serait le moyen le plus simple de la joindre.

Une fois cette tâche accomplie, elle entreprit de calculer sur MapQuest la distance entre River Gardens et la ferme de Four Winds : l'itinéraire le plus rapide prenait quarante minutes. Même en considérant que les routes étaient désertes tard le soir et que Luke avait peut-être dépassé la limite de vitesse, le temps qui lui serait resté pour commettre le meurtre se réduisait comme peau de chagrin !

Ivy examina ensuite toutes les personnes, amis ou contacts indirects, apparaissant sur la page Facebook de Corinne, et copia leurs noms ainsi que les informations disponibles à leur sujet, sur une clé USB. Les deux relations qui l'intéressaient particulièrement étaient Hank Tynan, le beau-père de Corinne, et Tony Millwood, son confident. Selon Alicia, elle avait toujours eu avec ce dernier des liens qui allaient de l'amour à la haine. Sauf qu'avec le temps, Tony, qui acceptait mal la façon dont Corinne le traitait, avait fini par éprouver envers elle une colère constante qui avait pris le pas sur ses autres sentiments.

Corinne avait publié sur Internet un grand nombre de ses photos et autres œuvres d'art, dont certaines se trouvaient encore sur le site de son école. Ivy les étudia pour tenter de décrypter la personnalité et les penchants artistiques de la disparue.

Deux heures plus tard, alors qu'elle se mettait debout pour s'étirer, un miaulement impérieux attira son attention ; planté devant la porte de la cuisine, Dusty la regardait à travers la moustiquaire.

— Qu'est-ce que tu fais là ? lui lança Ivy. Tu es censé rester dehors pour protéger le jardin de toutes les bestioles qui veulent s'y attaquer !

Dusty leva une patte pour s'agripper au grillage métallique.

— Non ! s'exclama Ivy en se hâtant d'aller lui ouvrir.

Puis elle lui remplit un bol d'eau fraîche, qu'elle posa par terre.

— Pas de gâteries aujourd'hui, lui dit-elle. Ce matin, tante Cindy nous a reproché de trop te nourrir. Elle trouve que tu fais du gras et que tu deviens paresseux.

Le chat baissa la tête vers le bol, avant de la relever vers Ivy, comme pour lui rétorquer : « C'est une plaisanterie ? »

— Désolée, renchérit Ivy.

Elle se servit elle-même un verre d'eau avec des glaçons, puis se rassit à son ordinateur, pour observer une carte de Providence et explorer les rues de River Gardens avec Street View. Elle se rendit alors compte que Dusty, obstiné comme un maine coon qui se respecte, était venu se percher sur la table et s'apprêtait à plonger la patte dans son verre.

— Hé, est-ce que je bois dans ton bol, moi ? s'esclaffa-t-elle.

Le chat se mit à ronronner, visiblement en manque d'affection. Tandis qu'elle tapait sur son clavier, il vint se frotter la joue sur son poignet, puis se faufila sous son bras, avant de se laisser tomber sur ses genoux. Ivy gratta un instant l'épais collier de fourrure qui lui entourait le cou et passa ses doigts dans son pelage. Soudain, le corps du chat se raidit sous sa main. Sa longue queue se mit à frapper sa hanche, puis il se dressa sur ses pattes, le regard tourné vers l'escalier près de la cheminée.

— Qu'est-ce qu'il y a ? chuchota Ivy.

Dusty releva le menton, les yeux attirés vers le plafond. Il semblait suivre quelque chose qui allait et venait entre le coin où Beth dormait et le palier. Il avait une meilleure ouïe qu'elle : Ivy n'avait rien entendu.

Le maine coon sauta à terre et se dirigea prudemment vers le bas des marches, où il leva la tête à nouveau en fouettant l'air de la queue. Ivy le rejoignit sur la pointe des pieds. Après avoir un moment hésité à appeler Beth, elle décida de monter sans la prévenir.

En dehors d'une lueur rouge foncé à une extrémité, la pièce était plongée dans l'obscurité. Beth avait rallumé sa bougie votive. Ivy s'approcha d'elle le plus silencieusement possible. Son amie était couchée, les yeux fermés, le corps rigide comme la mort. Ivy s'assit au bord de son propre lit, d'où elle observa le visage de Beth, jusqu'à ce que, du coin de l'œil, elle remarque un éclat.

Le pendentif en améthyste de Beth scintillait à la flamme vacillante de la bougie. La chaîne en argent était enroulée sur les deux boules du montant du lit d'Ivy, et torsadée au milieu de sorte à créer un nœud coulant : la statuette d'ange en porcelaine y était pendue par le cou.

En un éclair, Ivy repensa au rêve de Beth, dans lequel un serpent l'étranglait. Tremblante, elle avança la main vers la chaîne en argent pour libérer l'ange. Mais elle recula vivement : Beth venait d'ouvrir les paupières en grand. Ses yeux, dans lesquels la bougie se reflétait, n'étaient plus que deux mares noires. Et l'imperceptible sourire qui dansait sur ses lèvres n'était pas le sien. Il appartenait à une âme ténébreuse embusquée dans son cerveau, à l'affût d'Ivy.

Cette dernière s'efforça au calme.

— Défais ce nœud, ordonna-t-elle.

Beth jeta un coup d'œil vers l'ange étranglé, puis vers la bougie rouge foncé. Bien qu'elle n'ait pas parlé, Ivy remarqua un léger plissement sous ses yeux. Un tressaillement. L'espace d'un instant, la vraie Beth avait vu l'horreur de son geste.

Pleine d'espoir, Ivy insista :

— Regarde ce que tu as fait.

Alors que Beth reportait son attention sur sa bougie votive, Ivy se pencha vers elle et souleva son menton du bout des doigts. Beth la saisit par le poignet pour la repousser violemment. Imperturbable, Ivy continua de la dévisager et là, de nouveau, elle perçut un léger tressautement, signe certain qu'une partie de son amie vivait encore.

— Défais le nœud.

Beth ferma les paupières et Ivy remarqua que sa gorge se serrait. Elle aurait tant aimé la prendre dans ses bras. Toutefois, lorsqu'elle se pencha vers elle, Beth se tourna vivement sur le côté. Ivy décida alors de décrocher elle-même la chaîne, qu'elle posa avec la statuette sur Beth.

— Libère mon ange.

Les mains serrées de Beth étaient dures comme la pierre. Ivy s'obstina néanmoins, car, même si l'ouverture était infime, elle avait réussi à créer une brèche qui lui permettait d'atteindre son amie.

— Tu peux le faire, Beth. Tu as la force de le combattre.

Beth baissa lentement la tête vers l'améthyste. Une minuscule veine bleue battait contre sa tempe.

— Je suis là, reprit Ivy. Toi et moi sommes plus fortes que lui.

Beth effleura la pierre violette d'un doigt.

— Will et moi t'avons offert cette améthyste, tu te souviens ? C'est un signe. Notre amitié et notre amour sont plus puissants que toute sa haine.

Les doigts de Beth se refermèrent sur la pierre.

— Je ne peux pas l'arrêter, Ivy, murmura-t-elle. Il va te faire du mal. Il va m'utiliser pour sa vengeance. Reste loin de moi.

— Je ne veux pas ! s'exclama Ivy. Je ne le laisserai pas prendre le dessus sur toi !

— C'est trop tard. C'est inutile.

Ivy s'empressa de défaire elle-même le nœud au bout du collier pour libérer la statuette, puis glissa la chaîne en argent sur la tête de Beth. Était-il possible que l'améthyste lui permette de lutter contre l'emprise de Gregory sur son esprit ? Ivy se rappela soudain la façon dont Beth, le pendentif serré dans sa main, l'avait mise en garde contre la présence de Gregory dans les semaines qui avaient suivi leur séance de spiritisme.

— Garde cette chaîne sur toi, Beth. N'oublie pas que Will et moi sommes avec toi. On va trouver un moyen de te sortir de tout ça, je te le promets. Garde la chaîne.

— Je suis fatiguée.

Ivy observa ses yeux cernés. Ils étaient toujours noirs, mais le bord azur de leur iris était réapparu.

— Je suis si fatiguée, répéta Beth dans un souffle.

— Dors. Rallonge-toi. Je reste là.

— Non, Ivy, ne reste pas ! Il veut te détruire.

Ivy souffla la bougie.

— Chut… Allonge-toi. Je vais attendre que Kelsey et Dhanya rentrent.

Longtemps après le retour de ces dernières, Ivy n'avait toujours pas bougé de son lit. Elle réfléchissait. Organiser, planifier, se convaincre que l'action était possible était le seul moyen pour elle de tenir à distance la terreur qui l'assaillait. Le lendemain, elle encouragerait Suzanne à envoyer un e-mail à Will pour le mettre au courant des rêves de Beth. S'il en entendait parler par une tierce personne, qui connaissait leur amie autant qu'eux et se souciait d'elle, il finirait peut-être par écouter. Ensemble, ils pourraient combattre Gregory. Puis elle irait dire à Tristan ce qu'elle avait appris d'Alicia, et voir l'homme qui avait découvert le corps de Corinne…

« Donnez-moi la force », pria Ivy. Oui, grâce à cette force, elle vaincrait l'obscurantisme que constituait l'ignorance. Oui, grâce à cette force, elle vaincrait le mal lui-même. Elle trouverait le chemin, pour eux tous.

Chapitre 16

Pour Tristan, l'isolement était pire que la peur. Lors de son séjour à l'hôpital, il avait mis sur le compte de l'amnésie les vagues de désespoir dans lesquelles il sombrait. Il savait désormais qu'il s'était trompé. L'absence d'Ivy, voilà ce qui lui donnait le sentiment d'être un exilé. Peut-être était-ce pour cette raison qu'il entendait des voix de démons ; peut-être était-ce cela, l'enfer : vivre l'exil, loin d'Ivy.

Il perçut soudain une mélodie. Quelqu'un sifflait devant l'église. Se trouvant au niveau du narthex, non loin de l'échelle, Tristan resta immobile, prêt à grimper les barreaux vers la sécurité de l'étage supérieur si nécessaire. Toutefois, il se surprit à entonner lui-même la mélodie joyeuse. Elle était tirée de *Carrousel* ; c'était une chanson qu'Ivy avait l'habitude de jouer pour lui !

Il se précipita vers l'escalier qui menait au sous-sol. En plein lundi après-midi, ce dernier était baigné de soleil et quiconque regarderait à l'intérieur apercevrait sa silhouette. Sa décision était insensée et dangereuse, il le savait. Sauf qu'elle lui permit de la voir, assise là, dans les hautes herbes qui longeaient les fenêtres. Elle avait pris une décision insensée et dangereuse, elle le savait aussi. Peu importait. Ils tenteraient leur chance quand même.

Tristan se rua vers le soupirail qu'il tapota fébrilement tout en retirant le bloc de bois. Elle tourna la tête avec une telle nonchalance, comme absorbée par une rêverie, qu'il pensa tout d'abord qu'elle ne l'avait pas remarqué. Cependant, toujours comme si de rien n'était, elle se glissa petit à petit vers lui, poussa le battant discrètement en même temps qu'il le tirait, et se laissa tomber dans ses bras.

— L'escalier, lança-t-il aussitôt tandis qu'elle rentrait le sac à dos.

Il ferma la fenêtre après elle, remit le bloc de bois en place et s'élança à sa suite. Ils grimpèrent la moitié des marches quatre à quatre, avant de n'y plus tenir et de se jeter dans les bras l'un de l'autre.

— Tu m'as manqué, murmura-t-il en lui couvrant le visage de baisers.

— Toi aussi !

— Je t'aime.

— J'ai besoin de toi !

Il enfouit son visage et ses mains dans ses longs cheveux blonds, se perdit dans son odeur, son contact, sa voix. La douceur avec laquelle elle l'embrassait alla droit à son âme. « Si je suis réellement déchu, songea-t-il, alors Ivy est la grâce qu'on m'envoie, pour mon rachat. »

— Tristan, souffla-t-elle, tu m'as tellement manqué. Je n'aurais pas dû venir en plein jour, mais…

Il l'empêcha de terminer sa phrase par un nouveau baiser.

— Je ne m'habitue pas à être loin de toi.

— Je sais.

Il la serra contre lui en lui caressant tendrement la joue.

— Je ne me séparerai jamais de toi.

— Je me suis inquiétée pendant l'orage samedi soir. Mais tu as l'air d'aller bien.

Il décida de ne pas lui parler des voix. Pourquoi l'alarmer pour un problème auquel lui seul était confronté ?

— Il n'y a pas eu de fuites ?

— Non, pas une fois que j'ai fermé la trappe du beffroi.

Elle sourit et finit de monter l'escalier vers l'église, dont elle fit le tour en passant le doigt sur les boiseries sculptées, ainsi que sur les vestiges de délicates fresques au pochoir. Puis ils s'assirent sur un des longs bancs. Le blanc laiteux des vitraux dansait sur les contours du visage d'Ivy. Incapable de la quitter des yeux, Tristan se demanda s'il se lasserait un jour ne serait-ce que du simple miracle qu'était pour lui le plaisir de la regarder.

— J'ai de nouveaux renseignements sur Luke, lui annonça-t-elle avant de lui rapporter sa conversation avec Bryan le samedi soir, et Alicia la veille.

— Alors, Luke est peut-être innocent...

— Pas peut-être. Il l'est. Je le sais !

— Doucement, Ivy. Il ne faut pas aller trop vite, lui conseilla Tristan avec prudence bien que l'information lui ôtât un grand poids.

Ivy lui raconta ensuite qu'elle avait retrouvé l'homme qui avait découvert le corps de Corinne.

— Toujours pas de réponse, marmonna-t-elle en consultant son téléphone. Mais je suis journaliste et les journalistes sont censés être obstinés... ajouta-t-elle en composant le numéro de James Oberg.

Ses yeux s'illuminèrent.

— Oui, bonjour. Abbie Danner au téléphone.

Elle écarta légèrement l'appareil de son oreille pour que Tristan puisse entendre.

— ... la jeune stagiaire qui m'a laissé un message un peu plus tôt ? disait l'homme.

— C'est exact. J'écris un article sur la mort de Corinne Santori.

— Ça a déjà été fait.

— Oui, mais comme vous le savez peut-être, Luke McKenna a été signalé il y a quelques semaines à Orleans, et la police a lancé un nouvel avis de recherche contre lui. Étant donné le nombre de touristes qui vont et viennent sur le cap l'été, j'ai peur que beaucoup de personnes n'aient pas lu l'article précédent.

— Vous n'avez qu'à le publier une deuxième fois.

— Je suis stagiaire, monsieur. Je veux écrire mon propre texte, et qu'il se distingue de l'autre.

L'homme s'esclaffa.

— Bon, d'accord ! Mais juste une question. Et soyez brève.

— Pourriez-vous décrire pour mes lecteurs comment vous avez trouvé le corps, et quand ?

— Je promenais mon chien, comme d'habitude. On avait fait le tour de Four Winds aux trois quarts. Rufus venait de se soulager et on repartait vers la maison à la hâte pour ne pas rater les informations.

Tristan et Ivy échangèrent un regard surpris. Alicia était restée avec Luke jusqu'à la fin de *New York Police judiciaire*, soit vingt-trois heures.

— Le journal régional ?

— C'est le seul que je regarde.

Ivy pressa la main de Tristan pour tenter de contrôler son enthousiasme.

— À vingt-trois heures ? Il n'avait pas été décalé par la diffusion d'un match de base-ball ou autre ? Il était vraiment prévu à vingt-trois heures ce soir-là ?

— Pourquoi voulez-vous qu'on se soit pressés sinon ? Si ce n'est que, tout à coup, mon fichu chien de chasse a commencé à renifler partout, jusqu'à ce qu'il trouve la fille dans un buisson.

— Quand avez-vous appelé la police ?

— En rentrant à la maison. À vingt-trois heures dix. La météo pour le lendemain matin commençait. J'ai horreur de la façon dont ils segmentent les bulletins et les étalent dans le temps, de nos jours.

— Merci. Merci, monsieur Oberg. Votre aide aura été précieuse.

Ayant à peine raccroché, Ivy posa des yeux étincelants sur Tristan.

— La nuit dernière, j'ai vérifié la durée de l'itinéraire entre River Gardens et Four Winds. Quarante minutes ! Il est impossible que Luke soit coupable si le corps a été trouvé et signalé à vingt-trois heures dix. Maintenant, on en a la certitude, et on a un alibi !

Tristan eut l'impression de sentir tomber des chaînes qui l'entravaient. Il appuya son front contre celui d'Ivy. Pensait-elle comme lui ? S'ils avaient les moyens de convaincre la police de l'innocence de Luke, ils pourraient de nouveau se montrer ensemble au grand jour.

— J'irai voir Alicia dès que possible pour lui demander de faire une déposition à la police, reprit Ivy.

Mais alors que Tristan lui souriait, elle se rembrunit.

— Tu penses qu'elle refusera, supposa-t-il.

— Non, je suis certaine qu'elle acceptera, peu importe ce que la démarche lui coûtera. Elle est comme ça. En revanche, on va avoir un autre problème à résoudre : elle m'a demandé de dire à Luke qu'elle aimerait bien le revoir « une dernière fois ». Elle me l'a dit à deux reprises, elle m'a presque implorée. En fait, Alicia est restée sa plus proche amie jusqu'à la fin. Je crois qu'elle l'aimait.

Tristan passa la main sur la fibre lisse du banc de bois.

— Et tu te demandes s'il est juste d'exiger d'elle qu'elle innocente une personne qu'elle pense, à tort, être en vie, déclara-t-il.

— Elle blanchira son nom, quoi qu'il arrive. Ce dont je ne suis pas sûre, c'est si tu dois lui révéler la vérité quand tu la verras.

— Ne pas lui expliquer que je suis quelqu'un d'autre équivaudrait à trahir sa confiance, acquiesça Tristan.

— Oui. Et c'est mal de tromper. Pourtant, je sais d'expérience qu'après ta mort, j'aurais tout fait pour te revoir une dernière fois, pour te retrouver tel que tu étais quand tu vivais encore. Entendre ta voix en moi m'a tellement aidée, même quand j'ai été obligée de te laisser repartir.

Ivy lui prit la main.

— Mais c'était vraiment toi. Je ne sais pas comment j'aurais réagi si j'avais découvert après coup que quelqu'un d'autre avait joué ton rôle. Est-ce que j'aurais pensé que les moments de bonheur et de réconfort valaient le mensonge ?

Ivy se leva pour marcher jusqu'au bout du rang avant de revenir vers Tristan par le suivant.

— Si Alicia était si proche de Luke, elle se rendra peut-être compte que je ne suis pas lui, estima Tristan.

— Sauf qu'elle est au courant de ton amnésie, ce qui expliquerait tes trous de mémoire. Le plus terrible, c'est que plus les personnes que tu rencontreras auront été proches de toi, plus elles croiront que tu es vraiment Luke à cause de ton apparence et de ta voix. Tu as même l'accent de Rhode Island. Seule ta façon de penser risque de leur sembler différente. Et encore, elles mettront certainement ça sur le compte des épreuves que tu as traversées.

Tristan se leva à son tour pour aller s'asseoir sur les marches de l'autel. Le monde extérieur, feutré par les vitraux, manquait de couleurs et de précision, et les ombres commençaient à envahir l'édifice. Tristan aurait tant aimé être de nouveau soumis aux lois de la vie ordinaire. Depuis que Lacey lui avait affirmé qu'il avait été déchu pour avoir sauvé Ivy, les limites entre le bien et le mal lui paraissaient floues.

Ivy poursuivit sa réflexion :

— La difficulté, c'est qu'Alicia t'a vu et que ses yeux sont convaincus que Luke est en vie. Peu importe la version qu'on lui donnerait, qui croirait dans l'existence d'un ange imposteur ? Bien sûr, je pourrais lui dire que Luke est loin maintenant et qu'il ne voulait pas prendre le risque d'entrer en contact avec des connaissances de sa vie antérieure. Mais je sais que, si tu décidais de me quitter sans un mot, après tout ce qu'on a vécu ensemble, ça me tuerait.

— Oui, ce serait aussi terrible pour moi, il n'y aurait rien de pire que tu partes sans me dire au revoir.

Tristan tendit les bras vers Ivy qui passait devant lui pour qu'elle s'asseye à ses côtés.

— Je crois qu'on a notre réponse, conclut-il.

Peu après, Tristan montra à Ivy ses « appartements ». Ils commencèrent par son « loft », le premier niveau accessible depuis le narthex de l'église, avant de passer à l'étage de la cloche qui, sous la flèche du beffroi, ressemblait à une terrasse baignée de soleil. Ils y restèrent assis un long moment, les yeux levés vers les bouts de ciel encadrés par les baies, à apprécier la chaleur de l'après-midi. Puis Ivy partit faire des courses au magasin des parents d'Alicia.

Elle revint des heures plus tard, juste après la tombée de la nuit, et prévint Tristan de sa présence en sifflotant la chanson tirée de *Carrousel.* Il la rejoignit dehors, puis l'accompagna jusqu'au parking où elle avait garé sa voiture.

— Je n'ai encore rien dit à Alicia, lui expliqua-t-elle. On a eu à peine le temps de convenir d'un lieu de rendez-vous. Mais quand je lui ai demandé de proposer un endroit où personne ne nous verrait, j'ai vu ses yeux briller d'espoir.

Tristan hocha la tête d'un air grave.

— Elle fait son jogging tous les soirs sur la plage, donc ses grands-parents ne s'étonneront pas de la voir sortir. Voici le plan qu'elle m'a donné.

Tristan l'étudia un instant.

— C'est tout près d'ici. On pourrait y aller à pied depuis la plage à côté de l'église.

— On serait obligés de passer devant la maison de Chase pour atteindre les marais salants. C'est plus sûr de conduire jusqu'à la plage suivante et de rebrousser chemin à pied.

Le parking était vide lorsqu'ils arrivèrent. Après avoir traversé en silence le croissant de plage, ils prirent la direction de l'est. Le sol se ramollit sous leurs semelles au fur et à mesure que le sable cédait la place aux marais envahis de hautes herbes et sillonnés de rigoles venues de la baie. Çà et là, les lignes effilées de kayaks et de canoës couverts de rosée nocturne miroitaient. Alicia avait indiqué à Ivy que les maisons, peu nombreuses à cet endroit, étaient toutes construites en retrait de l'eau, derrière des bouquets d'arbres. Une fois plus près de la rive, ils étaient censés chercher un abri en bois.

Au détour d'une courbe, Tristan remarqua une mince silhouette qui se détachait sur la masse grise d'un garage à bateaux. Alicia avança d'abord dans leur direction d'un pas hésitant, avant d'allonger la foulée pour s'arrêter tout près d'eux.

— Luke, dit-elle dans un souffle.

L'espace d'un instant, Tristan regretta d'avoir accepté de venir. Il se sentait incapable de donner à sa voix la même intensité émotionnelle que celle d'Alicia. Aussi, il se contenta de lui tendre la main en silence. Alicia la prit tendrement dans les siennes et la porta à sa joue. Ses larmes coulèrent sur les doigts de Tristan.

— Je suis vraiment désolé, réussit-il à avouer en toute sincérité, avant de la prendre dans ses bras, le cœur brisé par la souffrance de cette inconnue.

— Appelez-moi quand vous serez prêts, murmura Ivy, qui avait prévenu Tristan qu'elle les laisserait seuls.

Alicia souleva la casquette de base-ball de celui qu'elle pensait être Luke et s'esclaffa à la vue de ses cheveux coupés à la serpe. Puis, d'un doigt léger, elle effleura sa barbe.

— Ça... ça te va bien, lui dit-elle.

Par cette soirée sans lune et sans étoiles, Tristan savait que son apparence physique ne révélerait rien à un inconnu ; en revanche, à regarder Ivy s'éloigner dans le noir, il comprit combien l'amour vous dotait d'une vision indépendante de toute source de luminosité.

— Apparemment, on s'occupe bien de toi, reprit Alicia.

— Oui, j'ai eu de la chance. Alicia, merci de tout le temps que tu as passé à m'écouter et à te soucier de moi. Merci pour tout ce que tu m'as donné.

Tristan se dit que Luke l'aurait certainement remerciée de la même façon s'il avait appris tout ce qu'Alicia avait fait pour lui.

— Tu n'as jamais eu l'air aussi en forme, poursuivit celle-ci. Je suis vraiment reconnaissante à Ivy.

Tristan se rappela la souffrance qu'il avait éprouvée, une fois mort, lorsque Will prenait soin d'Ivy. Il voulait plus que tout qu'Ivy soit réconfortée et aimée. Néanmoins, assister impuissant à cette réalité l'avait fait souffrir le martyre. Aussi, il eut pitié d'Alicia.

— Je ne t'ai pas reconnue à la fête foraine, s'excusa-t-il. Je n'essayais pas de t'ignorer, mais je n'avais pas encore retrouvé la mémoire.

— Je sais. Et maintenant ?

— Les souvenirs me reviennent, mais très lentement.

— Alors, tout ce qu'on a partagé... a disparu ?

Elle plongea son regard dans le sien.

— Oui, ça se voit, ajouta-t-elle d'une voix tremblante.

— Non ! s'empressa de la rassurer Tristan. Ça me revient un peu plus chaque jour.

Il n'essayait plus dorénavant de dire partiellement la vérité ou de choisir des mots que Luke aurait pu prononcer. Il voulait seulement apaiser la souffrance d'Alicia.

— Le temps fera peut-être bien les choses alors, déclara celle-ci.

— Oui, sans aucun doute, balbutia Tristan, les yeux brûlants.

Alicia effleura sa joue d'une main, comme pour attraper ses larmes avant qu'elles ne tombent.

— Tu aimes Ivy, n'est-ce pas.

C'était une affirmation, pas une question.

— Je suis heureuse pour toi, Luke. Heureuse que tu puisses aimer quelqu'un qui sera bon avec toi. Tu le mérites.

Tristan accueillit ces paroles d'amour désintéressé avec grande humilité.

— C'est vrai, je ne mens pas, reprit-elle. Je suis ravie de te voir heureux. Mais je dois quand même te dire quelque chose, parce que je me suis promis que, si jamais je te revoyais, je le ferais. Je suis tombée amoureuse de toi il y a très longtemps. Et je t'aime toujours.

Tristan baissa la tête.

— Je suis désolé de te faire souffrir de cette façon.

Alors qu'elle lui posait la main sur l'épaule, comme pour le réconforter, il l'attira à lui. L'espace d'un instant, sa douleur le toucha si profondément que toute barrière sembla se dissoudre entre leurs deux âmes.

— Merci, murmura-t-elle. Merci d'être venu, de m'avoir écoutée. Et tu sais ce que je dis toujours…

Il aurait donné cher pour qu'on lui accorde le pouvoir de deviner cette phrase qu'il aurait dû connaître. Elle éclata de rire.

— D'accord, grave-le dans ta nouvelle mémoire : les fins sont des commencements, et c'est à nous d'en faire quelque chose de bien.

Lorsqu'elle s'était écartée pour donner à Alicia l'intimité qu'elle souhaitait avec Luke, Ivy avait décidé de revenir sur ses pas. Elle s'était arrêtée à portée de voix, et avait entrepris d'observer le rivage devant elle. La nuit, avec leurs herbes brillantes, leur eau satinée, et leur calme trompeur, les marais salants dégageaient une beauté qui leur était propre. Dans l'obscurité, seule l'odeur entêtante qui en émanait, et qu'Ivy appréciait, laissait supposer que de la vie fourmillait sous leur surface. Quant au silence qui y régnait, il accentuait le moindre son. Lorsque Ivy entendit un craquement, elle pivota vers les arbres. Les oiseaux, dérangés de leur perchoir nocturne, s'envolèrent. Ivy remarqua un point lumineux, qui disparut, mais qu'elle était certaine d'avoir entrevu un quart de seconde. Alicia leur avait mentionné la présence de quelques maisons derrière les arbres. Aussi, elle scruta l'obscurité pour tenter de délimiter les contours rassurants d'une construction. « Même s'il n'y a pas d'habitation toute proche, se persuada-t-elle, beaucoup de personnes viennent se promener avec leur chien, munies d'une lampe torche. » Tristan et elle en auraient pris une aussi s'ils n'avaient pas eu peur d'être vus.

Elle avait toujours le regard fixé sur les bosquets, lorsque Alicia l'appela. Ivy les rejoignit.

— Merci, lui dit Alicia en lui mettant la main sur le bras.

— De rien.

— Luke m'a dit que tu avais découvert quelque chose d'important.

— Oui, une information que j'aurais dû remarquer plus tôt. Aucun des articles écrits au moment de la mort de Corinne ne donnait l'heure estimée de son décès ni de renseignements sur les circonstances de la découverte de son corps. Dans un autre plus récent, le journaliste mentionnait le nom de l'homme qui a appelé la police. Il promenait son chien… et c'était juste avant le journal de vingt-trois heures.

Alicia tourna la tête vers Tristan.

— Il en est sûr ? lui demanda-t-elle.

— Il a affirmé à Ivy qu'il avait appelé le commissariat à vingt-trois heures dix, confirma Tristan, pendant le bulletin météo.

— Il devrait être facile de retrouver trace de l'heure dans leurs registres, ajouta Ivy.

— Si je comprends bien, la seule chose qu'ils ne savent pas, c'est que Luke et moi étions ensemble jusqu'à la fin de l'épisode de *New York Police judiciaire* et qu'il n'a peut-être pas eu le temps de faire la route jusqu'au lieu de l'assassinat. Est-ce que tu penses qu'ils me croiront ? s'enquit Alicia en regardant Ivy. J'irai faire une déposition sous serment, mais ils risquent de me demander pourquoi je ne me suis pas manifestée plus tôt.

— C'est fort possible, acquiesça Ivy. Je connais une femme officier au commissariat d'Orleans. Elle s'appelle Rosemary Donovan. C'est elle qui m'a interrogée le soir où ils ont essayé d'arrêter Luke. À mon avis, elle comprendra que tu as eu peur d'aggraver les charges qui pèsent sur lui.

— Rosemary Donovan, répéta Alicia. Je l'appellerai en me levant.

Ivy et elle, après avoir convenu de se retrouver au même endroit le lendemain soir, échangèrent une étreinte amicale. À son tour, Tristan la serra tendrement dans ses bras et attendit qu'elle décide elle-même de se détacher pour la laisser partir. Puis Ivy et lui rebroussèrent chemin, et Alicia reprit la direction de l'est.

Après quelques pas, cependant, Tristan s'arrêta brusquement.

— Alicia ! lança-t-il d'une voix cassée par l'émotion.

Elle fit volte-face.

— Les fins sont des commencements, et c'est à nous d'en faire quelque chose de bien.

Dans le noir, Ivy ne pouvait distinguer les traits d'Alicia, mais elle la vit porter les doigts à ses lèvres, tendre la main, et souffler un baiser en direction de Luke.

Chapitre 17

Le mardi après-midi, une fois ses corvées terminées à l'auberge, Ivy consulta avidement sa messagerie et ses SMS, mais seuls Philip et sa mère, qui s'apprêtaient à prendre l'avion avec Andrew pour aller rendre visite à des amis en Californie, lui avaient écrit. Or Alicia lui avait promis qu'elle la tiendrait au courant de sa conversation avec la police. Ivy avait beau se douter que l'amie de Luke en avait été empêchée par son travail pour ses grands-parents, elle ne pouvait maîtriser une inquiétude croissante.

Suzanne n'avait toujours pas répondu à sa requête non plus. Assise sur la balançoire dans le jardin, Ivy lui envoya un second texto, dans lequel elle l'implora encore de faire part à Will des étranges nouvelles qu'elle recevait de Beth. Le temps pressait. Ivy jugeait que Will et elle étaient encore assez forts pour combattre Gregory, mais jusqu'à quand ?

Elle en était là de ses réflexions, lorsque Beth sortit du *cottage* chargée d'un panier de linge sale.

— Bonjour, Beth, tu t'es bien reposée hier ? lui demanda Ivy.

Pas de réponse. Elle insista :

— Est-ce que ton jour de congé s'est bien passé ?

Comme Beth s'éloignait sans se retourner, Ivy chercha des yeux un reflet argenté sur sa nuque, en vain. Rentrée tard la veille au soir de sa rencontre avec Alicia, elle n'avait pas eu l'occasion de parler à Beth, qui avait passé sept heures seule.

Ivy décida d'aller voir si le pendentif se trouvait dans leur chambre ; incapable de mettre la main dessus, elle se hâta de rejoindre Beth dans la buanderie.

Le tambour de la machine à laver se remplissait d'eau, et le vieux sèche-linge tournait bruyamment. Ivy posa la main sur le bras de son amie, qui fit volte-face avec un sursaut.

— Pourquoi tu me suis ?

— Je ne te suis pas du tout, je veux juste te parler.

— Laisse-moi tranquille.

Beth se retourna vers le lave-linge, dans lequel elle plaça les vêtements. Son cou, nu, ne brillait que de perles de transpiration.

— Beth, où est ton pendentif ?

— Quel pendentif ?

— Tu dois garder l'améthyste sur toi. Tu dois la porter.

Penchée au-dessus de la machine, Beth resta silencieuse.

— C'était un cadeau de Will et de moi. Je crois qu'elle t'aide. On en a discuté, tu t'en souviens ?

— Tu mens.

— Je n'ai aucune raison de te mentir. Où l'as-tu mise ?

— Je l'ai jetée.

— Pourquoi ? s'alarma Ivy.

— L'eau la voulait.

— L'eau ! L'océan ?

— L'eau me l'a demandée hier soir pendant que je marchais, répondit Beth d'une voix presque mécanique. Je l'y ai jetée.

— Où ? Ici ?

— Comment veux-tu que je le sache ? Il faisait nuit. Maintenant, elle est partie.

— Oh, Beth, gémit Ivy en lui posant la main sur le bras.

— Ne me touche pas ! gronda celle-ci dans un mouvement de recul.

Des bruits de pas dans le couloir les forcèrent toutes deux au calme. Ivy attendit que le client soit passé, puis quitta l'auberge. Si son intuition ne la trompait pas, Gregory avait détecté le pouvoir de l'améthyste et convaincu Beth de s'en débarrasser. Celle-ci n'était sans doute pas allée plus loin que la plage en bas de l'auberge. Toutefois, les pierres ne flottaient pas comme les coquillages, et il y avait peu de chances que les vagues ramènent le pendentif sur le sable. À moins que la marée n'ait été haute lorsque Beth l'y avait jeté…

Ivy traversa le jardin, tellement absorbée dans ses pensées qu'elle ne remarqua Bryan qu'une fois à quelques pas de lui. Il était assis sur les marches du *cottage*, les yeux rivés au sol, les avant-bras sur les genoux, les mains serrées l'une dans l'autre.

— Salut, Bryan, qu'est-ce que tu fais là ? Je croyais que Kelsey devait te retrouver chez Max.

Il releva la tête. La lueur espiègle qui étincelait habituellement dans ses yeux avait disparu et son visage, dépourvu de sourire, paraissait creusé et marqué par l'âge. Même ses larges épaules étaient voûtées.

— Bryan, qu'est-ce qu'il y a ? souffla Ivy.

— Tu n'es pas… au courant ? hésita-t-il en la dévisageant. Assieds-toi.

Il se poussa pour lui faire de la place à ses côtés.

— Tu te souviens d'Alicia Crowley, la fille dont on a parlé l'autre jour, qui était très proche de Luke ? Elle… est morte.

— Quoi ?! s'exclama Ivy en sautant sur ses pieds. Quand ? Comment ? C'est impossible !

Bryan la prit par la main, et la força doucement à se rasseoir.

— Ils ont retrouvé son corps il y a deux heures.

— Oh, mon Dieu !

— Ils la cherchaient depuis hier soir. Je pensais que tu avais écouté les informations ou qu'un de vos clients vous aurait prévenus.

— Depuis hier soir… balbutia Ivy, l'estomac noué.

— Elle passait l'été au cap, apparemment, à travailler pour ses grands-parents. C'est ce que j'ai entendu aux infos. Mon oncle fait hurler la radio tous les matins à six heures pour les écouter.

Malgré la chaleur de cette journée d'été, Ivy se sentit glacée des pieds à la tête.

— Elle est sortie faire son jogging hier soir, et elle n'est pas revenue.

— Oh, mon Dieu !

— Je sais ce que tu penses, mais je n'y crois pas. Luke n'aurait pas pu faire ça, pas le Luke que je connais en tout cas.

— Fait quoi ? Elle a été assassinée ? demanda Ivy d'une voix tremblante.

— D'après les journalistes, les circonstances de sa mort sont suspectes.

Ivy s'obligea à réfléchir calmement.

— Qu'est-ce que ça signifie ? s'enquit-elle.

— Que sa mort n'est pas naturelle, lui répondit-il après un moment d'hésitation. C'est soit un meurtre, soit un suicide.

— Un suicide ? C'est impossible !

Comme Bryan la regardait d'un air surpris, Ivy s'efforça de nouveau au calme. Elle ne lui avait pas mentionné sa rencontre avec Alicia, et voulait prendre le temps de la réflexion avant de le faire.

— Je… je n'arrive pas à comprendre qu'on puisse se suicider, reprit-elle.

— Ils l'ont retrouvée dans le canal. Sous le pont de chemin de fer.

Ivy ferma les yeux. Était-elle responsable de cette catastrophe ? Non, Alicia courait tous les soirs. Elle aurait pu faire une mauvaise rencontre maintes fois.

Néanmoins, d'où provenait ce point lumineux qu'Ivy avait aperçu dans les arbres ? Aurait-elle dû y prêter plus d'attention ? Comment distinguer un meurtrier d'un simple promeneur avec un chien ?

— Le pont de chemin de fer, répéta Ivy, qui commençait à prendre conscience de la signification des détails que Bryan lui avait fournis. Tu veux dire celui du canal ? Mais c'est…

Elle s'arrêta net. Ce pont ne se trouvait en aucun cas près de l'endroit où Tristan et elle avaient parlé à Alicia, mais Bryan n'avait pas spécifié où cette dernière faisait son jogging.

— Je n'arrive pas à y croire… balbutia-t-elle simplement.

Ils restèrent sans parler un long moment. Puis Ivy leva les yeux vers le jardin. Un papillon y dansait parmi les phlox blancs.

— Je suis tellement triste pour ses parents et ses grands-parents, murmura-t-elle.

— Et moi, je m'inquiète pour Luke et sa réaction s'il apprend la nouvelle.

— Tu penses que la police le considérera comme un suspect potentiel dans cette affaire aussi ?

— Ce serait pratique, tu ne crois pas ? Une autre fille dont il était proche, morte. Mais comme sa famille ne savait certainement pas qu'elle avait continué à le voir depuis leur départ de River Gardens, ils n'insisteront peut-être pas.

— Quand ils ont essayé de l'arrêter ici, se remémora Ivy, j'ai déclaré à la police qu'une fille l'avait reconnu à la fête foraine. À l'époque, je ne connaissais pas son nom.

— Ils te montreront peut-être une photo d'elle pour te demander si tu peux l'identifier.

Ivy acquiesça d'un signe de tête.

— Il vaudrait mieux pour Luke qu'ils ne fassent pas le rapprochement, lança Bryan.

— Je sais.

— Est-ce que tu peux mentir ?

Depuis un an, Ivy se disait chaque jour qu'elle faisait preuve de duplicité uniquement pour survivre ; puis qu'elle avait continué à dissimuler une partie de son existence pour aider Luke ; mais elle devait se rendre à l'évidence : elle mentait au quotidien et devenait experte en la matière.

— S'il le faut, je le ferai, répondit-elle à Bryan.

— Si Luke entend parler de cette affaire, il risque de revenir, même à ses risques et périls. Il sera vraiment perturbé, et peut-être même en colère contre lui-même. Et c'est avec toi qu'il prendra contact. Sache-le, c'est tout.

— Donne-moi ton numéro, lui dit-elle en guise de réponse avant de prendre son téléphone portable.

Qui sait, elle pourrait avoir besoin de Bryan.

Tristan la dévisagea, incrédule.

— Morte ? bredouilla-t-il.

Malgré la faible luminosité qui pénétrait dans le clocher, il vit les larmes dans les yeux d'Ivy.

— Comment ?

Elle lui raconta, la gorge nouée. Il se rendit compte que lui-même pleurait seulement lorsqu'elle lui sécha tendrement les joues.

— Je n'arrive pas à y croire, marmonna-t-il.

— Et moi, je n'arrive pas à croire qu'elle se soit suicidée, répondit Ivy en blottissant la tête au creux de son cou.

Tristan respira profondément. Comme il était bon d'entendre le souffle d'Ivy à ses côtés, de sentir la chaleur de son corps, de s'abreuver de son odeur tout contre lui. Pourtant, comment osait-il se réjouir de cette vie qui émanait d'elle, alors qu'Alicia avait perdu la sienne ? La soudaine proximité de la mort le poussait à se raccrocher à chaque sensation physique porteuse d'existence.

— Je suis en retard parce que Rosemary Donovan s'est arrêtée à l'auberge pour me montrer une photo et me demander si Alicia était la fille qui t'avait reconnu à la fête foraine, déclara Ivy.

Sa remarque tira Tristan de ses pensées.

— Qu'est-ce que tu lui as répondu ?

— J'ai menti, avoua Ivy en se redressant pour le regarder. Tristan, est-ce que tu crois qu'Alicia est morte à cause de nous ?

— Non ! Qu'est-ce qui te fait penser ça ?

— Et si la personne qui a tué Corinne m'avait suivie ? Et si ce tueur tenait à s'assurer que Luke n'ait jamais d'alibi ? Hier soir, pendant que tu parlais à Alicia, j'ai vu une lumière sous les arbres. J'ai pensé que c'était juste un promeneur.

— C'était sans doute le cas. Pourquoi voudrais-tu qu'il en soit autrement ?

— Je ne sais pas. Ça me rappelle Eric, déclara Ivy d'une voix craintive. L'an dernier, quand il m'a donné ce rendez-vous, il voulait m'aider en me révélant des informations sur Gregory. Ça lui a coûté la vie. On dirait que tout recommence, murmura-t-elle en frissonnant.

Tristan la serra dans ses bras.

— C'est bizarre qu'ils l'aient découverte sous le pont de chemin de fer, observa-t-elle.

Il réfléchit un instant.

— Tu fais référence à l'attirance de Gregory... pour les trains et les ponts ? Est-ce qu'il aurait eu la force de la pousser ?

— La force physique ? Je ne sais pas. Peut-être que non. Mais j'ai peur rien que d'y penser.

— Comment va Beth ?

Ivy lui raconta l'épisode de l'améthyste.

— Elle m'a répondu que l'eau la lui avait réclamée, expliqua-t-elle à Tristan, et qu'elle l'y a jetée. Mais... attends ! s'exclama-t-elle en se redressant. Je me suis dit qu'elle parlait de l'océan. Et si c'est elle qui...

— ... marchait près du canal ? C'est impossible, Ivy. Avec ou sans pendentif, Beth est incapable de tuer.

— N'oublie pas que Gregory commande son cerveau. Elle est parfaitement capable de faire du mal. Après tout, elle a déjà mis des éclats de verre dans ma chaussure.

Tristan écarquilla les yeux.

— Tu ne me l'avais pas dit !

— Et puis, il arrive que les gestes dépassent la pensée, qu'on veuille juste menacer et qu'on dérape.

— Ivy, je veux que tu restes avec moi ce soir.

— Tu sais bien que je ne peux pas.

Il la prit par les épaules.

— Tu le peux si tu choisis de le faire.

— Et demain soir ? Et le soir d'après ?

Elle secoua la tête d'un air décidé.

— Non. On peut se cacher de la police. Et si quelqu'un cherche à te tuer, on peut se cacher de cette personne, aussi. Mais Gregory me trouvera où que je sois. Les murs ne l'arrêtent pas.

— Ivy, s'il commence à maîtriser Beth...

— J'ai tout intérêt à me confronter à lui maintenant, avant qu'il en ait le contrôle complet, le coupa Ivy.

Chapitre 18

Lorsqu'elle éteignit la lumière du salon, Ivy avait toujours à l'esprit le visage inquiet de Tristan.

En arrivant au *cottage*, elle avait eu le plaisir de trouver Dusty, qui l'attendait sur les marches de la porte d'entrée. Étant donné la méfiance croissante du maine coon à l'égard de Beth, Ivy fut un peu rassurée de le voir se lover avec plaisir à ses côtés sur le canapé. Elle alluma la veilleuse et, malgré son appréhension, se laissa bercer par le ronronnement soutenu du chat. Mais le sommeil menait aux rêves, et chacun des siens se solda par la même fin.

Alicia se tourna vers Luke pour lui souffler un baiser, avant de s'éloigner dans les ténèbres ; Will démarra sa voiture en trombe après leur rupture, et disparut dans les ténèbres ; Beth arracha sa main à celle d'Ivy, pour sombrer ensuite dans un océan de ténèbres.

Ivy sentit une présence à l'affût dans le noir. Elle ne la voyait pas, mais elle en percevait les déplacements furtifs par les ondes qu'elle propageait. Cette chose se rapprochait lentement, aspirait tous les bruits de la nuit ; le silence absolu indiquait sa proximité. Elle était là.

La pression fut légère d'abord. Alors que Dusty sautait à terre d'un bond, un poids s'abattit durement sur la poitrine d'Ivy. Réveillée en sursaut, elle ouvrit les yeux sur un petit point lumineux qui s'effaça immédiatement. « Qui est là ? » s'écria-t-elle, sans qu'aucun son sorte de sa gorge. Le tissu rêche du canapé se tordit sous elle et les bords des deux coussins se soulevèrent contre ses bras. Ivy sut alors qu'elle ne rêvait pas. À cet instant, le goût de fibre sèche d'un oreiller pressé sur son visage envahit ses narines et son palais. Elle ne pouvait plus respirer !

Terrifiée, Ivy empoigna les mains qui le tenaient et tourna sauvagement la tête d'un côté pour essayer de s'en libérer. L'oreiller glissa momentanément, ce qui lui donna le temps d'inspirer une bouffée d'air, jusqu'à ce que son agresseur le plaque de nouveau sur elle avec une force renouvelée. La pression sur sa poitrine augmenta, lui écrasant les poumons, les vidant de tout l'air qu'ils contenaient.

De ses bras toujours libres, Ivy tenta de se dégager. Mais l'agresseur était agenouillé sur elle. Lorsque le vêtement auquel elle essayait de s'agripper se déchira d'un coup, elle enfonça férocement ses ongles dans la peau de l'inconnu. Ce dernier se redressa vivement et Ivy aperçut à la lueur de la veilleuse la texture et le mouvement de sa chevelure.

— Beth ! souffla-t-elle, si stupéfaite qu'elle abandonna la lutte un quart de seconde.

Le poids éprouvant sur sa poitrine l'avait convaincue que son ennemi était un homme. Bien que son esprit ait refusé de croire que ce puisse être Beth, elle leva un bras pour tenter cette fois d'attraper les cheveux qui pendaient au-dessus de sa tête. À peine ses doigts s'étaient-ils refermés sur les douces mèches que les mains de Beth s'emparèrent brutalement de ses poignets. Ivy découvrit cette fois les yeux de son amie, des yeux baignés de noir, aux pupilles anormalement dilatées. Elle eut l'impression de plonger au fond d'un abîme infernal. L'enfer de Gregory.

Elle reprit le combat de plus belle. « Anges, aidez-moi ! » pria-t-elle. Elle commençait à ressentir des picotements dans les bras, et jusqu'au crâne. Son corps manquait d'oxygène.

C'est alors que, brusquement, Beth bascula en arrière et que l'oreiller fut jeté à terre. Les reins cambrés, Ivy ouvrit la bouche en grand pour inspirer le plus d'air possible, avant de se laisser retomber sur les coussins du canapé. Une main se posa sur sa poitrine haletante. Lorsqu'elle eut retrouvé un souffle à peu près régulier, la même main repoussa avec tendresse les mèches de cheveux éparpillées sur son visage.

— Will, prononça-t-elle, aussitôt prise d'une quinte de toux.

— Chut… Respire.

Penché au-dessus d'elle, il la regardait affectueusement.

— Ivy ? Beth ? appela Dhanya à l'étage. Vous êtes en bas ?

Will se tourna aussitôt vers Beth, avachie sur une chaise, les yeux fermés, puis reporta son attention sur Ivy, pour lui demander :

— Tu peux t'en sortir toute seule ?

Elle lui adressa un signe de tête affirmatif. Physiquement, oui, elle le pourrait.

— Il s'est passé quelque chose ? insista Dhanya d'une voix inquiète.

— Non ! lui répondit Ivy avec le plus d'assurance possible avant d'être prise d'un nouvel accès de toux.

Lorsqu'elle entendit Dhanya descendre l'escalier, elle se leva précipitamment du canapé et se hâta vers la cuisine. Du coin de l'œil, elle vit Will prendre Beth dans ses bras et quitter le *cottage* par la porte de devant.

Ivy rencontra Dhanya au pied des marches, dans la cuisine.

— Beth n'arrivait pas à dormir, lui expliqua-t-elle.

— Ce n'est pas une raison pour garder tout le monde éveillé ! vociféra Kelsey depuis son lit.

— Tu peux repartir te coucher, dit Ivy doucement à Dhanya. Je vais lui tenir compagnie.

— Elle ne va vraiment pas bien, commenta Dhanya.

— Je sais. Mais je vais rester avec elle. Elle est presque calmée. Tu peux remonter.

— Tu es sûre que ça va ?

La réponse, évidemment, était non ; Ivy tremblait encore intérieurement. Et si elle n'avait pas eu la protection de Will, elle aurait tout raconté à Dhanya.

— Oui, bonne nuit, répondit-elle néanmoins.

Elle retourna dans le salon, puis sortit discrètement du *cottage*. Will n'était nulle part en vue. Alors qu'elle se demandait comment le retrouver, un léger coup de sifflet attira son attention. Elle se hâta vers l'allée qui menait jusqu'au parking, heureuse de constater que Will, en emmenant Beth loin de la maison, avait fait preuve de bien plus de clairvoyance qu'elle n'en aurait eu.

Lorsque Beth se réveillerait, se souviendrait-elle de quoi que ce soit ? Tenterait-elle à nouveau de l'agresser ? Ivy n'arrivait pas à occulter le souvenir de son amie, les cheveux ballants autour de la tête, le regard plein de haine sombre et de détresse. Ce n'était pas Beth, et c'était elle en même temps. La cage thoracique d'Ivy se ressentait encore de la pression de ses genoux ; son cœur, lui, était partagé.

Lorsqu'elle rejoignit Will, elle découvrit qu'il avait étendu leur amie dans l'herbe à côté de sa voiture. Ivy se laissa tomber à genoux près de lui.

— Comment va-t-elle ?

— Elle respire. Son pouls est normal. Mais elle n'a pas réagi quand j'ai essayé de la réveiller.

— On devrait la conduire aux urgences.

Will leva les yeux vers elle.

— Pour demander quel type de consultation ? Celle d'un exorciste ?

Il garda le silence un instant, avant de reprendre dans un soupir :

— Oh, Ivy, je ne t'avais pas crue ! Tu as essayé de m'avertir, mais je refusais de t'écouter. J'ai même eu du mal à croire qu'elle tentait de te tuer alors que je la voyais faire !

Tremblant, il attrapa les mains d'Ivy.

— Je suis désolé.

Ivy appuya son front contre le sien.

— Mon Dieu, aidez-moi, souffla-t-il. Mon Dieu, aidez-nous.

Durant quelques minutes, ils restèrent enlacés, silencieux. Puis Ivy reprit la parole :

— Je me répète que c'est Gregory qui m'étouffait, pas Beth.

— À ce stade, quelle est la différence ? grogna Will.

— Il y en a une grande, s'exclama Ivy, et qu'il ne faut pas oublier ! Gregory occupe son cerveau comme Tristan se glissait dans le tien à l'époque. Il essaie d'en prendre le contrôle, mais il est encore possible de parler à Beth.

— Tristan ne m'a jamais dominé à ce point.

— C'est vrai, concéda Ivy. Il n'empêche, il ne la maîtrise pas encore totalement. Il n'est pas plus fort que nous deux réunis, pas encore.

Elle lui raconta alors l'histoire de l'améthyste.

— J'y réfléchis depuis l'autre soir. Quand tout a commencé, chaque fois que Beth me mettait en garde contre le retour de Gregory, elle jouait avec son collier. Je pensais que ce n'était qu'un tic, mais je tends à croire maintenant que la pierre lui donnait la force de s'opposer à lui.

— Donnait ? Est-ce que tu veux dire que ce n'est plus le cas ?

— La pierre a disparu, répondit Ivy en baissant les yeux vers Beth. Elle m'a dit que l'eau la lui avait réclamée et qu'elle l'y avait jetée. Gregory a dû comprendre son pouvoir en même temps que moi.

— On ne peut pas l'abandonner.

— Il ne fait que l'utiliser. C'est moi qu'il veut.

— Il aurait dû se servir de moi à la place ! s'exclama Will. Ou de n'importe qui, mais pas de Beth. Elle est trop douce, trop vulnérable pour…

— C'est ce qui explique pourquoi il l'a choisie. Quand il est revenu ici, il était faible. Depuis, il a pris des forces, mais, je te le répète, toujours pas assez pour avoir le dessus sur nous deux.

Will serra les lèvres, comme s'il tentait désespérément de s'accrocher au mince espoir d'Ivy.

— J'avais besoin de toi, ce soir, et tu es venu, reprit celle-ci. Qu'est-ce qui t'a décidé ? C'est Lacey qui te l'a demandé ?

— Lacey ? Tu continues de la voir ?

Ivy hocha la tête.

— Oui. Philip a gardé le contact avec elle. Et je l'ai appelée quand…

Elle s'interrompit. Aborder le sujet de Tristan en cet instant aggraverait la confusion de Will inutilement.

— … quand j'ai remarqué le changement chez Beth, reprit-elle. C'est pour ça que j'ai supposé qu'elle t'avait prévenu.

— Non, répondit Will en s'asseyant dans l'herbe pour s'adosser à sa voiture. Je m'inquiète pour Beth depuis quelque temps, tu le sais. J'ai d'abord cru que Chase l'agaçait, et qu'elle trouvait Kelsey et Dhanya inintéressantes. Ensuite, j'ai considéré qu'elle avait toutes les raisons d'être en colère contre toi, mais, au fond de moi, je craignais que ce ne soit que la partie émergée d'un iceberg.

Il posa son regard sur Beth, ses yeux marron troublés.

— Au travail, tante Cindy s'est rendu compte de sa froideur avec les clients. Elle m'a confié qu'elle avait peur pour elle, et pour toi. Ce soir, j'étais dehors dans le jardin quand j'ai vu Beth se diriger vers l'escalier qui descend sur la plage. Je l'ai suivie. Elle s'est arrêtée en haut de la première marche, et elle est restée longtemps, immobile, à remuer les lèvres seulement, sans émettre de sons. Je l'ai appelée, et elle a fait semblant de ne pas m'entendre. Alors, je me suis approché d'elle, mais elle a refusé de me regarder. Je l'ai prise par les épaules pour la tourner vers moi de force et lui demander à qui elle s'adressait. Quand je l'ai entendue me répondre qu'elle parlait avec l'eau, j'ai compris que plus rien n'allait. Comme il était déjà onze heures du soir, j'ai décidé d'attendre demain pour te prévenir. Une heure plus tard, je n'étais toujours pas endormi et j'ai reçu un message. De Suzanne. Elle me transférait tous ceux que Beth lui avait envoyés. C'est après les avoir lus que je suis venu au *cottage*. Je ne sais même pas pourquoi j'ai pris cette décision, ni pourquoi j'ai couru, mais j'ai senti qu'il fallait que je vous trouve, Beth et toi.

Ivy se demanda si le destin avait joué en sa faveur. Cependant, trop d'événements avaient émaillé son existence pour qu'elle croie encore à la chance.

— Je suppose que tout ce que j'avais nié jusqu'à présent est devenu clair pour moi, poursuivit Will, y compris ma façon de vous mettre en danger, Beth et toi.

Ivy donna sa main à Will, qui la serra dans la sienne. Puis elle posa l'autre sur la paume ouverte de Beth, dont les doigts se refermèrent sur sa peau. La gorge nouée, submergée par une vague de terreur, Ivy lutta contre son envie de se libérer.

— Beth ? dit Will. Réveille-toi. On est là, Ivy et moi. Tu es en sécurité.

Elle ouvrit les yeux. La main toujours serrée sur celle d'Ivy, elle regarda Will.

— Il est parti ? lui demanda-t-il. Est-ce que Gregory t'a quittée ?

Sans répondre, Beth tourna la tête vers Ivy. Celle-ci remarqua un cercle bleu dans ses yeux ; bien qu'elle n'ait pas entièrement disparu, la noirceur s'en était estompée.

— Il est en train de se retirer, observa Ivy.

— Non, déclara Beth d'une voix tremblante. Il se repose et il attend. C'est lui qui va gagner.

— On ne le laissera pas faire, lui affirma Will.

Beth souleva le bras pour effleurer les lèvres d'Ivy, qui s'arma de courage pour ne pas se dérober.

— Ça s'est vraiment passé ? s'enquit Beth.

— Quoi ? lui répondit Ivy.

Beth frissonna.

— J'espérais avoir fait un cauchemar, mais ce n'en était pas un. C'est moi qui en suis responsable : j'ai essayé de t'étouffer.

— Pas toi. Gregory.

Beth s'assit.

— Si tu n'avais pas été là pour m'arrêter, je l'aurais tuée, dit-elle à Will.

Il lui passa le bras autour des épaules.

— Ivy, reprit Beth, je ne pourrai pas vivre avec moi-même si je te fais du mal !

— Ça n'arrivera pas, la rassura Ivy.

— Au début, je n'ai pas compris ce qui se passait, poursuivit Beth. Si j'avais su, je me serais enfuie…

— Non ! s'exclama Ivy sèchement. Quand Gregory était en vie, sa stratégie était d'isoler les gens pour les contrôler. Beth, réfléchis. Rappelle-toi la façon dont il a atteint son but avec moi, Suzanne, Eric. Ne le laisse pas te séparer de nous. Notre force est dans l'amour qui nous lie.

Beth observa Will puis Ivy. La couleur qui avait rosi ses joues s'estompa de nouveau.

— Repose-toi, lui recommanda Ivy. Tu es à bout.

Will la prit dans ses bras pour l'aider à se rallonger dans l'herbe. Puis il ôta sa chemise, qu'il plaça sous sa tête en guise d'oreiller, et lui caressa la joue. Face à tant de tendresse, Ivy sentit ses larmes monter. Elle eut à peine le temps de les refouler avant que Will lui fasse signe de le suivre sous les arbres.

— Tant que Gregory est dans son cerveau, tu seras en danger. En plus, elle n'est pas la seule à être épuisée, chuchota-t-il en jetant un coup d'œil vers Beth, qui s'était rendormie. Tu devrais rentrer chez toi quelques jours, pour te reposer en sécurité avec ta famille.

— Non, il faut qu'on reste ensemble.

— Pour attendre la prochaine attaque ?

Ivy regarda Beth à son tour. Elle semblait si pâle dans l'herbe. Combien de temps son amie résisterait-elle à cette pression en elle ? Et si elle partait, Gregory abandonnerait-il son cerveau pour la suivre, elle ?

— Je vais réfléchir, répondit-elle à Will.

Tous deux décidèrent de ne pas quitter le chevet de Beth jusqu'au matin. Will la réveilla doucement, puis l'aida à se mettre debout.

— Je vais chercher des couvertures, annonça Ivy.

— D'accord, on se retrouve derrière les dunes, lui indiqua Will.

Dix minutes plus tard, ils installèrent leur campement de fortune dans un renfoncement protégé de la fraîcheur par la falaise, à une dizaine de mètres de l'escalier, hors de vue de l'auberge. Ivy régla l'alarme de son téléphone portable afin qu'ils se lèvent à temps pour aller travailler. Elle espérait qu'aucun des clients de l'auberge ne déciderait de se promener sur la plage à l'aube. Elle se rassura néanmoins en se disant que tante Cindy accepterait bien mieux de les voir passer la nuit à la belle étoile que de découvrir Will dans le *cottage* des filles ou Beth dans sa chambre.

Celle-ci s'était déjà rendormie. Will s'étendit à côté d'elle, et Ivy, auprès de lui. Elle fut la dernière à fermer l'œil, et la première à se réveiller.

Lorsqu'elle s'assit, saisie par la fraîcheur humide du jour naissant, elle se recroquevilla, le menton sur les genoux, les bras serrés autour des jambes. D'un côté, les dunes, tels de pâles mamelons, se détachaient sur le ciel orange. De l'autre, le banc de buissons et d'arbres miniaturisés, informes dans la pénombre, acceptait peu à peu de révéler ses contours feuillus sous le ciel pâlissant.

Le regard d'Ivy tomba alors sur l'extrémité de la promenade qui reliait l'escalier aux dunes.

— Dusty, souffla-t-elle en se levant.

La queue en panache, le chat tourna en cercle sur les planches et accueillit Ivy avec force ronronnements quand elle fut assez près pour le caresser.

— Quel beau garde du corps tu fais ! le réprimanda-t-elle. Tu disparais dès qu'il y a du grabuge.

Dusty se frotta le menton contre sa main, puis repartit au petit trot vers l'escalier.

— Je ne suis pas en danger pour l'instant, merci, plaisanta Ivy.

Le chat l'attendit au bas des marches, le dos tourné, le nez pointé vers le haut et la queue agitée de petits mouvements. Ivy leva les yeux vers le palier à mi-hauteur.

— Tu me cherches ?

— En fait, oui, répondit Ivy à Lacey.

Elle grimpa rapidement les marches et arriva au niveau des deux bancs en vis-à-vis au moment où Dusty sautait sur les genoux de Lacey.

— Gentil minou, susurra celle-ci en passant ses doigts aux ongles vernis de mauve dans le pelage roux du maine coon.

Tu sais, à l'époque où Ella était en vie, matérialiser le bout de mes doigts pour la caresser me prenait toute mon énergie.

— Ella vous aimait bien, Tristan et toi.

— Oui, si ce n'est qu'elle avait un faible pour lui. Mais n'est-ce pas le cas de chacun de nous ?

Lacey n'avait pas changé depuis leur dernière rencontre. Les cheveux longs, la frange droite, elle portait le même tee-shirt sans manches sur un caleçon élimé. Ivy s'assit en face d'elle.

— Lacey…

— *J'ai besoin d'aide*… la coupa cette dernière d'une voix nasillarde. Tu sais, si on me décernait une plume chaque fois que tu prononces cette phrase, je serais…

— Un ange ?

— Un cacatoès. Bon, qu'est-ce qu'il y a encore ?

— Beth, Will et moi avons besoin de toi.

— La radio, tout particulièrement, peut-être ?

Elle appelait « radio » toute personne apte à communiquer avec l'autre monde, c'est-à-dire née avec un talent naturel de médium.

— En gros, elle ne capte plus qu'une fréquence, c'est ça ? Celle de Gregory, je suppose.

— Est-ce que tu peux faire quelque chose pour elle ? lui demanda Ivy. Pénétrer dans son cerveau, par exemple ?

— Tu me prends pour une folle ou quoi ? s'exclama Lacey.

— Dans le mien, alors, pour me donner une chance d'expulser Gregory.

— À t'entendre parler, ma poulette, on dirait que c'est aussi simple que d'organiser un vote pour le forcer à quitter le cap.

Elle leva les mains, comme si elle brandissait un écriteau.

— Je vois ça d'ici : « *Les Survivants de l'âme*, la toute dernière émission de télé-réalité produite par le Paradis ».

Ivy grimaça.

— J'ai fait quelques recherches, reprit Lacey plus sérieusement. Les démons sont automatiquement éjectés de ce monde quand la personne qu'ils occupent meurt. Bien sûr, s'ils anticipent ce risque, ils décampent avant l'heure et vont se trouver une nouvelle auberge.

— Il doit bien y avoir un autre moyen de se débarrasser de lui, grommela Ivy.

— Trouve-le alors. Personnellement, j'ai d'autres clients qui m'apprécient et…

— Beth a essayé de me tuer hier soir.

Lacey écarquilla les yeux.

— Pardon ?

— Après coup, elle a perdu connaissance, mais, quand elle est revenue à elle, Will et moi avons pu lui parler. Les seuls autres moments où j'ai pu établir la communication avec sa vraie personnalité, elle tenait dans ses mains un pendentif que Will et moi lui avons offert. Est-ce qu'il pourrait avoir des pouvoirs particuliers ?

Lacey s'adossa au banc, l'air songeur.

— Pas plus que ceux que Will et toi lui donnez, déclara-t-elle enfin. Pas moins, non plus. Il fonctionne peut-être comme une extension de la force qui est en vous deux, un peu à la manière d'une relique. Il ne faut pas qu'elle s'en sépare.

— C'est trop tard.

— Tu as mentionné un pendentif. C'est une améthyste ? Qui ressemble à… ça ? demanda Lacey en brandissant soudain le bijou.

— Où l'as-tu trouvée ? s'écria Ivy, à la fois stupéfaite et soulagée.

— Au pied de l'escalier, répondit Lacey avec un signe du menton.

Will avait vu Beth au bout du jardin et celle-ci avait affirmé à Ivy que l'eau la lui avait réclamée. De toute évidence, elle n'avait pas eu assez de force pour la jeter plus loin.

Le premier rayon de soleil embrasa de rose la pierre mauve qui se balançait entre les doigts de Lacey. Cette dernière la laissa tomber dans la main d'Ivy, qui referma le poing dessus.

Toutes deux restèrent assises en silence un moment, à regarder l'astre finir de poindre à l'horizon.

— Je suis heureuse de l'avoir retrouvée, déclara Ivy. Mais ton aide serait quand même la bienvenue. Est-ce que tu pourrais surveiller Beth, au moins ?

— Comme je te l'ai déjà dit, si on me décernait une plume chaque fois que tu m'as demandé...

— C'est peut-être moi, ta mission, l'interrompit Ivy d'un air espiègle.

Lacey la regarda avec des yeux ronds.

— Si c'est le cas, le grand patron a un très mauvais sens de l'humour.

— Bref, reprit Ivy avec un haussement d'épaules, Will estime que je devrais passer quelques jours chez moi.

— Ta famille est partie. J'ai vu Philip juste avant leur départ.

— Je sais. Je pensais plus à Providence...

Lacey la dévisagea longuement.

— Est-ce que tu l'as dit à Will ? s'enquit-elle. Est-ce que tu lui as mentionné que tu voyais toujours Tristan, alias Luke le Tueur ?

— Ce serait beaucoup lui demander pour l'instant. Je ne veux pas aller trop vite en besogne. Il faut d'abord qu'il me fasse entièrement confiance pour qu'on puisse combattre Gregory.

— Te faire entièrement confiance en étant en partie dans le noir ? railla Lacey.

— Oui. Je ne peux pas faire mieux pour l'instant.

Le soleil s'était levé. Ivy prit son téléphone dans sa poche pour éteindre l'alarme.

— Je dois y aller. Tante Cindy est sûrement déjà en train de préparer le café, et il va falloir qu'on évite de se faire remarquer.

Lacey regarda par-dessus son épaule.

— Je peux peut-être la distraire. Pour mon amusement personnel, s'entend, s'empressa-t-elle d'ajouter. Pas pour t'aider.

— Bien sûr, répondit Ivy. Lacey, tu es la meilleure.

Chapitre 19

— Tout va bien ? demanda tante Cindy à Ivy le lendemain après-midi.

Cette dernière avait été interrompue dans la préparation de ses affaires par une énième visite de l'officier Donovan.

— Oui, répondit Ivy en poussant la porte-moustiquaire, munie d'un sac de voyage et de provisions.

Tante Cindy, qui travaillait à genoux dans le grand jardin entre le *cottage* et l'auberge, se redressa avant d'ôter ses gants.

— Mme Donovan avait l'air inquiète, dit-elle.

— Un peu, en effet, admit Ivy en posant ses affaires sur la balançoire. La fille qu'ils ont trouvée dans le canal, Alicia Crowley, était une amie de Luke. L'officier Donovan a peur qu'il ne soit revenu sur le cap.

La femme policier était passée pour mettre Ivy en garde, ainsi que pour lui montrer la photo d'Alicia pour la seconde fois. Un geste bien inutile étant donné que tous les journaux papier ou télévisés la diffusaient en boucle.

— En ce cas, je suis doublement contente que tu partes ! s'exclama tante Cindy, en repoussant ses cheveux d'un roux terne derrière son oreille. À ton retour, c'est Beth que je vais persuader de rentrer chez elle quelques jours. Je me suis entendue avec vos parents sur le fait que je vous traiterais comme de jeunes adultes indépendants, pas comme des gamins de colonie, mais Beth et toi ressemblez trop à des étudiantes à la dérive. À mon avis, vous avez brûlé la chandelle par les deux bouts.

— C'est vrai qu'on manque probablement de sommeil, répondit Ivy. Merci de me donner ces jours de congé. Je serai de retour dimanche.

— Sois prudente sur la route !

— Merci aussi pour toutes les petites gâteries que vous m'avez préparées, ajouta Ivy en soulevant le sac rempli de pain, de confiture et de gâteaux faits maison.

Sur l'allée qui menait au parking, elle se remémora le jour où son beau-père avait déclaré que l'amour de sa mère faisait ressortir le meilleur en lui. Quelle conclusion tirer lorsque l'amour de votre vie vous transformait en menteuse invétérée ?

De quel autre choix disposait-elle néanmoins ? Quand on se bat pour la survie et la liberté d'un être qui en a été injustement spolié, les frontières entre le bien et le mal semblent se brouiller.

— Bonjour, Ivy.

Absorbée dans ses pensées, elle n'avait pas vu Chase sortir de son coupé Porsche noir.

— Bonjour, Chase. Si tu cherches Dhanya, elle est à Chatham avec Kelsey.

— Ah bon ? On s'est mal compris, alors.

— Elles sont parties il y a une demi-heure environ, précisa Ivy qui poursuivait son chemin jusqu'à sa voiture.

— Attends, je vais t'aider, s'empressa Chase en voulant lui prendre son sac pour le lui porter.

— Non, ce n'est pas la peine, merci.

Mais il avait déjà refermé la main sur ses doigts. Refoulant son agacement, Ivy lâcha prise.

— Où vas-tu ? s'enquit Chase.

— Chez moi.

— C'est sympa. Pour combien de temps ?

— Quelques jours.

— Tu vas bien ?

Au lieu d'avancer, Chase s'était planté devant Ivy, entre elle et sa voiture. Elle le contourna ostensiblement et ouvrit la portière de sa Volkswagen.

— Je veux juste faire une petite pause, lui répondit-elle.

Là-dessus, elle se retourna pour lui prendre le sac, qu'elle jeta dans son coffre.

— Je me demandais si vous vous entendiez encore bien, Will et toi, insista Chase.

— Très bien, mentit Ivy.

— On ne l'aurait pas dit à ma soirée.

Ivy fit le tour de sa voiture pour placer le sac de nourriture par terre, côté passager, près de la bouche d'air conditionné. Elle trouvait envahissante cette façon que Chase avait d'apparaître sans crier gare et de se mêler d'affaires qui ne le concernaient pas.

— Tu es partie de bonne heure, s'obstina-t-il.

— J'avais la migraine. J'ai essayé de te trouver, mais tu devais être occupé. Dhanya était censée te prévenir.

Chase s'accouda sur le toit de sa Coccinelle. Ivy ne pouvait nier qu'il était « beau à tomber », comme l'avait déclaré Beth une fois. Avec ses cheveux noirs frisés et ses yeux gris, il ne lui aurait plus manqué que des bottes, un pull-over de grosse laine et, en toile de fond, le paysage sauvage d'un promontoire irlandais pour poser dans une publicité d'agence de voyages. En revanche, il n'était pas fin psychologue.

— Désolée, Chase, mais je dois vraiment y aller.

Ivy ouvrit sa portière avec si peu de douceur qu'il fut obligé de faire un rapide saut de côté. Ce qui ne l'empêcha pas de lancer :

— La fille qui s'est tuée… Alicia Crowley… C'est elle qui a reconnu Luke à la fête foraine, non ?

Si son intention était de ferrer Ivy pour l'amener à poursuivre la conversation, il avait réussi. Elle resta figée sur place, la poignée de la portière dans la main.

— Oui, répondit-elle avec un naturel forcé.

— Est-ce que tu penses que sa mort a quelque chose à voir avec Luke ?

— Comment veux-tu que je le sache ? lança-t-elle d'un ton qu'elle s'efforça de garder aussi léger et surpris que possible.

— Intuition féminine, suggéra-t-il.

Ivy fit la moue.

— Au moins, elle n'a pas été étranglée, poursuivit Chase. Tu dois être soulagée.

— Ça ne fait pas grande différence pour elle, lui rétorqua Ivy, chez qui la colère montait maintenant.

— Ils n'ont trouvé aucun signe de violence sur son corps, aucun signe de lutte, ajouta Chase.

— Qui te l'a dit ? s'étonna Ivy, les sourcils froncés.

L'officier Donovan, qui avait refusé de lui fournir le moindre détail sur l'enquête, l'avait informée que ses supérieurs feraient une déclaration officielle lorsqu'ils considéreraient le moment opportun.

— Mon père a des relations dans la police, lui rappela Chase.

— Je croyais qu'il était avocat à Providence.

— Oui, mais son expertise est appréciée partout. Il connaît tout le monde.

Chase se vantait-il encore une fois, afin de prouver qu'il détenait des informations inconnues de tous et que sa famille avait des relations, ou bien cherchait-il à obtenir des renseignements sur Luke ?

Ivy rejeta cette dernière éventualité. Elle était d'avis, en effet, que Chase souffrait d'un immense besoin d'attention. Dès qu'il se sentait rejeté, comme par Beth, qui le tenait à distance, ou par Ivy lors de sa soirée, pareil à un enfant, il faisait tout pour se faire remarquer.

— Eh bien, il semblerait que ton père en sache beaucoup plus que moi, finit par répliquer Ivy tout en s'asseyant au volant et en mettant la clé dans le contact. Tiens-moi au courant. Et si j'étais toi, Chase, j'irais tout de suite à Chatham. Je suis sûre que Dhanya t'y attend.

***

Le mardi soir, une heure après la tombée de la nuit, Tristan s'apprêtait à quitter le soubassement de l'église lorsqu'il entendit quelqu'un siffloter. Il revint se cacher près d'une fenêtre et tendit l'oreille. La chanson tirée de *Carrousel*. Ivy était de nouveau là. Il lui répondit par les mêmes sifflements, puis attendit impatiemment. Bientôt, une silhouette indistincte drapée d'une cape noire émergea d'un bouquet de cèdres.

Ivy lui tendit le sac à dos par le soupirail qu'il avait ouvert, puis se jeta dans ses bras. Sans dire un mot pour ne pas faire de bruit, Tristan s'empressa néanmoins de repousser la capuche d'Ivy pour lui couvrir le visage de baisers. La sensation de ses bras serrés autour de lui comme si rien ne pourrait jamais la forcer à relâcher son étreinte apaisa son cœur et son esprit.

Quelques minutes plus tard, il referma doucement le battant, qu'il bloqua avec le morceau de bois, puis ramassa le sac à dos et entraîna Ivy dans l'escalier, un chemin qu'il était désormais capable de suivre en pleine obscurité. Après tant d'heures passées seul dans cette église, il avait appris à se situer à l'oreille. Il reconnaissait du moindre craquement sous ses pieds aux infimes bruits produits par le réchauffement ou le refroidissement du bois, du verre et du métal. Il percevait également chaque odeur et se déplaçait avec autant d'assurance qu'un chat dans la nuit.

— Tu n'aurais pas dû venir, lui murmura-t-il une fois près de l'autel. Mais tu es là ! Tu n'aurais pas dû, mais...

— Décide-toi ! s'esclaffa Ivy en se blottissant contre lui.

Il tira sa capuche d'un petit coup sec.

— Jolie cape, commenta-t-il. Je me suis demandé un moment si j'allais embrasser une princesse égarée ou un vampire.

— Je l'ai achetée à Providence aujourd'hui. On trouve vraiment tout ce qu'on veut dans cette ville. J'ai des choses à te montrer, Tristan. Est-ce qu'on peut monter dans le clocher ?

Ils reprirent leur marche à travers l'église sombre. Lorsqu'ils arrivèrent au pied de l'échelle, Tristan aida Ivy à placer les mains sur les deux montants.

— La trappe est ouverte, lui indiqua-t-il.

Une fois parvenu lui-même à l'étage supérieur, il s'empara sans hésitation de la lampe torche qu'il avait appris à laisser au même endroit, et l'alluma. Ivy fit de même avec celle qu'elle s'était procurée pendant la journée. Puis elle ôta sa cape.

Tristan la regarda, interloqué. Il ne voulait pas la blesser, surtout si sa tenue résultait d'une nouvelle tendance qu'il lui plaisait de suivre. Après tout, il n'entendait rien à la mode ni au maquillage. À ses yeux, la simplicité était le plus beau des styles, car il laissait percer la personnalité. Comme le disait son vieil ami Gary : « Rien ne vaut un bon nu. »

— Intéressant, marmonna-t-il enfin.

Le sourire aux lèvres, Ivy virevolta devant lui.

— Je te ferais un défilé, si je n'avais pas peur de passer par la trappe.

Elle portait un caleçon, aussi fin que des bas et agrémenté de cœurs, de roses et de têtes de mort semblables à des tatouages. Ses ongles de pied, qui dépassaient de ses bottines ouvertes, étaient vernis chacun de différentes couleurs. Tristan pointa le doigt vers ces chaussures pour le moins inhabituelles.

— Elles sont… confortables ? demanda-t-il.

— Bien sûr, lui répondit Ivy.

Il chercha une autre idée.

— Lacey aime bien les hauts sans manches aussi.

Ivy en portait un, noir. Toutefois, c'est du long gilet qu'elle avait mis par-dessus que Tristan ne pouvait détacher les yeux. Ses mailles très lâches étaient entrelacées de rubans satinés et de fragments brillants, qui paraissaient provenir de bouteilles de bière recyclées.

— J'espère qu'ils ont bien poli le verre.

À peine avait-il formulé sa remarque que Tristan la regretta. Il parlait comme son père.

Ivy éclata de rire sans se vexer.

— Tu détestes ma tenue !

— Non… non, je la trouve… originale.

— Est-ce que je ressemble à une étudiante en art ?

— Une étudiante en art ? répéta-t-il, perplexe.

— Oui, une étudiante qui aurait pu aller à la fac avec Corinne ?

— Oh, non ! Ivy…

— Attends de voir mon maquillage !

— Tu as passé trop de temps avec Lacey. Qu'est-ce que tu manigances ?

— Je veux mener une petite enquête à Providence. Pour commencer, auprès de Tony Millwood, le garçon dont Alicia m'a dit qu'il était le confident de Corinne depuis longtemps.

— Et au sujet duquel Alicia a aussi mentionné que Corinne s'était servie de lui et qu'il lui en voulait ?

— Exactement. Les personnes pleines de ressentiment aiment bien vider leur cœur.

— Surtout quand une vieille amie les a remplacées par des étudiants en art ?

— Il est possible qu'il refuse de me parler, concéda Ivy. Mais j'ai trouvé des liens sur le site Internet de l'école. Certains des travaux de Corinne s'y trouvent toujours, et parmi eux une étude photo d'un atelier de carrosserie. En d'autres termes, j'ai maintenant une raison plausible de me présenter pour poser quelques questions, une raison qui devrait le flatter.

Tristan, lui, ne s'inquiétait pas de l'éventuelle fin de non-recevoir que Tony opposerait.

— Ivy, on recherche un meurtrier. Chaque relation de Corinne, *a fortiori* celles en qui elle éveillait de la colère et du ressentiment, est un suspect en puissance.

— Ça se passera bien. Deux jeunes filles du même quartier sont déjà mortes. Il faudrait qu'il soit fou pour s'attaquer déjà à une troisième.

— Et quel est le degré de santé mentale d'un assassin, à ton avis ?

— Je vais y aller en plein jour, argumenta-t-elle. Il y aura du monde. Et si tu viens à Providence avec moi, tu ne seras pas loin non plus. Tristan, la police ne posera jamais les questions qui comptent, ajouta-t-elle en lui prenant les mains. C'est trop simple pour eux de faire reposer toutes les accusations sur Luke. Si on ne cherche pas nous-mêmes la vérité, personne d'autre ne s'y efforcera.

Tristan se libéra pour faire le tour du clocher exigu.

— On doit bien ça à Alicia, ajouta Ivy.

Tristan aurait pu se passer d'un tel rappel.

— On m'a dit qu'ils n'avaient repéré aucun signe de lutte sur son corps, poursuivit Ivy. Si rien d'étrange ne sort de l'autopsie, ils affirmeront que c'était un suicide et classeront le dossier. Or Andy a toujours pensé que quelqu'un avait fait ingérer à Luke une substance paralysante qui ne laisse aucune trace chimique dans l'organisme. Si on a utilisé la même stratégie pour Alicia, elle n'a pas pu se défendre avant qu'on la jette à l'eau. Personnellement, je pense qu'Alicia a été assassinée de la même façon que Luke.

— Ce ne sont que des suppositions, objecta Tristan.

Il ne considérait pas qu'Ivy avait tort, mais il ne supportait pas l'idée qu'Alicia ait été attirée dans les filets du meurtrier alors qu'elle tentait de l'aider, sans le savoir, à échapper au destin de Luke.

— Peut-être, répliqua Ivy, mais il existe un fait incontestable : Alicia voulait réhabiliter Luke.

— Parce qu'elle pensait que son Luke était en vie. Rien ne dit qu'elle aurait accepté le rendez-vous si elle avait su qu'il était mort.

Ivy eut beau fermer les paupières, elle ne put refouler les larmes qui avaient jailli de ses yeux. Tristan aurait bien aimé la consoler, s'il avait pu se consoler lui-même. Alicia était bel et bien morte. Ils lui avaient demandé de leur venir en aide, et elle en avait perdu la vie.

— Tout ce que je sais, conclut Ivy, c'est que tu es vivant. Et qu'on doit reprendre notre enquête là où elle s'est arrêtée.

Chapitre 20

— Gemma ? murmura Tristan doucement. Réveille-toi.

Ivy ne se pressa pas pour ouvrir les yeux ; elle ne voulait pas que ce temps passé dans les bras de Tristan, en sécurité dans le clocher, prenne fin. Elle sentit son souffle sur sa joue, puis son index suivre tendrement le contour de ses lèvres.

— Dans une heure, il fera jour, lui dit-il. Tu n'as pas entendu l'alarme de ton téléphone.

Ses doigts traçaient maintenant la forme de ses sourcils.

— Tu dois te maquiller, lui rappela-t-il. Je vais te tenir le miroir et la lampe. C'est l'heure de devenir Gemma l'étudiante.

Pour toute réponse, Ivy blottit son visage dans le creux de son épaule.

— Tu te caches ?

Il tâchait de plaisanter, mais sa voix tremblait.

Ivy savait qu'il essayait de prendre un ton léger pour apaiser le chagrin qu'il ressentait à devoir bientôt renoncer au cocon qu'était devenu pour eux le clocher.

La veille au soir, avant de s'endormir, ils avaient étudié les plans de Providence, de River Gardens, ainsi que les clichés de rues qu'Ivy avait imprimés à partir de Google Earth. Ils voulaient se familiariser avec les lieux de sorte à ne pas avoir à chercher leur chemin et, ainsi, risquer d'être remarqués. Ils avaient choisi l'endroit où ils se gareraient et mémorisé des voies d'issue pour parer à tout danger. Ils avaient également passé en revue les informations dénichées par Ivy – grâce aux réseaux sociaux ainsi qu'à divers sites Internet – sur la vie du quartier et sur les écoles où Corinne et Luke avaient été scolarisés. Ivy prévoyait de poser le plus de questions possible à Tony. Ils avaient également envisagé que Luke rende visite à la famille de Corinne. Peut-être la grand-mère de cette dernière avait-elle toujours un faible pour lui ?

Durant son après-midi de courses extravagantes à Providence, Ivy avait aussi acheté un téléphone portable pour Tristan, à n'utiliser qu'en cas d'extrême urgence puisqu'ils ne voulaient pas laisser de traces électroniques de leurs déplacements. Pour plus de sûreté, Ivy en avait désactivé la fonction GPS, comme elle l'avait fait sur le sien. Ils étaient aussi prêts qu'ils pouvaient l'être.

Alors qu'ils filaient sur la Mid-Cape Highway, Ivy remarqua que Tristan la regardait en souriant.

— Si tes faux cils étaient juste un peu plus longs, ils pourraient te servir de pinceaux, lui dit-il.

— Beaucoup de filles en mettent, lui assura Ivy en clignant des yeux avec ostentation.

— Peut-être, mais je préfère les beaux cils blonds recourbés comme les tiens.

Ils arrivaient à Providence. Comme ils l'avaient prévu la veille au soir, ils ne s'y arrêtèrent pas, mais poursuivirent leur chemin sur la route 1 le long de la côte, où ils rejoignirent bientôt les embouteillages matinaux. Ils préféraient pénétrer dans River Gardens en pleine heure de pointe plutôt qu'à un moment calme de la journée où ils seraient instantanément reconnus comme étrangers au quartier.

Après un petit déjeuner pris dans un fast-food, Ivy se gara à la périphérie de River Gardens et partit seule à pied en direction de l'adresse de Tony. Les rues étaient bordées de maisons à ossature de bois, de bungalows et de bâtiments de deux étages, dont les nombreuses boîtes aux lettres indiquaient qu'ils étaient divisés en appartements. Clôtures de grillage rouillé et fils électriques couraient de rue en rue, où les petits carrés de pelouse verte ressemblaient à des tapis élimés, sous lesquels pointaient cailloux et terre.

L'adresse de Tony se trouvait à une intersection : le bungalow d'habitation donnait sur une voie ; l'entrée professionnelle, une grande cour pavée, sur une autre. Au fond se dressait un garage en parpaings à deux portes. L'une était ouverte. À l'intérieur, quelqu'un s'affairait sur une voiture avec un outil électrique au bruit plaintif. Une autre personne devait travailler dans le second local, car de la vapeur s'en échappait par grandes bouffées d'un ventilateur d'évacuation. Un écriteau annonçait : « Peinture. Ne pas entrer. »

La cour pavée entre le bungalow et le garage, dans laquelle se trouvaient deux véhicules endommagés, était étonnamment bien organisée malgré l'entassement de boîtes et bidons de produits chimiques, tuyaux enroulés, bouts de métal déformé, fibres de verre et phares brisés amassés en petits tas qui l'encombrait. Un pare-brise neuf accroché à un portant attendait d'être ajusté sur un véhicule dont l'ancien n'était plus qu'une fascinante toile d'araignée, qu'Ivy reconnut aussitôt comme l'objet de l'étude photo réalisée par Corinne.

Elle en était encore à l'observer quand elle entendit s'ouvrir la porte de l'atelier de peinture. Un homme affublé d'un masque de protection respiratoire à visière venait d'en sortir. Lorsqu'il se rendit compte de la présence d'Ivy, il s'arrêta pour la considérer, avec l'intimidant avantage qu'il voyait son visage et elle non. Finalement, il redisparut dans l'atelier, avant d'en émerger de nouveau sans masque et sans gants. Cette fois, il traversa la cour.

— Oui ? dit-il sèchement.

— Bonjour, répondit Ivy. Je m'appelle Gemma et je cherche Tony.

— Tu l'as trouvé.

— Tu aurais quelques minutes ?

— Ça dépend.

Tony avait de longs cheveux châtain clair rassemblés en queue-de-cheval par un élastique, et des yeux d'un intense bleu foncé. De la même taille qu'Ivy, il semblait assez mince. Sa combinaison, couverte de multiples taches de couleurs brillantes, ressemblait davantage à une blouse d'artiste qu'à un bleu de travail ; Ivy en déduisit qu'il faisait de la peinture personnalisée – de voitures, sans doute, avec têtes de mort et flammes orange – en plus de son métier de carrossier.

— Je suis une amie de Corinne, lui annonça-t-elle de but en blanc.

Si son visage n'avait pas été luisant de transpiration, Ivy n'aurait pas remarqué la contraction de ses mâchoires et des muscles de son cou.

— J'étais en fac avec elle.

— Mes félicitations.

Son ton de voix se voulait indifférent, mais ses yeux, rivés sur Ivy, le trahissaient.

— On organise une exposition en octobre dans la galerie de notre université, reprit celle-ci. Chaque œuvre doit être présentée par un artiste. Je me suis proposée pour l'étude photo que Corinne a baptisée *Autofuite*.

— Elle date d'avant son entrée en école d'art.

— Vraiment ? Oh, tant pis, personne ne le saura. J'espérais que tu pourrais me donner quelques informations sur la façon dont tu l'as connue, comment elle en est venue à photographier cet endroit, son attitude pendant qu'elle prenait ses photos, bref, tout ce qui peut me donner un contexte. Plus c'est personnel, mieux c'est. Le but de notre exposition est que les visiteurs regardent l'œuvre d'art tout en ayant à l'esprit la personnalité de son créateur.

— Rien de ce que j'ai à dire ne pourrait être imprimé.

— Essaie tout de même, on verra bien, répondit Ivy d'un ton léger.

Il la toisa d'un air méprisant comme il aurait regardé une niaise incapable de comprendre qu'elle n'était pas la bienvenue.

— Beaucoup d'artistes sont controversés, poursuivit Ivy sans se laisser déstabiliser. Ça les rend intéressants.

— Tony ?

Une jeune femme d'une vingtaine d'années était apparue sur le perron à l'arrière du bungalow. Après avoir jaugé Ivy d'un coup d'œil, elle se dirigea vers eux d'un air décidé. Visiblement, ce qu'elle avait vu ne lui avait pas plu. Ivy présuma que c'était la sœur aînée de Tony : bien qu'elle soit plus forte que lui, elle avait les mêmes cheveux et les mêmes yeux.

— Qui es-tu ? lança-t-elle à Ivy sans préambule.

— Gemma Schumann, répondit Ivy en lui tendant la main, en vain. Tu es la sœur de Tony ? demanda-t-elle néanmoins.

— En quoi est-ce que ça te regarde ?

— Gemma était une amie de Corinne, intervint Tony.

Ce qui s'était cantonné à de la méfiance instinctive se transforma chez la jeune femme en aversion affichée.

— Je n'ai rien à dire à ses snobs de copines artistes, siffla-t-elle. Je ne comprends pas pourquoi tu perds ton temps, Tony.

— À ce que je vois, s'empressa de déclarer Ivy, Corinne était aussi appréciée ici qu'à la fac.

La jeune femme eut un petit sourire satisfait.

— Ça ne m'étonne pas. Là-bas aussi, c'était une sale manipulatrice ? Une moucharde de première classe ? Oui, c'est la Corinne qu'on a tous connue et aimée.

Avant qu'Ivy n'ait le temps de penser à une réponse qui aurait éveillé assez de confiance ou de colère pour susciter plus d'informations, la jeune femme pivota sur ses talons et repartit à grands pas vers le bungalow.

— Alors, comme ça, le comportement de Corinne n'était pas dû qu'à la pression des études ? murmura Ivy.

Tony restant silencieux, elle insista :

— Dans les écoles d'art, la compétition peut être rude, violente même.

Elle vit la main de Tony se raidir.

— J'ai toujours pensé que c'était son problème... Mais peu importe, ajouta-t-elle avec un haussement d'épaules. Ça ne lui enlève pas son talent d'artiste pour autant.

Il émit un grognement.

— C'était l'art qui vous reliait ? s'obstina-t-elle. Tu es un artiste aussi, n'est-ce pas ? Si ce n'est que les voitures sont ton médium. C'est peut-être l'amour de l'image que vous partagiez ?

— Corinne utilisait l'image pour faire mal.

Ivy lui aurait bien demandé de s'expliquer plus avant, mais elle s'en empêcha.

— Oui, l'art est souvent provocateur, dit-elle. C'est une forme de conscience sociale. Je connais plusieurs photographes célèbres qui...

— Corinne n'avait aucune conscience sociale, la coupa Tony. Les faits de société ne l'intéressaient absolument pas, et les personnes encore moins !

Ses mains s'étaient mises à trembler et il les enfonça aussitôt dans ses poches pour les dissimuler.

— Donc, elle faisait de l'art pour l'art, commenta Ivy, qui employait tous les clichés auxquels elle pouvait penser pour qu'il continue de parler.

— Corinne aimait le pouvoir, pas l'art. Et pour elle, l'image, c'était le pouvoir. Elle détruisait, elle ne créait pas.

Le travail de Corinne avait-il pu offenser ou mettre une personne suffisamment en colère pour qu'elle veuille lui nuire ?

— Elle aimait bien publier ses photos sur Internet. Est-ce que certains en ont été contrariés ?

Lorsque Tony la scruta d'un air méfiant, Ivy se rendit compte de sa maladresse : la prétendue amie d'université de Corinne aurait dû connaître la réponse à cette question. Elle craignit d'avoir gâché ses chances.

Tony jeta un coup d'œil vers le bungalow, puis répondit d'un air désabusé :

— Ça n'a plus d'importance. Elle est morte maintenant.

— Est-ce que je pourrais voir ce que tu fais ?

Elle espérait que, comme la plupart des artistes et des musiciens, il serait flatté d'éveiller l'intérêt d'un certain public.

Sans un mot, il prit la direction de l'atelier. Ivy interpréta cela comme une invitation et lui emboîta le pas.

— Retiens ton souffle, la prévint-il une fois devant le garage fermé. Les vapeurs de peinture asphyxient.

Puis il se pencha pour ouvrir la porte basculante.

— C'est magnifique ! s'exclama Ivy sans avoir à feindre l'admiration.

En recouvrant chaque millimètre de la carrosserie de formes et de couleurs qui avaient dû lui prendre des mois de travail, il avait créé une voiture qui fourmillait littéralement de serpents. Des corps enroulés, rampants, enchevêtrés, des yeux ardents, des gueules grandes ouvertes… Le talent artistique était indéniable ; le résultat global, effrayant.

— Est-ce que tu t'inspires de sources différentes pour tes motifs ? s'enquit-elle.

— Ça m'arrive, mais ceux-là sont sortis tout droit de mes rêves, lui répondit-il.

Ivy ne lui enviait en rien sa vie nocturne, mais elle aurait bien aimé savoir pourquoi elle semblait si agitée. Elle choisit cependant de ne pas faire de commentaires et se concentra sur des questions concernant le type de pigments qu'il utilisait. Bien qu'elle soit tout à fait ignorante de ce qui concernait les finis nacrés, les flocons métallisés ou les peintures caméléon, les nombreux échanges qu'elle avait eus avec Will sur les fournitures qu'il achetait pour ses tableaux lui permirent de savoir quelles questions poser. Puis elle tenta de ramener la conversation sur la personne qui l'intéressait.

— Est-ce que Corinne t'a jamais aidé à décorer ou à peindre une de ces voitures ?

Tony l'étudia de nouveau avec une telle intensité qu'elle se sentit mise à nu.

— En fait, tu ne la connaissais pas, hein ? lui rétorqua-t-il brusquement.

— Si tu veux dire bien, non, en effet. On suivait juste deux cours ensemble et… eh bien, je suppose qu'on se ressemble tous en art, on fait beaucoup semblant, confessa Ivy du ton le plus naturel possible.

— Elle ridiculisait ce genre de travail. Elle appelait ça « le monde imaginaire des péquenauds ».

— Je vois.

— Elle détestait River Gardens. Elle répétait sans cesse qu'elle gravirait l'échelle sociale. Qu'elle avait un boulot dans un centre commercial, son propre appartement, ses professeurs d'arts plastiques. Qu'elle était trop bien pour tous les idiots qui vivaient ici et n'avaient aucune idée de la façon dont on s'en sort dans la vie.

Son ton s'était fait aussi aigre que l'odeur de la peinture.

— Si je comprends bien, il ne lui restait plus aucun allié ici ?

— Pas de vrais, non. La seule personne à laquelle elle faisait attention, c'était elle.

— Pas assez, apparemment, lui fit remarquer Ivy.

Tony lui lança un regard oblique, puis referma soudain la porte du garage. Ivy recula d'un bond.

— Aucune des personnes qui connaissaient Corinne n'en veut à Luke, affirma-t-il alors.

— Parce que…

Ivy hésita.

— Parce qu'elles ne pensent pas qu'il l'a tuée ?

— Parce qu'elles trouvent qu'elle a eu ce qu'elle méritait.

— Je vois.

Un long silence s'ensuivit, auquel Ivy mit fin en tirant un petit carnet de sa poche.

— Pour l'exposition, je vais peut-être utiliser comme citation ce que tu as dit tout à l'heure : « Pour Corinne, l'image, c'était le pouvoir. »

— Comme tu veux, répondit-il. Mais n'oublie pas d'ajouter ma deuxième citation : « Et maintenant, elle est morte. »

Là-dessus, il tourna le dos à Ivy et s'en alla vers le bungalow, où la jeune femme les surveillait depuis une fenêtre.

Chapitre 21

— Salut, beauté, tu veux que je te dépose quelque part ? plaisanta Tristan pour dissimuler l'angoisse qui l'avait étreint depuis le départ d'Ivy une demi-heure plus tôt.

Il s'était assis au volant de la Volkswagen, les lunettes de soleil sur le nez et la casquette de base-ball enfoncée sur le crâne.

— J'ai déjà un amoureux, lui répondit Ivy avant de se pencher pour l'observer par la vitre. Mais tu es plutôt mignon avec ta barbe et tout le reste. Après tout, pourquoi pas ? J'accepte !

Là-dessus, elle fit le tour de la voiture pour venir s'installer côté passager.

Aussitôt, Tristan lui saisit la main et entrelaça ses doigts dans les siens.

— La police est passée deux fois, lui confia-t-il d'une voix inquiète. Alors, on y va et on parlera après.

Ivy attendit qu'ils aient quitté le quartier pour lui rapporter sa conversation avec Tony.

— Qu'est-ce que tu en penses ? s'enquit-elle enfin.

Tristan secoua la tête, incrédule.

— C'est à se demander ce que Luke voyait en elle, souffla-t-il.

— Luke et Tony, lui fit remarquer Ivy. N'oublie pas que, d'après Alicia, il a été le confident de Corinne. Je ne sais pas si elle l'a trahi d'une façon ou d'une autre ou l'a simplement renié dès son départ de River Gardens, mais il est très amer.

— Assez pour la tuer, à ton avis ?

— C'est possible. La fille qui se comportait en sœur aînée n'avait pas du tout envie que je reste.

Tristan freina pour s'arrêter à un feu.

— Elle veut peut-être le protéger d'un acte qu'il a commis, suggéra-t-il.

— Ou qu'ils ont commis tous les deux. Ce qui rallonge encore notre liste de suspects.

— Cette Corinne était un véritable cybertyran.

— Apparemment, oui. Ce qui signifie qu'on risque de devoir faire des recherches bien au-delà de River Gardens.

Ivy se tourna vers la banquette arrière pour prendre dans son sac un dossier rassemblant tous les plans qu'elle avait imprimés.

— On devrait aller vérifier la boutique où Corinne a travaillé, ainsi que son université. Elle s'y est peut-être fait des ennemis, là aussi.

— D'accord, acquiesça Tristan, mais avant, arrêtons-nous chez elle pour parler à cette grand-mère qui est censée m'apprécier. Comme ça, on en aura fini avec River Gardens. Je n'ai pas envie que les habitants nous voient trop souvent et commencent à se poser des questions.

Quinze minutes plus tard, ils se garèrent devant une grande maison à ossature de bois entourée d'une clôture grillagée. Deux boîtes aux lettres sur pied et avec serrure se dressaient juste derrière le portail.

— Qui va sonner ? demanda Tristan.

Il avait le doigt pointé vers un panneau qui annonçait : « Attention, chien méchant ».

— Qui de nous deux court le plus vite ? ajouta-t-il.

— Moi, murmura Ivy. En revanche, je te parie que tu sauteras avant moi par-dessus la clôture si ça s'avère nécessaire. Alors, à toi l'honneur. Préviens-moi quand la voie sera libre.

Tristan rit doucement.

— C'est drôlement calme, observa-t-il. Pourtant, les fenêtres sont ouvertes. Voyons si Médor a envie d'aboyer.

Une fois descendu de voiture, il ouvrit le portail, qu'il referma en le claquant.

Le seul bruit qui lui répondit fut le vrombissement d'une moto un peu plus loin dans la rue.

— Les chiens laissent des marques partout dans les jardins, fit remarquer Ivy qui l'avait suivi jusqu'au grillage, d'où elle observait la pelouse. Ils ne se contentent pas de faire des allées et venues sur les trottoirs.

— Peut-être que le chien, c'est le beau-père, ironisa Tristan.

— Oui, dit Ivy en souriant. Ce serait mieux pour toi que tu ne le rencontres pas. Attends, je vais voir s'il y a quelqu'un.

— Non, s'empressa de répondre Tristan, rattrapé par sa fierté. On y va tous les deux, ou pas du tout.

— Que les anges sont entêtés ! s'exclama Ivy.

Ils allèrent sonner à la porte d'entrée.

Une fois. Deux. Un rideau de dentelle se souleva et retomba. Puis une femme petite, trapue, au regard expressif et à la chevelure blanche fournie, leur ouvrit. Dès que Tristan eut ôté ses lunettes de soleil, et bien que l'ombre de sa visière lui masque encore le visage, elle le regarda, bouche bée, et tendit le bras pour lui arracher la casquette de la tête avant qu'il puisse réagir.

— Luke ! C'est bien toi, balbutia-t-elle, les larmes aux yeux.

Tristan eut peine à supporter le regard de cette vieille femme. Il se sentait indigne de personnes comme elle et Alicia, qui semblaient lui vouer un amour qu'il n'avait rien fait pour mériter, et se montraient si désespérément heureuses de le revoir, lui, un simple imposteur.

— Tu m'as manqué, Luke. Perdre Corinne m'avait déjà brisé le cœur. Ta disparition m'a achevée.

Elle posa sa vieille main sur sa joue.

— Viens, entre.

Elle se souvint alors de la présence d'Ivy, vers laquelle elle se tourna avant de demander à Tristan avec un signe de tête :

— C'est une amie ?

— Oui. Je vous présente Gemma. Elle avait envie de vous rencontrer, mamie.

Bien qu'Alicia leur ait indiqué que tout le monde avait recours à cet appellatif, Tristan eut du mal à l'employer, car il se doutait de la signification particulière qu'il revêtait lorsque Luke le prononçait. Au regard étincelant de joie que la vieille femme lui adressa, Tristan comprit qu'il ne s'était pas trompé dans sa supposition. Il s'efforça donc de lui adresser un sourire.

— Gemma était en école d'art avec Corinne, annonça-t-il.

La vieille femme prit Ivy par la main et les entraîna à travers un salon garni d'un assortiment de meubles de bois sombre. Ils débouchèrent dans une cuisine propre et nette, égayée par de la vaisselle aux couleurs vives, quoique ébréchée.

— Tu aimes toujours le café fort ? demanda la vieille femme à Tristan.

Sans attendre sa réponse, elle lui servit une tasse, puis s'adressa à Ivy :

— Et toi ?

— C'est gentil, mais je n'en bois pas.

Tristan en prit une gorgée. En comparaison, l'espresso de chez Starbucks avait un goût d'eau aromatisée.

— Du thé ? proposa leur hôtesse à Ivy.

— Ce serait parfait, accepta celle-ci.

La grand-mère de Corinne mit la bouilloire à chauffer.

— Comment vas-tu, Luke ? s'enquit-elle. Où te caches-tu depuis que toutes ces rumeurs circulent ?

— Dans différents endroits.

— Pourquoi ne m'as-tu pas envoyé une lettre ? Ce serait resté entre nous. Je sais que tu n'aurais jamais pu faire de mal à Corinne.

— Et je savais que vous ne diriez rien, mais je ne voulais pas prendre le risque qu'on retrouve ma trace grâce au cachet de la poste.

— Sornettes !

Tristan sourit. La vieille femme avait moins l'air d'une grand-mère en colère que d'une jeune coquette désireuse de lui faire comprendre qu'elle se sentait délaissée. Elle lui retourna son sourire, puis plaça une tasse et deux boîtes de thé devant Ivy.

— Tu as bien le style d'une étudiante en art, observa-t-elle.

— Dois-je le prendre comme un compliment ? plaisanta Ivy.

— Comment allez-vous, mamie ? s'enquit Tristan.

— Oh, tu sais, rien n'a changé, sauf que je n'ai plus ma Corinne. Lui, par contre, c'est toujours le même.

Tristan présuma qu'elle parlait de son gendre.

— Et sa mère ?

— Toujours aussi stupide.

Bien que Tristan ne sache pas ce que recouvrait ce jugement, il hocha la tête d'un air entendu.

— Corinne avait des problèmes avec sa mère ? demanda Ivy.

— Comme toute fille qui se respecte, répliqua la vieille femme.

— En tout cas, elle parlait toujours de vous et...

Ivy sursauta. La porte d'entrée venait de claquer contre le mur. Comme si de rien n'était, la grand-mère de Corinne se contenta d'éteindre la bouilloire qui commençait à siffler.

— À qui est cette voiture ? tonna une voix grave depuis le salon.

La vieille femme mit le doigt sur sa bouche.

— Mamie ? hurla la voix. Je sais que vous êtes là, je sens votre sale café.

Alors que Tristan chaussait casquette et lunettes, un homme, grand et au crâne rasé, apparut dans la cuisine. Sa tenue, constituée d'une chemise blanche avec cravate et pantalon noirs, paraissait plus raffinée que ses manières. Quant aux traits de son visage, qui donnaient l'impression d'être comprimés vers son menton sous son crâne nu en forme de dôme, ils étaient durs. « Hank Tynan », supposa Tristan aussitôt.

— Vous êtes qui, vous ? leur demanda ce dernier en regardant Ivy et Tristan à tour de rôle.

— Des amis de Corinne, répondit Ivy.

— Vraiment…

Il leur tourna le dos pour ouvrir le réfrigérateur, devant lequel il resta immobile un moment comme pour prendre le frais.

— Je ne vous ai jamais vus, reprit-il enfin.

— J'étais à l'université avec Corinne, expliqua Ivy.

— Tu mens, lui rétorqua le beau-père avant de se servir un soda. Corinne ne disait jamais d'où elle venait.

— C'est vrai. Mais elle parlait beaucoup de sa grand-mère. Elle a aussi laissé derrière elle des clichés. Et les photos donnent beaucoup d'indications, vous savez.

Tristan présuma qu'Ivy essayait de provoquer l'homme, ce qu'elle réussit à faire. Tynan la dévisagea une minute avec une intensité telle que Tristan faillit s'interposer. Mais le beau-père de Corinne déboucha son soda, jeta la capsule sur la table à laquelle ils étaient assis, et ferma le réfrigérateur d'un coup de pied.

— Tu as ces fameuses photos avec toi ?

— Beaucoup de personnes les ont. Elle les envoyait toujours à ses amis et les affichait en ligne.

— C'est ça qui t'a permis de trouver notre adresse ?

— J'étais une grande admiratrice de son travail.

Tristan remarqua qu'Ivy mettait Tynan mal à l'aise.

— Corinne et ses photos... c'était une sale fouineuse, grommela l'homme avant de boire à la bouteille. Elle passait son temps à déterrer des ragots sur les gens. Elle se pensait supérieure à tout le monde, alors qu'elle vivait dans les bas-fonds ; en fait, elle adorait remuer la boue.

— C'était une photographe hors pair, le contra Ivy.

— Non, une commère à appareil photo. Et, au bout du compte, une pauvre idiote. Elle ne savait pas arrêter.

— Arrêter quoi ?

Tynan eut un petit sourire narquois.

— Arrêter de remuer la boue, quoi d'autre ?

Son regard se porta alors sur Tristan, et son sourire disparut.

— Toi aussi, tu es un crétin d'artiste ? lui lança-t-il.

Tristan se contenta de soutenir son regard.

— Tu ne sais pas parler ? insista Tynan.

— Si, Hank, répondit Tristan en ôtant ses lunettes.

L'homme écarquilla les yeux.

— Tiens, tiens, il est de retour...

Bien qu'il ait parlé d'une voix mielleuse et sarcastique, il dardait maintenant des regards suspicieux sur Tristan et Ivy comme s'il commençait à soupçonner un traquenard.

Tristan en déduisit que moins il parlerait, mieux ce serait. Que cet homme se dépêtre avec l'idée que Luke, qui en savait probablement beaucoup sur lui, était de retour. Tristan se ferait un malin plaisir à le tourmenter par son silence.

— Je pourrais te dénoncer, tu sais, attaqua Tynan.

— Oui, je le sais.

— Si ce n'est que je te dois une fière chandelle.

Tristan maintint un visage neutre pour feindre l'indifférence.

— La vie est beaucoup plus agréable dans cette maison, si tu vois ce que je veux dire.

La grand-mère de Corinne laissa échapper un sifflement de mépris.

— Et je n'ai aucune envie que ça change, ajouta-t-il comme une menace. C'est toi qui as tué l'autre fille aussi ?

— Je n'ai tué aucune des deux, lui rétorqua Tristan.

— Alicia est partie de River Gardens il y a deux ans, intervint la grand-mère de Corinne, et son meurtre a eu lieu sur le cap.

Tynan pivota sur ses talons pour lui faire face.

— Et où est-ce que vous croyez que lui se trouvait ? aboya-t-il.

Les yeux rivés sur lui, la vieille femme lui répliqua d'une voix sourde :

— Quand quelqu'un est sous l'emprise d'une folie meurtrière, ça se voit.

Pour toute réponse, Tynan marmonna un juron. Puis, après un rapide coup d'œil vers la pendule, il s'empara d'un grand sac de chips sur le plan de travail et se dirigea vers la porte, au niveau de laquelle il se retourna.

— Un petit conseil, Luke, déclara-t-il. Évite de te faire surprendre par la mère de Corinne dans cette maison.

Sur un grand éclat de rire, il brandit une des clés du trousseau qu'il venait de tirer de sa poche et la déplaça devant lui comme une lame de couteau.

— Elle pourrait bien te trancher la gorge.

Une fois Tynan parti, Ivy but un peu de thé et observa la grand-mère de Corinne par-dessus le rebord de sa tasse.

— En effet, il n'a pas changé, constata Tristan.

— Ne me lance pas sur ce sujet, répondit la vieille femme. Entre lui et ma fille…

Elle fit un geste désabusé de la main.

— Où est votre fille, à ce propos ? s'enquit Ivy.

— Au travail. Elle est serveuse au restaurant. Je ne sais pas comment elle s'est débrouillée, mais, pour l'instant, elle a réussi à garder cet emploi. Luke, j'ai été désolée d'apprendre la nouvelle pour Alicia. C'était une de tes bonnes amies. Elle te traitait mieux que Corinne.

Tristan hocha la tête silencieusement et baissa les yeux vers son café. Ivy, qui aurait tant voulu poser une main rassurante sur la sienne, se rendit compte que la grand-mère de Corinne l'étudiait attentivement. C'était une fine observatrice.

Ivy posa son thé.

— Qui a assassiné Corinne, à votre avis ? demanda-t-elle. Est-ce que vous avez une idée ?

— Plusieurs, lui répondit la vieille femme, mais je n'ai aucune réponse.

Cela signifiait-il qu'un grand nombre de personnes avaient eu envie de voir sa petite-fille disparaître ?

— Est-ce que sa chambre est toujours… commença Tristan. Qu'en a fait sa mère ?

— Mia a rapatrié les affaires que Corinne avait dans son appartement. Elle a gardé tout ce qui était neuf pour elle, ce qui avait de la valeur bien sûr, et elle a entassé le reste dans la chambre de Corinne. Parfois, je monte m'asseoir sur son lit, comme j'en avais l'habitude avant, mais ce n'est plus pareil. Je sais qu'elle ne reviendra pas. Est-ce que tu veux y passer un peu de temps ? lui proposa-t-elle.

— Si ça ne vous dérange pas.

Leur hôtesse se leva pour lui montrer le chemin. Bien qu'elle n'y ait pas été invitée, Ivy décida de les suivre.

La pièce était encombrée de cartons et de sacs empilés par terre, sur la commode et le bureau, ainsi que sur deux vieilles chaises de cuisine. Malgré le désordre, le lit était prêt et la courtepointe, rabattue comme si quelqu'un prévoyait de venir se coucher. Bien qu'elle ait essayé de se convaincre du contraire, la pauvre femme espérait toujours le retour de sa petite-fille.

Sur la table de nuit étaient posés les fragments de ce qui avait dû être un pot en céramique doté d'un couvercle. Ivy les prit dans ses mains.

— C'est elle qui l'a fait, n'est-ce pas ? dit-elle.

— Oui. Son appartement a été cambriolé. Ils ont détruit certaines de ses créations.

— Quand a eu lieu ce cambriolage ? s'informa Tristan.

— Plusieurs jours après sa mort. Tu ne t'en souviens pas ? Tu étais sans doute déjà parti.

— Est-ce qu'on lui a volé quelque chose ? demanda Ivy.

— Son ordinateur et sa tablette numérique, ce qui m'est complètement égal. En revanche, je suis en colère qu'ils aient cassé tout ce qu'elle avait créé de ses mains. Quels sales voyous !

« Ils étaient certainement pressés de récupérer quelque chose », pensèrent Tristan et Ivy en échangeant un regard discret. Et si Corinne avait été plus qu'un cybertyran ? Et si elle faisait chanter les gens ? La jeune femme, chez Tony, l'avait qualifiée de « moucharde de première classe » et Hank Tynan, de « commère à appareil photo ».

— Quelle honte, répondit néanmoins Ivy à voix haute. Luke, tu as probablement envie de passer un peu de temps seul ici. Je vais t'attendre dans la cuisine, ajouta-t-elle.

Elle espérait que la vieille femme la rejoindrait pour que Tristan puisse fouiller les affaires de Corinne. Au bout de quelques minutes, son attente fut exaucée.

— Je l'ai prévenu qu'on serait dans ma pièce, annonça leur hôtesse en apparaissant dans la cuisine. Corinne et lui aimaient bien s'y asseoir pour parler pendant que je cousais. Prends ton thé et suis-moi.

Son petit salon privé était agréablement décoré de housses aux motifs floraux et de photos encadrées de différents membres de la famille, dont certaines remontaient à l'époque des portraits sépia. La vieille femme indiqua une chaise à Ivy, avant de prendre place elle-même sur celle qui se trouvait en face. Juste derrière se dressait un lampadaire dont l'abat-jour formait un halo assez large pour l'éclairer, elle, ainsi qu'un panier rempli de pelotes de laine, une boîte offrant un arc-en-ciel de bobines de fil satiné et un gros bocal plein de boutons, posés sur un guéridon.

— Corinne avait l'habitude d'enfiler les aiguilles pour moi, déclara la grand-mère. Si tu veux bien, prépare-moi un fil blanc de gros coton, et un noir en polyester. Je vais m'occuper d'en trouver un autre assorti à ce tissu, ajouta-t-elle en approchant une blouse couleur pêche de la boîte.

Puis elle indiqua à Ivy les longueurs dont elle avait besoin. Pendant que celle-ci s'exécutait, la vieille femme renversa un petit tas de boutons sur le guéridon, avant de les trier avec célérité du bout des doigts et d'en sélectionner quelques-uns.

— Alors, vous faites la paire ? demanda-t-elle soudain.

— Pardon ? s'étonna Ivy.

— Luke et toi.

— Euh… non, répondit Ivy. J'ai rencontré Luke quand il venait rendre visite à Corinne à l'université. Nous sommes amis, c'est tout.

— Pour l'instant, lui répliqua la vieille femme, ses yeux perçants fixés sur Ivy.

— Pour l'instant, admit Ivy.

— Ne lui fais pas de mal. Ce garçon a connu l'enfer.

Ivy acquiesça d'un signe de tête.

— Est-ce que Corinne avait un petit copain qui avait de l'argent ?

La question prit Ivy au dépourvu. Elle n'avait pas considéré jusqu'alors qu'elle-même pouvait constituer une source d'informations.

— J'aurais du mal à dire si elle s'était attachée à quelqu'un en particulier. Elle n'avait aucune difficulté à attirer les garçons, s'aventura Ivy.

— Elle n'en a jamais eu, confirma la vieille femme.

— En plus, elle restait discrète sur sa vie privée, poursuivit donc Ivy.

— Voire secrète, renchérit son interlocutrice. N'ayons pas peur des mots : elle était secrète, et parfois sournoise.

— Elle ne nous invitait jamais dans son appartement, s'empressa de préciser Ivy.

Elle venait de se rendre compte, en effet, qu'elle ne pourrait pas feindre son amitié avec Corinne très longtemps, car la vieille femme, même sans avoir vu le lieu où logeait sa petite-fille, connaissait tous les objets et le mobilier qu'il contenait.

— La raison pour laquelle je me demande si elle avait un amoureux bien pourvu, reprit la grand-mère, c'est qu'elle possédait de très belles affaires. Corinne a toujours aimé ce qui coûtait cher et n'hésitait pas à contourner la loi si nécessaire pour se les procurer.

« Contourner la loi ? répéta Ivy intérieurement. En volant ? »

Elle hocha néanmoins la tête d'un air entendu.

— Si les riches n'étalaient pas leurs possessions, aussi, on ne les leur prendrait pas, n'est-ce pas ?

C'était une vision du monde peu orthodoxe, mais peut-être convenait-elle à une vieille femme désireuse de défendre la réputation d'une petite-fille qu'elle avait adorée.

— La dernière fois que j'ai vu Corinne, elle était très nerveuse, poursuivit-elle.

— Vraiment ? Je suis surprise, répondit Ivy. Remarquez, on affiche tous des personnalités différentes en cours et à la maison.

— Tu as raison, ça ne ressemblait pas à Corinne.

La vieille femme s'absorba dans sa couture pendant plusieurs minutes. Elle fixait un bouton sur une chemise d'homme. À sa manière de faire, le col se déchirerait avant que lui ne retombe.

— Quelque chose n'allait pas, reprit-elle enfin. Corinne m'a demandé de raccommoder une manche pour elle. Elle était assise à ta place, comme quand elle était petite et qu'elle avait fait une bêtise. Elle ne me racontait pas tout, et m'en a dit de moins en moins au fur et à mesure qu'elle grandissait, mais elle continuait à venir s'asseoir ici. C'était son refuge. Quand elle m'a rendu visite ce soir-là, j'ai compris qu'elle avait de gros ennuis.

— Vous a-t-elle donné des indices sur leur origine ?

— Je pensais que toi, tu en aurais.

— Non, désolée.

— Je sais que l'école ne lui faisait aucun effet, mais il ne s'est rien passé là-bas ? insista la vieille femme.

— Pas à ma connaissance. Par contre, je suis surprise que la police n'ait pas pris en compte ce que vous me dites.

— Je ne leur en ai pas parlé. C'était moi que ça regardait, pas eux.

Ainsi, elle soupçonnait que sa petite-fille pouvait être impliquée dans des affaires louches…

— Si je veux connaître la vérité, c'est pour ma tranquillité d'esprit, c'est tout.

« Sauf que la sécurité d'autres personnes pourrait en dépendre », songea Ivy.

La grand-mère de Corinne posa la chemise et reprit le bocal de boutons. Cette fois, elle l'agita à hauteur d'yeux pour en étudier le contenu, qu'elle renversa intégralement sur le guéridon, avant d'y attraper un petit objet doré qu'elle tendit à Ivy.

— C'est le seul indice qu'elle ait laissé.

Chapitre 22

Ivy ouvrit la main.

— Un bouton de manchette ? murmura-t-elle.

— Tu en as déjà vu de pareils ?

— Non. Mon beau-père est la seule personne de mon entourage à en mettre, et encore, uniquement pour aller travailler. Qu'est-ce qu'il représente ? interrogea Ivy en le tournant et en le retournant dans ses doigts. Une flèche ?

— C'est ce que je vois aussi. Est-ce que vous avez un créateur de bijoux dans votre école ?

Ivy hésita.

— Pas que je sache, répondit-elle enfin. Mais je ne connaissais pas tous les amis de Corinne. À l'université, les groupes ne se mélangent pas comme au lycée. Je présume que c'est Corinne qui vous l'a donné.

— Elle ne me l'a pas donné. Elle l'a laissé ici. Caché dans ce bocal.

Ivy continua d'observer le bouton, à la recherche d'initiales ou d'une signature gravées.

— Je ne vois rien d'autre que la flèche. Vous êtes sûre que c'est bien Corinne qui l'a mis dans ce bocal ? Le soir où elle a été assassinée ?

— Oui. Quand elle était petite, elle avait l'habitude de s'amuser avec les boutons pendant que je cousais. Elle s'en servait pour compléter des dessins ou créer des visages et des fleurs. C'est ce qu'elle a fait ce soir-là, avant de tout ranger. Je ne me suis souvenue de ce détail qu'après son enterrement. J'étais installée ici et je pensais à elle. J'ai regardé dans le bocal. C'est comme ça que j'ai trouvé ce bouton de manchette.

Ivy, qui aurait bien aimé le garder, se demanda à qui la vieille femme avait pu le montrer.

— Aucune des personnes qui l'ont vu après n'a eu d'idée sur sa provenance éventuelle ?

— Personne ne connaît son existence. Sa mère le vendrait tout de suite pour son poids d'or. La police l'enfermerait dans un sachet plastique et je ne le reverrais plus jamais. C'est mon dernier lien avec Corinne. Il reste avec moi.

Ivy le lui rendit.

— Peut-être que Luke saura quelque chose, conclut la grand-mère.

— Je vais le chercher, proposa Ivy.

Elle se leva rapidement pour éviter que la vieille femme ne la précède dans la chambre et n'y trouve Tristan occupé à fouiller.

— Luke ? appela Ivy. Mamie a quelque chose de surprenant à te montrer.

Tristan sortit aussitôt de la pièce et suivit Ivy dans le salon, où il examina le petit bouton.

— Désolé, déclara-t-il en le redonnant à la grand-mère de Corinne. Je ne sais pas d'où il vient.

Ils restèrent une heure de plus, durant laquelle la vieille femme leur raconta ses souvenirs étayés par de vieilles photos de Corinne, où Luke apparaissait à plusieurs reprises. Ivy comprit alors que la malheureuse n'avait pu partager sa peine avec personne, pas même sa propre fille.

Lorsqu'ils prirent congé, elle étreignit Ivy avec affection.

— Le même âge, vous avez le même âge, répéta-t-elle plusieurs fois.

Ivy sortit de la maison pour que la vieille femme puisse dire au revoir à Luke en privé.

Lorsque Tristan l'eut rejointe dans la voiture, elle démarra. Ils gardèrent le silence jusqu'à ce qu'ils aient quitté River Gardens.

— C'était dur.

— Oui, concéda Tristan doucement.

— Quand Gregory est mort, son père naturel a pleuré comme un bébé. Quant à Andrew, bien qu'il soit horrifié par ses actes, il a eu beaucoup de peine aussi.

Alors que Tristan se contentait de hocher la tête, Ivy se demanda s'il lui poserait un jour des questions sur ses propres parents. « Il le fera quand il sera prêt », se dit-elle. Visiblement, il ne l'était pas.

— On essaie la fac ? suggéra-t-il. Tu crois qu'il y aura des inscrits à la session d'été ?

— On peut toujours essayer, lui répondit Ivy. On trouvera bien quelques étudiants dans les chambres noires et les salles d'informatique. En plus, le campus n'est pas loin du centre commercial où travaillait Corinne. Tu peux me dire où je dois aller ? Le plan est dans le sac derrière.

Une fois sur le bon chemin, Ivy rapporta à Tristan sa conversation avec la grand-mère de Corinne.

— Qu'est-ce que tu en déduis ? demanda-t-il.

— Que sa grand-mère ne subvenait pas à ses besoins. Sinon, elle ne m'aurait pas demandé si Corinne avait un petit ami assez nanti pour lui acheter les affaires de prix qu'elle possédait. Moi aussi, j'ai travaillé dans un centre commercial. Je sais d'expérience que, même si Corinne a obtenu une bourse intégrale pour ses études, il est impossible qu'elle ait pu payer un loyer et se permettre des achats coûteux avec un salaire à mi-temps dans un magasin.

— Alors, tu penses comme moi. La moucharde de l'école élémentaire…

— Et cybertyran du collège…

— … a découvert à quel point le rôle de maître chanteur pouvait rapporter gros.

— Ça m'en a tout l'air, approuva Ivy. Seul son matériel électronique a été volé… en d'autres termes, tout ce qui aurait pu comporter des photos utilisables pour du chantage.

— J'aurais bien aimé avoir plus de temps dans cette chambre, regretta Tristan.

— Est-ce que tu y as trouvé d'autres objets cassés que les boîtes et les pots en céramique ?

— Non. À mon avis, s'ils ont été endommagés, c'est parce que quelqu'un y cherchait un petit objet, comme une clé USB…

— … ou un bouton de manchette ! s'exclamèrent-ils en chœur.

— Corinne se doutait que cette personne viendrait fouiller son appartement, ajouta Ivy. Donc elle l'a placé dans un endroit insolite : le bocal rempli de boutons d'une vieille femme.

— La vraie question à se poser est de savoir pourquoi ce bouton de manchette est si important.

Ivy attendit d'avoir quitté la bretelle de sortie de l'autoroute pour répondre :

— Eh bien, quand on perd un objet quelque part, c'est la preuve qu'on se trouvait à cet endroit. Et si on n'était pas censé y être…

— Il est toujours possible de nier la vérité, l'interrompit Tristan, d'affirmer qu'on a été victime d'un coup monté et que quelqu'un d'autre a placé l'objet là. Remarque, le simple fait qu'on te croie responsable est déjà préjudiciable.

— Sauf que peu de monde porte des boutons de manchettes, lui rappela Ivy.

— En dehors de personnes à mon image, qui ont de la classe et qu'on embauche comme serveurs au mariage de ta mère.

Le souvenir évoqué par Tristan fit éclater Ivy de rire.

— C'est certainement à cause de leur poids en or que tu as renversé le plateau de légumes ! s'esclaffa-t-elle. Mais tu en portais aussi au bal de fin d'année.

— Exact. Donc, Tony a dû faire pareil.

— Quant à Hank, son métier de chauffeur l'oblige à toujours bien s'habiller.

— Certains professeurs aiment porter des boutons de manchettes aussi. À moins que Corinne n'ait surpris quelqu'un en flagrant délit dans la boutique où elle travaillait... La liste s'allonge, se lamenta Tristan.

— Ou alors elle avait vraiment un amant, riche, marié, et qu'elle a fait chanter, suggéra Ivy avec un soupir. On va être obligés de chercher sur le campus autant qu'à River Gardens.

C'est ce qu'ils s'appliquèrent à faire durant les trois heures qui suivirent, sans grand succès. Les deux seuls étudiants qu'ils rencontrèrent dans les chambres noires de l'université leur répondirent vaguement que Corinne connaissait un peu tout le monde sans être proche de qui que ce soit en particulier. Les habitants de l'immeuble où elle vivait leur claquèrent tous la porte au nez, à l'exception de l'un d'eux qui, après un long entretien, révéla qu'il n'avait emménagé là qu'après le décès de Corinne. L'homme devait manquer de compagnie, en déduisit Ivy. Au centre commercial, les réactions furent fortes : ses deux collègues, d'une vingtaine d'années, ne dissimulèrent pas leur antipathie et se plaignirent de ce que Corinne les « espionnait » constamment et « faisait du zèle » pour « être bien vue » du propriétaire. Manifestement, Corinne la Moucharde leur avait mené la vie dure.

Finalement, épuisés par cette longue journée passée à poser des questions sous de fausses identités, Ivy et Tristan allèrent se détendre dans un Panera[9]. Ils s'installèrent confortablement dans un box aux banquettes rembourrées, et n'échangèrent plus aucun mot jusqu'à l'arrivée de leurs sandwichs. Ils s'étaient assis l'un à côté de l'autre, Ivy appuyée contre Tristan qui avait allongé les jambes sur le siège opposé. Ivy se demanda s'il savait à quel point ces moments de vie ordinaire en sa compagnie lui étaient précieux.

Pendant leur repas, elle lui parla de l'étrange comportement de Beth, sans toutefois lui mentionner l'agression. Elle ne souhaitait pas l'inquiéter davantage, d'autant qu'un tel événement ne se reproduirait pas.

— Will la surveille de près, ajouta-t-elle en vérifiant si elle avait des messages sur son téléphone. Pas de nouvelles… bonnes nouvelles, conclut-elle.

— Est-ce que tu as pris ton portable ?

— Oui, il est dans le grand sac.

Tristan plaça l'appareil sur la table devant eux.

— Voyons ce qu'on peut trouver sur les boutons de manchettes, leurs motifs et le nom des fabricants.

Ils découvrirent que ces petits objets prenaient toutes les formes et couleurs imaginables ; qu'ils se déclinaient en milliers de produits pour des équipes de sport, des chanteurs rock, des blasons d'université ou des animaux ; et en innombrables éditions limitées pour des banquiers, des enseignants, des jardiniers, des joueurs, des obsédés de l'informatique ou de jeux vidéo…

— Il va nous falloir des jours pour étudier tout ça, grommela Tristan. Et si on prenait celui de Corinne en photo pour l'envoyer à Suzanne ? Elle serait ravie d'effectuer ce genre de recherche.

— Essaie d'abord bouton de manchette + preuve, suggéra Ivy. J'ai présumé jusqu'à présent que le propriétaire,

9. Chaîne nord-américaine de cafétérias.

la victime du chantage, avait le second bouton en sa possession. Si c'était le cas, la situation aurait pris l'allure de ce que tu décrivais tout à l'heure : Corinne aurait affirmé qu'elle avait ramassé le bouton dans un endroit précis où le propriétaire aurait nié être allé. Et si la police détenait le second bouton ? Et qu'il ait été découvert sur une scène de crime ?

Tristan lança aussitôt la nouvelle recherche, dont il énuméra à voix haute les réponses proposées :

— *Les Experts : Miami*, saison 8, plusieurs fois ; Colorado : le bouton sert de pièce à conviction après avoir été trouvé lors d'une expertise médico-légale ; Angleterre au XVIIe siècle : le bouton est une preuve à charge ; ah !... incroyable... ils existaient déjà sous la dynastie de Toutankhamon et... Ivy, regarde !

Elle se pencha vivement vers l'écran.

— Clique dessus ! s'exclama-t-elle.

L'article avait été publié dans un journal de Springfield, Massachusetts.

Une automobiliste de 43 ans a été tuée par un chauffard qui a pris la fuite, tôt samedi matin, sur la route 20, au sud-est de Brimfield, Massachusetts. On a retrouvé Genevieve Gilchrest, grièvement blessée, à cinq mètres de sa voiture, une Nissan Altima grise, garée sur le bord de la route avec un pneu crevé. La victime a été transportée en hélicoptère jusqu'au service de traumatologie du centre médical de UMass Memorial à Worcester, où elle est décédée de ses blessures quelques heures plus tard.

Les équipes de police ont relevé dans la zone des traces de pneus d'un second véhicule, et, près du corps, un bouton de manchette en or. Ce dernier, qui semble être fait main et porte un motif identique à une flèche, appartient peut-être à une personne qui se serait arrêtée pour vérifier l'état de la victime, ou au chauffard qui l'a renversée. Le véhicule qui a heurté Mme Gilchrest a probablement été endommagé de façon visible au niveau de la calandre ou du capot, ainsi que du pare-brise.

Crimestoppers[10] *a demandé à tout particulier qui pourrait détenir des informations à ce sujet de se faire connaître. Les appels resteront strictement confidentiels.*

— C'est arrivé l'an dernier, en mai, observa Tristan.

Ils finirent de consulter la liste d'entrées, puis revinrent sur la page de l'article. D'après MapQuest, Brimfield se trouvait à un peu plus d'une heure de Providence.

— Corinne était en fin de terminale à l'époque. Qu'est-ce qu'elle pouvait bien faire là-bas ?

— Elle n'y était peut-être pas, répondit Tristan. Il est possible qu'elle ait simplement entendu parler de l'affaire, qu'elle ait reconnu le bouton de manchette, et qu'elle ait réussi à mettre la main sur le second. Voyons si les journaux de Providence mentionnent ce fait divers… non.

L'air songeur, Tristan pianota sur le rebord du clavier.

— Puisque la voiture a été endommagée, la police a sans doute perquisitionné tous les ateliers de carrosserie de la région… dans le Massachusetts, peut-être pas à Rhode Island. Et si…

Il croisa le regard d'Ivy.

— L'atelier de Tony ? C'est possible ! Tristan, il faut qu'on convainque la grand-mère de Corinne de remettre ce bouton à la police.

— Ou de nous le donner. On pourrait aussi repartir chez Tony pour lui extorquer plus de renseignements.

10. Association internationale à but non lucratif qui lutte contre la criminalité en faisant appel aux témoignages anonymes de particuliers.

— Non, à mon avis, c'est trop risqué, et pas que pour nous. Qui te dit que Tony n'est pas impliqué dans cette affaire sans le savoir ?

— Je suppose que tu fais plus confiance à la police que moi.

— Parce que j'ai plus confiance en elle que dans le tueur de Corinne, de Luke et d'Alicia. Tristan, on est face à un individu – si ce n'est plusieurs – prêt à éliminer toute personne qui risque de dévoiler ce qu'il veut cacher. Il vaut mieux qu'on reste loin de Providence et du cap ce soir. On avertira la grand-mère de Corinne de notre découverte demain. Ensuite, je te déposerai à l'église, et j'irai au commissariat pour qu'ils prennent la relève. D'accord ?

Elle plongea son regard dans les yeux de Tristan, autrefois noisette, aujourd'hui bleu vif, mais grâce auxquels elle conservait une porte ouverte sur son âme.

— D'accord, répondit-il en lui caressant la joue de la main. Où veux-tu passer la nuit alors ? Dans un autre parc national ?

Elle réfléchit un moment, avant de sourire et de déclarer :

— Je connais une formidable cabane en bois juchée au sommet d'une colline dans le Connecticut.

Chapitre 23

Dès que Tristan avait pris conscience de sa véritable identité, il avait pensé à ses parents et s'était demandé à quoi leur vie ressemblait depuis son décès. Les dangers répétés auxquels il avait été confronté l'avaient souvent obligé à refouler cette question, mais, durant les heures passées seul dans le silence de l'église, de nombreux souvenirs de sa vie avec eux lui étaient revenus, pour sa joie et sa peine à la fois. Sa rencontre avec la grand-mère de Corinne les avait ravivés et rendus plus pesants encore.

Au bout d'une heure et demie de route, alors qu'ils approchaient de la périphérie de Stonehill, sa ville natale, il déclara :

— Cette pauvre femme va pleurer Corinne jusqu'à la fin de ses jours. Elle ne se remettra jamais de sa mort.

— Probablement pas, confirma Ivy en ralentissant pour le regarder brièvement. C'est ce qui arrive quand on perd quelqu'un qu'on aime.

— Mes parents…

Il ne put finir sa phrase, mais Ivy hocha la tête d'un air compréhensif.

— Ça a été très dur pour eux, murmura-t-elle. Je crois qu'ils ont transféré tout l'amour qu'ils te portaient sur les personnes qu'ils soignent et accompagnent. Ton père est toujours aumônier à l'hôpital, tu sais.

— Je n'arrive pas à croire que j'aie pu être aussi égoïste, reprit Tristan. Je n'ai pensé qu'à moi, à ma douleur de devoir te regarder de loin, de ne plus pouvoir communiquer avec toi. Dans mon esprit, il ne pouvait rien arriver de pire à personne. Je me suis apitoyé sur mon propre sort. Pourtant, ce sont ceux qui restent qui souffrent le plus.

— Où qu'on se tourne, concéda Ivy, on était entourés de lieux où on avait passé du temps avec toi. Quoi qu'on fasse, on se rappelait la façon dont on l'avait fait avec toi et on rêvait de pouvoir recommencer. Ces souvenirs de ta présence étaient horriblement douloureux. Et pourtant, essayer de réprimer ces moments partagés, de les oublier, aurait signifié te perdre à jamais. Après ta mort, Gregory m'a encouragée à tourner la page. Un jour, il s'est même emporté contre ta mère qui me rendait visite et lui a intimé de me laisser tranquille, en lui assenant que tout était fini. Ta mère lui a répondu : « Quand on aime quelqu'un, on ne s'en remet jamais. On continue à vivre, parce qu'on le doit, mais on garde la personne aimée dans son cœur. » C'est ce que font tes parents avec toi.

La gorge serrée, Tristan regarda Stonehill défiler sous ses yeux, avec ses jolies maisons et boutiques, la pizzeria Celentano's où il avait l'habitude de manger avec ses amis, la maison de son entraîneur de natation, le lycée où il avait rencontré Ivy. Il avait vu la ville à six heures du soir des milliers de fois et connaissait bien l'agitation autour de la gare, l'empressement des courses de dernière minute, les parents, les enfants, les adolescents ; or c'est avec émerveillement ce jour-là qu'il observa ces scènes de vie qu'il prenait autrefois pour argent comptant.

Une connaissance fit un signe à Ivy, qui s'était démaquillée et avait enfilé sa tenue habituelle avant de quitter la cafétéria. Elle lui répondit par un petit coup de klaxon.

— J'adore ta voiture ! lança la femme.

C'était Pat Celentano. Bien sûr, elle ne reconnut pas Tristan. Personne ici ne savait qui il était.

— Est-ce qu'on pourrait passer devant chez moi, enfin, devant la maison de mes parents ? demanda-t-il.

— Devant ta maison ? Évidemment, répondit Ivy.

Revenir dans ces rues bordées d'arbres où il avait fait du vélo et du skate-board fut pour lui comme un rêve. Il remarqua des détails auxquels il n'avait jamais prêté grande attention : un vélum rayé au-dessus d'une terrasse sur le côté d'une habitation à mi-rue ; en bout, une vigne en fleur qui repoussait chaque année et finissait par s'enrouler autour d'un lampadaire ; à l'intersection, une clôture de piquets blancs, contre laquelle les mêmes hautes fleurs en épis prenaient encore appui.

Ivy se gara devant une maison de bardeaux aux volets gris – de vieux volets qu'une année, il avait passé tout l'été à gratter, puis à repeindre, avec son ami Gary.

— Le cerisier a disparu, dit-il.

Il s'était réfugié tant de fois sous son ombre.

— On a eu une mauvaise tempête au printemps dernier.

— Oui. Bien sûr. La vie continue.

À l'air dépité d'Ivy, il s'empressa de poser une main sur la sienne et d'ajouter :

— Ne t'en fais pas, je m'en sortirai.

Mais lorsque la porte s'ouvrit et que sa mère apparut, c'est lui qui s'agrippa à la main d'Ivy. Ses cheveux commençaient à grisonner, mais peut-être ne l'avait-il jamais remarqué. Étant donné qu'elle portait sa mallette de médecin, il supposa qu'elle partait pour une visite à domicile, ce qui était rare pour un pédiatre désormais.

Dès qu'elle eut aperçu leur voiture, elle marqua un temps d'arrêt, avant de s'écrier en s'élançant vers eux :

— Ivy !

Celle-ci jeta un bref coup d'œil à Tristan, puis descendit. Il les regarda se jeter dans les bras l'une de l'autre.

— Comme tu es bronzée ! s'exclama Mme Carruthers. Tu as l'air en pleine forme. Pourtant, ta mère m'a raconté ce qui t'était arrivé. Comme tu as dû avoir peur !

— Oui, mais je vais bien maintenant. Je viens juste passer quelques jours à la maison, avant de repartir travailler au cap.

— Tu m'as manqué, et à Steve aussi, mais je suis heureuse que Will, Beth et toi puissiez profiter d'un été à la plage. Comment vont-ils ?

— Bien. Très bien, répondit Ivy après une seconde d'hésitation.

Mme Carruthers se pencha alors vers la vitre et sourit à Tristan, comme on sourit à un étranger.

— Bonjour ! lui dit-elle.

Pétrifié, le cœur brisé, il fut incapable de répondre.

— C'est un ami... intervint Ivy. Gabriel.

— Bonjour, Gabriel, reprit Mme Carruthers.

— Bonjour, finit-il par marmonner, derrière sa vitre à demi baissée.

— Il est un peu timide au début, entendit-il Ivy expliquer. Mais une fois qu'il est lancé, on ne peut plus l'arrêter, précisa-t-elle en se penchant à son tour vers la vitre en feignant de le taquiner. Gab travaille avec nous à l'auberge, poursuivit-elle après s'être redressée. Il vit au cap.

— Je suis ravie que tu aies de nouveaux amis, lui dit Mme Carruthers.

À son ton de voix, Tristan comprit que sa mère voulait implicitement rassurer Ivy sur le fait qu'elle serait heureuse de la voir à nouveau amoureuse.

C'est alors que son téléphone sonna.

— Vous êtes de garde ? lui demanda Ivy.

Protégé par la voiture, Tristan contempla avec nostalgie la main de sa mère qui prenait l'appareil dans sa poche. Il avait serré ces doigts si souvent lorsqu'il était enfant.

— Encore le même patient, déclara Mme Carruthers. C'est leur premier bébé et les jeunes parents ont tendance à toujours s'inquiéter. Je ferais bien d'y aller. Par contre, Steve devrait arriver d'une minute à l'autre. Et si vous restiez ? Il serait si content de te voir, Ivy. Je peux vous ouvrir la maison pour que vous attendiez à l'intérieur si vous voulez.

Ivy se pencha une nouvelle fois vers la vitre pour consulter Tristan du regard. Ce dernier s'empressa de lui adresser un signe de tête négatif. Il ne supporterait pas d'entrer. C'était trop lui demander.

— Merci, mais on va rester dans le jardin, répondit Ivy. J'ai toujours adoré y passer du temps.

Mme Carruthers serra à nouveau Ivy dans ses bras, puis se baissa vers Tristan.

— Je suis désolée de devoir vous abandonner, s'excusa-t-elle. Revenez avec Ivy un jour, d'accord ?

Tristan sentit son cœur se serrer au point de se briser.

Il regarda sa mère disparaître à la hâte dans sa voiture, reculer trop vite sur l'allée, comme elle l'avait toujours fait, et donner un coup de volant trop tôt, une vieille habitude aussi.

— La boîte aux lettres ! s'écria-t-il alors qu'il lui restait trois mètres avant de la heurter.

Elle pila, puis tourna la tête vers lui, stupéfaite. Ses yeux noisette le fixèrent un moment. Puis elle éclata de rire et reprit sa marche arrière dans la bonne direction.

Lorsqu'elle eut disparu, Ivy remonta en voiture, où elle attendit, silencieuse, que Tristan s'exprime.

— Je crois que j'ai atteint mes limites. Est-ce qu'on peut aller chez toi ? lui demanda-t-il enfin.

Elle prit sa main dans les siennes et l'embrassa.

— Est-ce que tu es satisfait d'avoir revu ta mère ? s'enquit-elle après un long moment de silence. Ou préférerais-tu effacer ce souvenir de ta mémoire, si tu avais le choix ?

— Non ! s'exclama-t-il avec une passion qui le surprit lui-même.

Certes, sa douleur était réelle, mais jamais il ne pourrait renier de tels moments.

— En ce cas, je trouve qu'on devrait attendre ton père. Tu peux rester dans la voiture et je ferai en sorte que l'échange soit aussi bref qu'avec ta mère.

— Et si je...

Il hésita. Il se sentait fragile comme un nouveau-né.

— Et si je... fonds en larmes ?

— Le métier de ton père est d'accompagner les personnes qui fondent en larmes. Tout se passera bien.

Lorsqu'un véhicule bleu foncé arriva et que Tristan aperçut le signe « Clergé » collé sur le pare-chocs, il entrelaça ses doigts avec ceux d'Ivy.

Figé, il observa son père qui, fidèle à lui-même, s'avança vers la maison sans avoir même remarqué la voiture garée devant chez lui.

La gorge de Tristan se noua.

— Il a vieilli. Son visage n'a pas changé, mais il n'a plus la même démarche.

Cette réalité lui déplut : il se refusait à envisager que ses parents deviendraient vieux, que leur corps se flétrirait.

Son père se tourna enfin, soudain conscient de leur présence. Aussitôt, son visage s'illumina et tout son être rayonna de la jeunesse que Tristan lui avait toujours connue.

— Ivy ! Quelle bonne surprise ! s'écria-t-il.

Ivy resdescendit de voiture et Tristan les regarda tomber dans les bras l'un de l'autre au milieu de la pelouse. Ils parlèrent quelques minutes tout en revenant lentement vers la Volkswagen, devant laquelle M. Carruthers, comme plus tôt son épouse, se pencha. L'espace d'un instant, Tristan se revit sous son œil scrutateur le jour où, petit garçon de huit ans, il s'était enfoui sous ses draps Spider-Man après une mésaventure ou une autre survenue à l'école. Il ne se rappelait pas l'événement en lui-même, mais seulement que son père s'était agenouillé près de son lit et lui avait demandé avec compassion : « Comment ça va, mon grand ? »

Une voix douce, quoique solennelle, le ramena à la réalité.

— Bonjour, Gabriel. Je suis Steve Carruthers.

— Bonjour, répondit Tristan.

Tandis qu'Ivy réitérait ses explications sur la timidité légendaire de « Gab », originaire du cap, Tristan se surprit à trouver la force nécessaire pour s'extraire de la voiture. Aussitôt, M. Carruthers lui tendit la main et Tristan se demanda s'il l'avait jamais serrée d'homme à homme.

— Vous voulez entrer une minute ? leur suggéra M. Carruthers.

Tristan sentit sur lui le regard d'Ivy, qui déclara :

— Et si nous restions dans le jardin ? Est-ce que vous cultivez toujours des tomates ?

Tristan se souvint de la réaction amusée d'Ivy lorsqu'elle avait découvert le mélange surprenant de légumes et de fleurs. Les concombres couraient sur un treillage à côté d'un rosier grimpant ; les courges passaient par-dessus des pétunias ; les tomates étaient entourées de zinnias. Cet ensemble hétéroclite était à l'image de l'intérieur de la maison, et notamment du salon, cette pièce où Ivy et Tristan s'étaient retrouvés seuls pour la première fois, le jour où elle lui avait apporté sa petite chatte Ella. Tristan n'avait pas oublié le coup d'œil poli qu'Ivy avait jeté aux piles de journaux médicaux, magazines de sport et livres de prières qui ne laissaient aucun autre choix que de s'asseoir par terre, et comment, bien longtemps après, elle lui avait avoué avoir vu la barquette de poulet entamée qu'il avait cachée derrière le canapé.

Lorsqu'il revint à la réalité, Ivy proposait à « Gabriel » de lui montrer les jardins qui s'étendaient au-delà du potager, sans doute pour lui épargner d'avoir à entrer dans la maison, où M. Carruthers venait de les convier à prendre des rafraîchissements. À sa propre surprise, Tristan accepta l'invitation, sans toutefois refuser la main qu'Ivy lui tendait lorsqu'il fut temps de passer le seuil de la porte.

À l'intérieur, rien n'avait changé, au détail près que les magazines de sport qu'il laissait toujours traîner ouverts sur le sol avaient disparu. Ses livres, en revanche, étaient regroupés sur l'une des nombreuses étagères qui tapissaient les murs. Quant aux photos de lui, à tout âge, il lui sembla que leur nombre avait augmenté.

— Notre famille s'est agrandie, annonça M. Carruthers à Ivy.

Avant qu'il puisse s'expliquer, un chaton noir et blanc surgit d'un bond d'une pile de linge jetée sur le canapé, pour atterrir sur la tennis de Tristan, dont elle se mit à tirer les lacets.

— On dirait Ella ! s'exclama Tristan en se baissant pour la caresser.

Mais comment pouvait-il être aussi maladroit ? M. Carruthers le regarda d'un air intrigué.

— C'est vrai qu'elle ressemble à ton Ella, non ? s'empressa de reprendre Tristan à l'intention d'Ivy tout en prenant la petite bête dans ses bras. C'est bien le nom de la chatte dont tu m'as montré les photos, n'est-ce pas ?

— Oui, oui, c'est bien ça, répondit Ivy. C'est vrai qu'elle lui ressemble beaucoup, ajouta-t-elle en grattant le chaton sous le menton.

— Elle s'appelle Lacey, leur indiqua M. Carruthers.

Tristan vit la mâchoire d'Ivy lui en tomber.

— Lacey ? Quel joli nom ! feignit-il d'apprécier. Qu'est-ce qui vous en a donné l'idée ?

— On ne l'a pas vraiment choisi, commença M. Carruthers en les précédant dans la cuisine. C'était au début du printemps, et Lynne et moi avions profité de la douceur de la température pour dîner dehors sur la terrasse de derrière. Tout à coup, une adolescente est apparue au coin de la maison et nous a lancé qu'elle avait retrouvé notre chatte. On a eu beau lui expliquer qu'on n'en avait pas, elle a insisté en disant qu'elle se tenait debout contre la porte-moustiquaire où elle couinait pour entrer. On est allés voir et elle était bien là. Elle avait même un collier.

— Celui-ci ? s'enquit Ivy, surprise par sa couleur mauve.

Comme M. Carruthers hochait la tête d'un signe affirmatif, elle retourna la plaque en forme de cœur.

— Lacey… lut-elle.

— Le temps qu'on fasse comme toi, reprit M. Carruthers, la gamine avait disparu et on s'est retrouvés avec ce chaton dont on ne savait pas quoi faire. On a mis des annonces dans le journal et partout en ville. Quand il est devenu apparent que personne ne la réclamerait, Lacey avait pris sa place dans la maison.

Tristan tint la petite chatte à bout de bras pour mieux l'étudier : en dehors d'un pied et du bout de la queue blancs, ainsi que d'une tache de la même couleur sur la tête, elle était toute noire. Lacey avait-elle trouvé ce double d'Ella et décidé que ses parents apprécieraient sa compagnie ? Ou bien les chats avaient-ils une âme et… pouvaient-ils revenir sur terre aussi ?

Tristan tendit Lacey à Ivy, qui la prit contre elle. La petite chatte leva la tête, cligna ses grands yeux verts, et se mit à ronronner.

— Elle a un moteur puissant pour une bête aussi minuscule, déclara Tristan.

— Ne m'en parle pas, d'autant qu'elle passe sa vie à le faire tourner. On pense qu'elle a environ six mois.

Tristan regarda Ivy frotter sa joue contre celle de Lacey et vit une larme perler sur ses cils.

— Prends sa laisse, indiqua M. Carruthers à Ivy, le doigt pointé vers la porte où elle était accrochée. On lui en a pris une longue parce qu'elle aime bien gambader dans le jardin, mais Lynne et moi ne voulons pas risquer qu'elle s'échappe.

Ivy s'exécuta et sortit, suivie de Tristan et de son père, chacun muni d'un verre de limonade.

Ils conversèrent pendant une demi-heure, durant laquelle Ivy écouta avec plaisir les dernières nouvelles de Stonehill, tandis que Tristan s'imprégnait, outre des odeurs et des couleurs familières du jardin, de la voix de son père.

Enfant, il pensait que ce dernier avait les yeux laser de Superman, car il devinait toujours quand il avait fait des sottises. Ce jour-là, Tristan éprouva le même sentiment, chaque fois que son père le regarda.

— Et si vous restiez dîner ? leur suggéra ce dernier. En toute simplicité. On pourrait commander une pizza, ou du chinois. Lynne devrait être bientôt là.

Ivy glissa un coup d'œil en biais à Tristan qui, à l'annonce de la proposition, s'était soudain rendu compte à quel point il était émotionnellement épuisé. Aussi, il se leva, avec l'espoir qu'Ivy comprendrait le message.

— Merci beaucoup, répondit celle-ci, mais pas ce soir. Peut-être une autre fois.

M. Carruthers alla poser Lacey dans la maison et les raccompagna jusqu'à leur voiture. Lorsque Tristan, arrivé le premier devant la Coccinelle, se retourna, il découvrit que son père avait pris Ivy par le bras et lui parlait tout bas.

Il les attendit patiemment, non sans remarquer, à l'expression de son père, qu'il posait des questions.

— Oui, Gabriel est au courant de tout ce qui s'est passé, répondit Ivy au bout d'un moment.

Elle lança à Tristan un bref coup d'œil gêné, puis se reconcentra sur M. Carruthers, qui poursuivait son enquête en aparté. Après avoir hoché plusieurs fois la tête, Ivy appuya soudain le front contre son torse, en pleurs. Tristan ressentit alors la douleur qu'il éprouvait à l'époque où, ange désincarné, invisible et extérieur aux événements, il ne pouvait réconforter les êtres qu'il aimait. Tristan vit son père entourer Ivy de ses bras, le visage de nouveau marqué par l'âge et le chagrin.

— Tu intrigues le révérend Carruthers, Gabriel ! lança enfin Ivy en se redressant pour lui sourire à travers ses larmes. Bien que tu ne lui ressembles pas du tout, tu lui rappelles son fils.

Tristan posa des yeux écarquillés sur son père. Quelle réponse raisonnable lui donner ? Il n'en existait pas. Aussi, il suivit son instinct. Il revint vers lui, et lui donna l'accolade.

— Merci, murmura-t-il en ayant toutes les peines du monde à relâcher son étreinte. Merci.

Chapitre 24

— Alors, qu'est-ce que tu penses de Lacey Junior ? demanda Tristan tandis qu'Ivy quittait la ville par la route à deux voies qui menait chez elle.

— Maintenant, au moins, on sait qui veille sur tes parents ! s'esclaffa-t-elle. Je me demande où Lacey a trouvé ce chaton. Philip a toujours dit qu'Ella était devenue un ange. L'idée semblait tellement l'aider à accepter sa mort qu'on a tous joué le jeu, au point que Will et Beth ont créé pour lui une bande dessinée dont Ella et Lacey sont les héroïnes.

Tristan sourit.

— Qui sait ? Il avait peut-être raison, conclut Ivy, forcée de constater qu'il était impossible d'être sûr de quoi que ce soit désormais.

En effet, qui aurait pensé qu'elle roulerait de nouveau sur cette route en compagnie de Tristan ?

Elle tourna sur la longue allée qui grimpait à flanc de colline entre des bosquets séparés par des parterres colorés de fleurs sauvages. Une fois garée devant la maison, elle étudia un instant Tristan pour tenter de déchiffrer son état d'esprit maintenant qu'il avait revu ses parents. Elle avait appris, dès qu'elle l'avait rencontré, qu'un amour profond engendrait toujours bonheur et douleur à la fois.

— Comment vas-tu ? lui demanda-t-elle doucement.

— Bien.

Avec un sourire, il plongea ses yeux dans les siens, comme s'il savait que seul son regard la convaincrait.

— Je suis heureux d'avoir passé du temps avec eux.

Elle l'embrassa tendrement sur la joue, puis descendit de voiture.

— Tu es sûre qu'il n'y a personne ? s'enquit-il après l'avoir rejointe.

Il contempla l'imposante demeure de deux étages flanquée de chaque côté d'une aile plus basse d'un niveau, surmontée de cheminées doubles, et parsemée de lourds volets noirs. Ivy avait eu beaucoup de mal en son temps à quitter l'appartement de Norwalk où elle vivait avec sa mère et son frère pour cette résidence qui lui semblait si grande, si froide, et qui, par la suite, était devenue le théâtre de toutes ses peurs, à cause de Gregory. Après la mort de ce dernier, Andrew avait demandé à sa mère, à Philip et à elle-même s'ils souhaitaient déménager. Compte tenu de son attachement à cette propriété qui faisait partie de la famille Baines depuis des générations, tous trois avaient décidé de rester en essayant de chasser leurs mauvais souvenirs et d'emplir la maison de gaieté. Ivy était persuadée qu'ils y étaient peu à peu parvenus grâce à l'amour qui les liait. Le seul endroit qu'ils continuaient d'éviter était l'ancienne chambre de son quasi-frère, désormais utilisée comme débarras.

— Henry est en congé jusqu'à leur retour de Californie, répondit Ivy à Tristan.

Henry était le cuisinier d'Andrew depuis longtemps. L'arrivée de Maggie, la mère d'Ivy, lui avait au départ coûté son emploi, car celle-ci avait décidé de tenir la maison seule. Toutefois, au vu des exploits culinaires de sa nouvelle épouse, Andrew avait discrètement rappelé son fidèle allié trois semaines plus tard.

— Et les jardiniers ne viennent que le mercredi, précisa Ivy. On a la maison pour nous.

— Le salon de musique, murmura Tristan. C'est ce que je veux voir en premier. Ensuite, la cabane.

Ivy ouvrit la porte d'entrée et composa le code pour désactiver l'alarme. Tristan pénétra jusqu'au centre de la cuisine, où il s'arrêta un moment pour étudier la pièce, les yeux grands ouverts, avant d'aller pointer le nez dans la salle à manger presque aussi timidement qu'il l'avait fait lors de sa première invitation à un dîner de famille.

Fatiguée par l'intensité de leur journée, Ivy décida soudain qu'elle avait besoin d'un peu de légèreté.

— Je t'ai eu ! lança-t-elle en touchant Tristan à l'épaule. C'est toi le chat !

Surpris, Tristan pivota sur ses talons, juste à temps pour voir Ivy se sauver en courant. Il se prit immédiatement au jeu, heureux, lui aussi, à l'idée de se détendre. Tous deux se pourchassèrent en riant, d'une porte du salon à l'autre, à travers la salle à manger, la cuisine, le séjour, le bureau d'Andrew, la bibliothèque. Tristan était plus rapide, mais Ivy, outre qu'elle était agile, connaissait mieux les obstacles à éviter et les détours à effectuer, ce qui ne l'empêcha pas de faillir renverser un lampadaire autour duquel elle courait. De son côté, Tristan fit une longue glissade sur un parquet ciré, au bout de laquelle il manqua de trébucher sur un tapis oriental qui se trouvait là. Revenus dans le séjour, ils se lancèrent dans une grande bataille avec les coussins des canapés et des chaises de la pièce. Leur jeu se poursuivit entre le rez-de-chaussée et l'étage, par l'escalier monumental et les deux étroits de service placés de chaque côté du bâtiment central. Ils gambadèrent ainsi longtemps, de haut en bas, de bas en haut. Tristan aurait pu attraper Ivy à deux reprises, mais elle le soupçonna de lui laisser sa liberté à dessein. Finalement, persuadée de l'avoir semé, elle se rua dans sa chambre et grimpa quatre à quatre les marches qui montaient dans son salon de musique. Mais Tristan, qui s'était placé en embuscade juste à l'entrée, l'arrêta dans sa course en l'enserrant dans ses bras.

Haletants et radieux, ils restèrent enlacés jusqu'à ce que Tristan couvre le visage d'Ivy de baisers, puis lui souffle :

— Et si on dansait ?

C'est ce qu'ils avaient fait la première fois qu'il était venu dans ce même salon de musique, alors éclairé par la lumière diffuse de la lune.

Tandis que Tristan entonnait un air, qu'il avait toujours chanté faux, Ivy éclata d'un rire espiègle.

— Excusez-moi, mademoiselle Lyons, mais je ne vois pas ce qu'il y a de drôle, feignit-il de se plaindre.

— Vous, lui répondit-elle.

Il embrassa son sourire.

Elle décida alors de s'asseoir au piano pour lui jouer ses morceaux préférés.

Lorsqu'ils quittèrent enfin le salon, Tristan lui demanda :

— J'aimerais bien revoir la chambre de Philip.

À peine sur le seuil, il remarqua un cadre sur l'étagère et s'en approcha pour le prendre dans ses mains. C'était une photo de lui en compagnie de Philip, le jour du neuvième anniversaire de ce dernier.

Il le reposa pour promener son regard dans le reste de la pièce.

Philip avait laissé des cartes par terre près de son lit, sur un tapis vert représentant un terrain de base-ball. Toutes, à l'effigie d'un joueur, étaient réparties sur les quatre bases. Philip adorait organiser des matchs et jouer les commentateurs sportifs.

— Je vois que Mark Teixeira est à la batte et que les coureurs sont déjà en place, constata Tristan en s'agenouillant.

Il déplaça un joueur de champ extérieur de l'équipe des Red Sox vers le bord du tapis et aligna les trois coureurs des Yankees comme s'ils étaient prêts à accueillir et féliciter Teixeira au marbre, près duquel il mit ce dernier, en position de réaliser un grand slam[11].

— Tu sais, Philip n'oublie jamais la façon dont il a organisé ses cartes, le prévint Ivy.

— Parfait ! s'exclama-t-il d'un air satisfait.

Désormais tout à fait décontractés, tous deux redescendirent au rez-de-chaussée, qu'ils remirent en ordre avant de sortir.

À l'horizon, seul un quartier de soleil dardait encore ses reflets d'un orange sombre à travers les arbres. Ivy et Tristan marchèrent main dans la main jusqu'au petit mur de pierre qui délimitait la propriété des Baines. Au-delà, le sol s'éboulait en un escarpement de roches déchiquetées, de buissons enchevêtrés et d'arbres rachitiques. Plusieurs dizaines de mètres plus bas se dressait la minuscule gare de Stonehill, devant laquelle passaient les rails qui suivaient la rivière. En cette fin de journée, des ombres violettes commençaient à lécher le vert foncé de la vallée et des collines au loin. Gagnée par la douceur du soir qui s'installait autour d'eux, Ivy s'adossa tendrement contre Tristan.

Après quelques minutes, ils se dirigèrent vers la cabane. Construite à l'origine pour Gregory, elle avait ensuite été rénovée et agrandie pour Philip. Andrew avait demandé que soit ajoutée une structure à deux niveaux dans l'érable voisin, et une passerelle en bois pour relier les deux arbres. De l'un pendait une échelle de corde, à l'assaut de laquelle Tristan s'élança ; de l'autre, une balançoire, où Ivy s'installa. Elle

11. Grand slam : quatre points marqués d'un coup par un joueur qui a réussi à faire le tour des bases.

entendit bientôt Tristan traverser la passerelle, puis marcher sur les planches au-dessus d'elle. Au moment où elle levait la tête, lui passa la sienne par-dessus le garde-fou. Maintenant qu'il ne craignait plus d'être vu, il avait ôté sa casquette. Ses cheveux blonds, quoique courts, encadraient son visage tel un halo.

— Tu montes ? lui suggéra-t-il avec un large sourire.

L'idée vint à Ivy de lui proposer d'utiliser ses ailes pour descendre. Toutefois, elle ne souhaitait pas prendre le risque de le vexer.

— Dans une minute, lui répondit-elle. Je veux d'abord voir jusqu'à quelle hauteur je peux aller.

— Attends que je sois dans l'autre arbre avant de déraciner celui-ci, plaisanta-t-il.

Ivy resta longtemps à savourer le vent, qui balayait ses cheveux en arrière chaque fois qu'elle plongeait dans le vide, avant de les rabattre vers son visage, lorsque la force du mouvement l'aspirait à nouveau vers le ciel. C'est avec des joues roses qu'elle grimpa ensuite à l'échelle de corde pour rejoindre Tristan. Il rassembla amoureusement son épaisse chevelure ébouriffée entre ses mains, avant de l'attirer à lui tout entière pour lui donner un long et doux baiser.

Puis ils montèrent s'allonger à l'étage supérieur de la cabane, d'où ils écoutèrent le bruissement des feuilles et les derniers chants d'oiseaux.

— On dirait qu'ils font toujours plus de bruit juste avant la tombée de la nuit, observa Tristan en serrant Ivy contre lui.

« Est-ce que je rêve ? se demanda celle-ci. Est-ce qu'on nous a réellement accordé la possibilité d'être de nouveau ensemble ? Est-ce que seul ce bouton de manchette nous sépare de nombreuses autres nuits comme celle-ci ? »

— Je t'aime, murmura Tristan. Je t'ai aimée à la minute où je t'ai vue. Mon amour pour toi ne mourra jamais. Il est éternel. Je te le jure, ici, entre ciel et terre.

Tristan avait tâché de rester éveillé aussi longtemps que possible, peu enclin à renoncer au plaisir de tenir Ivy dans ses bras. Ayant décidé d'un commun accord de rester dans la cabane, ils avaient juste pris le temps d'aller chercher des couvertures et des oreillers dans la chambre d'Ivy. La nuit était douce, les sons paisibles, et la brise tendre, comme si la nature avait décidé de leur offrir la perfection.

Aussi le sommeil avait-il fini par rattraper Tristan, qui dormit longtemps et profondément. Lorsqu'il s'éveilla à l'aube, et trouva Ivy toujours serrée contre lui, la joie qu'il ressentit lui permit de s'assoupir à nouveau et de rêver encore de précieux moments en sa compagnie.

Soudain, des voix s'élevèrent, des voix balbutiantes, menaçantes, inhumaines. Elles montèrent en lui comme la marée, avant de le submerger. L'effroi envahit son esprit.

Des syllabes commencèrent à se détacher dans le tumulte. Il entendait des mots ! *« Maintenant. Pour toujours. À nous. »*

Que signifiaient-ils ? Que lui voulait-on ? Le ton employé sonnait comme une exigence et non une constatation. *« Maintenant. Pour toujours. À nous. »*

— *À moi*, prononça-t-il, suffisamment conscient pour savoir qu'il existait une chose qu'il ne leur donnerait jamais, quelle que soit la force de leurs revendications.

Elles insistèrent.

« Maintenant. Pour toujours. À nous. »

— Laissez-moi tranquille ! hurla-t-il.

« À nous ! »

Il entendit un crissement de pneus sur une chaussée et s'éveilla en sursaut.

Leur rire explosa dans sa tête. *« Quel côté ? Quel côté ? »* le harcelèrent-elles, avant de s'estomper jusqu'à n'être plus qu'un murmure. *« Quel côté… »*

— Tristan ?

Le jour était levé et le soleil, déjà haut dans le ciel, parsemait le sol en bois de taches de lumière.

— Tristan, ça va ? insista Ivy.

Comme il hochait la tête sans répondre, elle s'assit et lui caressa la joue du dos de la main.

— Ça n'en a pas l'air, murmura-t-elle. Que se passe-t-il ?

— Rien. Je rêvais.

— Tu faisais un cauchemar plutôt. À quel sujet ?

Il hésita un instant, puis décida de taire la vérité.

— Je ne sais pas. Je ne me souviens que de la sensation.

— Tu as crié. Tu avais l'air en colère.

— Oui, ça, je l'étais.

Elle entreprit de rassembler les couvertures sans cesser de le regarder, dans l'attente évidente d'une explication. Comme celle-ci ne venait pas, elle ajouta :

— Ce n'est pas grave, Tristan. Après tout ce qui s'est passé, il est normal que tu aies des sentiments confus.

Ils descendirent par l'échelle de corde et traversèrent la pelouse vers la maison. Tristan avait l'impression d'émerger d'une salle de cinéma par une chaude journée d'été, lorsque le soleil éblouissant, qui efface les détails environnants, semble laisser tout loisir au film d'horreur qu'on a vu de nous poursuivre dans le monde réel.

— Tu as faim ? lui demanda Ivy.

— Oui, mentit-il pour la seconde fois afin de ne pas l'inquiéter.

Arrivée dans la cuisine, elle vérifia les messages sur son téléphone portable.

— Beth et Will vont bien ? s'enquit-il.

— Apparemment, oui.

Elle avait l'air si heureuse. Elle prépara des pancakes, qu'elle fit sauter gaiement dans la poêle avant d'arroser l'ensemble d'un filet de sirop d'érable. Elle nettoya en chantant. Tristan s'obligea à fredonner avec elle, aussi faux qu'il en était capable, pour l'amuser, et dissimuler son anxiété. Leurs rires finirent par apaiser ses peurs. En fin de matinée, alors qu'ils roulaient vers Providence, les voix de la nuit lui semblèrent un lointain souvenir.

Ils atteignirent River Gardens à midi et se rendirent directement chez Corinne. Ils espéraient y trouver sa grand-mère seule, mais personne ne leur répondit. Faisant le tour de la maison, ils remarquèrent que les fenêtres ouvertes la veille étaient maintenant fermées. Comme ils ne souhaitaient pas attirer l'attention des voisins, pour la plupart chez eux en ce samedi, ils décidèrent de circuler au hasard en attendant que la vieille femme revienne.

Au bout d'un moment, le téléphone d'Ivy sonna. Tristan reconnut la mélodie. C'était Will.

— Je ferais bien de répondre, déclara-t-elle en se garant sur le bord de la route. Bonjour, Will.

Au fur et à mesure qu'elle l'écoutait, Tristan vit son front se plisser de perplexité, puis d'inquiétude.

— Quand l'a-t-on vue pour la dernière fois ?... Elle a pris ta voiture sans te la demander ?... Je vois... Non, Will, écoute-moi, tu n'y peux rien. Peut-être que... elle a peut-être besoin d'être seule.

À son expression, Tristan comprit qu'Ivy ne croyait pas un mot de ce qu'elle disait.

— Oui, oui, reprit-elle. Bonne idée... Non, non, je rentre... Si ! Will, ne discute pas !... D'accord, si elle réapparaît, préviens-moi, et je ferai demi-tour.

— Beth a disparu, présuma Tristan une fois qu'Ivy eut terminé sa conversation.

— Oui. C'est son jour de congé. Will lui a envoyé plusieurs SMS. Comme il n'avait toujours pas de nouvelles, il est allé voir si elle était dans le *cottage* pendant sa pause. Non seulement il ne l'a trouvée nulle part, mais, en plus, il s'est rendu compte qu'elle lui avait pris ses clés de voiture. Elle ne s'est jamais permis de faire une chose pareille.

— Tu as une idée de l'endroit où elle aurait pu aller ?

— Elle est tellement incompréhensible depuis qu'elle est possédée par Gregory que je ne pourrais même pas faire de supposition. Will va regarder son ordinateur pour le cas où il trouverait des indices. Il a appelé Chase aussi, mais il passe beaucoup de temps avec Dhanya depuis quelques jours. De toute façon, Beth ne leur parle même plus, ni à eux ni à Kelsey. Elle pourrait être n'importe où, Tristan, n'importe où ! Il faut que je reparte au cap, conclut-elle, la voix brisée.

— Je sais.

— Je vais te raccompagner chez moi, pour que tu aies plus de confort. Personne n'y viendra avant mercredi…

— Non, je reste avec toi.

— Dès qu'on aura retrouvé Beth, on repartira voir la grand-mère de Corinne.

— Je reste avec toi, répéta-t-il.

— C'est idiot ! s'emporta-t-elle. Tu seras plus en sécurité dans le Connecticut, sans compter que ce sera plus simple pour moi que d'avoir à m'inquiéter toutes les secondes de savoir où je vais te cacher.

Surpris par son agressivité, Tristan se raidit.

— Je suis désolée, s'excusa-t-elle. Ce n'est pas ce que je voulais dire.

Tristan ne lui répondit pas immédiatement. Il y avait une part de vrai dans l'argument d'Ivy. Trouver des lieux sûrs ne lui avait pas rendu la vie facile. Il n'était pas étonnant qu'elle en ressente le poids. Il avait le sentiment, néanmoins, que son irritation venait d'ailleurs.

— De quoi as-tu peur ? lui demanda-t-il tendrement. Gregory est en train de prendre le contrôle de Beth, ça, je le sais, mais tu me caches autre chose, n'est-ce pas ? C'est quoi, Ivy ?

Elle détourna les yeux.

— Ivy, qu'est-ce qui s'est passé ?

— L'autre nuit, Beth a essayé de me tuer.

— Quoi ?! s'écria Tristan en frappant le tableau de bord du plat de la main.

— Elle ne savait pas ce qu'elle faisait, Tristan. C'était Gregory qui agissait, pas elle. Gregory !

— Ce n'est pas possible ! gémit-il, le corps plié en deux. Dis-moi que je rêve !

— C'est ma faute, poursuivit Ivy. J'aurais dû mieux me protéger. L'an dernier, tu m'as sauvée parce que tu as persuadé Will de faire ce que tu voulais en te glissant dans son esprit. Alors pourquoi Gregory, qui cherche à m'éliminer, ne ferait-il pas de même avec l'esprit de Beth ?

Tristan tremblait de tout son corps.

— J'ai cru que Will et moi avions réussi à communiquer avec elle grâce à l'améthyste qu'on lui a offerte l'an dernier. J'espère qu'elle l'a encore sur elle, et qu'on pourra l'arrêter avant que...

— Avant que... quoi ?

— Je ne sais pas, Tristan. Il est capable de tout.

Un lourd silence s'installa. Les yeux rivés devant lui, Tristan prit la mesure du combat qu'il allait devoir mener. Il avait tout simplement trop d'ennemis : ceux qui désiraient rayer Luke de la carte ; la police, convaincue de sa culpabilité ; et le plus puissant, Gregory. Tristan ne parviendrait jamais à venir à bout de tous. Mais il ne fallait surtout pas qu'il révèle ses craintes à Ivy. Il lui suffisait de l'amener à accepter qu'il reste avec elle. Il combattrait à ses côtés dans la seule bataille qu'elle avait à mener. Puis, si les autres le rattrapaient...

— Ivy, écoute-moi. Ce qui arrive à Beth me concerne autant que toi. Ne me tiens pas à l'écart. Ne répète pas l'erreur que j'ai commise quand Gregory était en vie. Je me suis montré trop fier, je voulais te sauver tout seul, mais je n'y serais pas arrivé sans aide… sans l'aide de Will. D'après ce que tu me dis, Gregory est devenu très puissant, et vite. Je n'ai jamais réussi à forcer l'esprit de quelqu'un à agir contre sa volonté. Tu sais autant que moi que Beth mourrait plutôt que de te faire du mal, et pourtant, elle a essayé de t'assassiner. C'est la preuve de la force de Gregory. Bryan, Kelsey et Dhanya n'ont aucune idée de ce qui se passe. Will, toi et moi sommes les seuls à être au courant. Il faut qu'on travaille main dans la main.

Ivy plongea son regard dans le sien.

— J'ai peur, Tristan, pour Beth et pour nous deux, murmura-t-elle.

— Moi aussi, mais avoir peur ne sert à rien. L'important, c'est de ne pas permettre à Gregory de nous diviser, parce que c'est exactement ce qu'il cherche à faire.

— Je sais, reconnut Ivy avec un profond soupir. C'est ce que j'ai dit à Beth aussi.

Tristan prit son visage dans ses mains. Elle était aussi pâle que la nuit où il lui avait donné le baiser de la vie.

— On ne doit pas permettre à Gregory de nous séparer, répéta-t-il.

— D'accord, Tristan, mais nous allons devoir être prudents. Je ne supporterais pas de te perdre une seconde fois.

Chapitre 25

— Il faut prévenir Lacey, décida Ivy.

Ils se dirigeaient vers Bourne Bridge, l'un des deux ponts qui reliaient le continent à cap Cod.

— Est-ce que tu peux t'en occuper ? ajouta-t-elle. Elle te répondra plus facilement qu'à moi.

— C'est déjà fait, lui annonça Tristan. Je lui ai demandé de venir pendant que tu parlais à Will.

Celui-ci, qui connaissait le mot de passe pour accéder à l'ordinateur de Beth, avait découvert avec surprise qu'elle avait supprimé tous ses messages et tous ses écrits des six derniers mois. Ivy était persuadée que son amie avait cédé à la volonté de Gregory, qui continuait à l'isoler de ceux qui l'aimaient.

Les seuls indices que Will avait pu relever se trouvaient dans l'historique des sites Internet auxquels Beth s'était récemment connectée : Provincetown, et notamment sa jetée d'un kilomètre et demi de long ; les plages de Chatham ; Hyannis Port et Woods Hole, deux ports d'où partaient des ferries ; et le parc national de Nickerson. Chase et Dhanya étaient en route pour Provincetown. Max, qui connaissait Chatham comme sa poche, s'était proposé d'y aller avec Kelsey. Bryan conduisait Will à Hyannis Port. Quant à Ivy et, à l'insu de tous, Tristan, ils avaient opté pour Woods Hole.

Tous s'étaient entendus pour que le premier à avoir terminé ses recherches aille vérifier si la voiture de Will ne se trouvait pas sur un des parkings de Nickerson.

Ivy et Tristan, qui devaient revenir sur le cap, se trouvèrent pris dans le trafic routier, dense en ce samedi après-midi.

— C'est surprenant que Beth ait consulté des sites de lieux qui sont surpeuplés à cette période de l'année, non ? interrogea Tristan. Est-ce qu'elle apprécie vraiment ces endroits, à ton avis ?

Ivy s'était posé la même question.

— Si elle écrivait encore, j'aurais dit oui. Elle adore observer la vie autour d'elle ; c'est sa source d'inspiration. Mais elle a été incapable de rédiger une ligne depuis l'apparition de Gregory. Et c'est vrai qu'elle évite le monde. Je me demande ce qu'il trame.

Ivy tapota sur son volant, agacée par le bouchon dans lequel ils étaient bloqués.

— Tu veux bien envoyer un texto pour moi à Suzanne ? demanda-t-elle à Tristan en consultant la pendule sur le tableau de bord. Il est deux heures et demie ici, donc huit heures et demie du soir en Italie. Elle pensera peut-être à regarder son téléphone entre deux bouchées de pâtes. Je voudrais savoir si elle a eu des nouvelles de Beth.

Ils finirent par atteindre le pont qui enjambait le canal. Du coin de l'œil, Ivy remarqua que Tristan avait tourné la tête à droite, vers le pont ferroviaire levant.

— C'est une belle construction, observa-t-elle, même si je la trouvais déjà un peu sinistre avant la mort d'Alicia.

L'ouvrage d'art était flanqué de deux pylônes à structure métallique chantournée, chacun surmonté par ce qui ressemblait à une petite maison carrée au toit conique qui le dominait de sa haute pointe d'acier. Quant à sa travée mobile, généralement en position haute au-dessus du canal, elle s'abaissait jusqu'au pied de ces deux tours évoquant le style gothique pour permettre le passage des trains.

— Je n'arrive même pas à imaginer ce qu'elle a pu ressentir tout là-haut, murmura Tristan.

— Et moi, je prie pour qu'elle n'ait rien éprouvé du tout. J'espère qu'elle était déjà droguée et qu'elle ne s'est rendu compte de rien, lui répondit Ivy.

La descente de Bourne Bridge côté cap débouchait sur un carrefour.

— Je déteste ce rond-point, grommela Ivy. Laquelle de ces routes mène à Woods Hole ?

— Je ne sais pas, on va trop vite pour que j'arrive à lire. Continue de rouler tranquillement jusqu'à ce qu'on soit sûrs de la direction.

Alors qu'ils effectuaient leur deuxième tour, une voix s'éleva soudain sur la banquette arrière.

— Là ! Route 28 sud !

Une fois la surprise passée, Ivy jeta un rapide coup d'œil à Lacey dans son rétroviseur et braqua le volant pour ne pas rater l'embranchement. Son embardée lui attira les foudres du conducteur auquel elle venait de faire une queue-de-poisson et qui donna un grand coup de klaxon.

Lacey baissa aussitôt sa vitre pour sortir la tête. Ivy ne parvint pas à voir le geste qu'elle adressa au malheureux automobiliste, mais ce dernier ne sembla pas apprécier cette deuxième manœuvre à son encontre.

— Merci pour les indications, Lacey, mais on aurait peut-être intérêt à ne pas encourager la violence au volant, lança Tristan.

— C'est à moi que tu fais ce reproche ? lui répliqua Lacey. Adresse-toi plutôt à celle qui conduit.

Ivy sourit.

— Pourquoi va-t-on à Woods Hole ? s'enquit Lacey. Vous voulez aller vous balader sur les îles ?

— On recherche Beth, lui expliqua Tristan.

— La radio a disparu ? Est-ce qu'elle a l'améthyste sur elle ?

— D'après Will, elle n'est pas dans sa chambre, mais…

Ivy ne finit pas sa phrase.

— Mais vous ne savez pas si elle l'a prise, compléta Lacey, ou si Gregory l'a forcée à s'en débarrasser une seconde fois.

Tandis qu'Ivy acquiesçait d'un signe de tête, Tristan entreprit d'énumérer à Lacey la liste des lieux que le reste du groupe était parti inspecter.

— On n'a pas d'autres informations. Tu crois que tu pourrais la retrouver ? l'interrogea Tristan.

— Qu'est-ce que tu veux dire par « la retrouver » ?

— Pourrais-tu utiliser tes pouvoirs pour nous dire où elle est ?

— Tu me prends pour une voyante ? Les seules personnes que j'arrive à localiser sont celles qui m'appellent. Je fonctionne un peu comme un GPS. Mais sans signal de Beth, le mieux que je puisse faire, ce sont des suppositions, comme vous.

— D'accord, quelles sont tes suppositions ? s'enquit Ivy.

— Eh bien, il s'avère que Beth a pris contact avec moi hier.

Stupéfaite, Ivy freina brutalement avant de se garer précipitamment sur le bas-côté, ce qui lui valut une nouvelle salve de coups de klaxon lancée par la voiture qui la suivait.

— Désolée, marmonna-t-elle.

— Ne t'inquiète pas pour moi, je suis déjà morte, ironisa Lacey.

Toutefois, Ivy et Tristan n'étaient pas d'humeur à plaisanter. Tous deux se tournèrent en même temps vers la banquette arrière.

— Qu'est-ce qui s'est passé ? aboya Tristan.

— Beth était… je ne sais pas… très contrariée. Elle avait l'air affolée. Pourtant, ses yeux étaient bleus en grande partie.

— Ce qui signifie qu'elle résistait à Gregory, commenta Ivy avec espoir.

— Elle serrait l'améthyste dans sa main.

— C'est bon signe, observa Tristan.

— Elle m'a posé beaucoup de questions, auxquelles je n'avais jamais pensé. D'ailleurs, je n'ai réussi à répondre qu'à l'une d'elles, ajouta Lacey avant de baisser soudain la tête.

— Laquelle ? s'impatienta Tristan.

Lacey mordilla un de ses ongles mauves un instant, avant de déclarer :

— La même que celle que tu m'as posée, Ivy : comment expulser un démon de ce monde.

— La personne dont il occupe l'esprit doit mourir, prononça Ivy lentement.

Elle se rappela alors les mots de Beth : « Ivy, je ne pourrai pas vivre avec moi-même si je te fais du mal ! »

— Oh, mon Dieu, elle va essayer de se tuer ! s'exclama-t-elle.

— Je vous promets que je n'y ai pas pensé, balbutia Lacey, sur la défensive. Si je l'avais soupçonné ne serait-ce qu'un instant… si je m'étais doutée que…

— Il ne faut pas t'en vouloir, Lacey, l'interrompit Ivy. Ça ne m'est pas venu à l'idée non plus.

— Il est possible que Gregory l'empêche de le faire pour se sauver lui-même, non ? supposa Tristan.

Lacey mordilla de nouveau son ongle nerveusement.

— Ça dépend, répondit-elle enfin. Je ne crois pas que les démons soient mieux informés que les anges quand ils reviennent pour la première fois. Donc, Gregory n'est peut-être pas conscient de ce qu'il risque. S'il l'est, en revanche, et qu'il a décodé les intentions de Beth, il décampera aussi vite que possible et la laissera pour morte.

« Oh, anges, protégez-la ! pria Ivy. Anges, aidez-nous à la retrouver ! »

— Je vais me renseigner, déclara Lacey. Peut-être que quelqu'un sait où est ce Gregory. S'il se déplace seul maintenant, il passera moins inaperçu.

Après le départ de Lacey, Ivy fonça vers Woods Hole aussi vite que le trafic le lui permettait. Une fois arrivés, ils commencèrent à faire le tour de chacun des cinq parkings disponibles aux points d'embarcation des ferries. Le cœur d'Ivy s'emballait chaque fois qu'elle apercevait une Toyota argent. Lorsqu'ils atteignirent le troisième parking, elle se mit à perdre son optimisme et s'obligea à considérer les véhicules qui ressemblaient à celui de Will avec circonspection. Chaque nouvelle déception apportait son lot supplémentaire de désespoir. Parvenue à la sortie du cinquième parking, elle était proprement furieuse.

— De toute façon, qu'est-ce que ça changerait de voir cette satanée Toyota ? s'écria-t-elle. Si elle est vide, on ne sera pas plus avancés !

Tristan lui passa le bras autour des épaules avec tendresse.

— Et si c'était un subterfuge ? suggéra-t-il. Beth savait pertinemment que Will et toi vous lanceriez à sa recherche à la minute où elle disparaîtrait. Elle a peut-être consulté ces sites Internet dans le seul but de brouiller les pistes afin de poursuivre tranquillement son plan d'action. Autrement dit, elle essaie peut-être de nous induire en erreur, nous autant que Gregory.

— Je ne sais pas, sanglota Ivy, le visage baigné de larmes. Je ne sais plus.

Son téléphone sonna. Elle eut un tressaillement de surprise tel qu'elle en fit tomber l'appareil en voulant l'attraper. Calmement, Tristan le ramassa et le lui mit dans la main. Ivy respira profondément pour reprendre le contrôle d'elle-même.

— Allô ? répondit-elle enfin. Will ? Vous avez vu quelque chose ?

— Non, et toi ?

— Rien.

— Rien de la part des autres non plus.

— C'est ridicule ! s'emporta Ivy de nouveau. Autant chercher une aiguille dans une botte de foin !

— Je sais.

— Will, j'ai peur que Beth ne tente de se suicider. Pour s'assurer qu'elle... enfin que Gregory... ne fera de mal à personne.

Il y eut un long silence.

— Will, tu es toujours là ?

— Oui, dit-il d'une voix d'outre-tombe.

— Qu'est-ce qu'on fait maintenant ? insista Ivy. Où êtes-vous ?

— Il nous reste quelques parkings à inspecter.

— Ici, on a fini. Je suppose qu'on va prendre la route de Nickerson.

— D'accord, on vient te retrouver devant l'entrée principale du parc. Ils doivent avoir un bureau d'accueil ou un centre d'information nature là-bas. S'il y a trop de monde, attends-nous devant ce bâtiment-là.

— Entendu, on y sera.

— Fais attention sur la route. Au fait, Ivy, pourquoi dis-tu « on » ?

— Luke est avec moi, répliqua-t-elle, avant de couper la communication.

À marcher ainsi à la vue de tous dans cette partie du parc qu'il n'avait fréquentée qu'à couvert de la nuit, Tristan se sentit exposé. Il avait en outre le sentiment qu'il allait devoir se mettre à nu devant Will et Bryan. Le plus étrange, sans doute, de leur rencontre à venir serait que la personne avec laquelle il avait étroitement œuvré pour sauver Ivy se montrerait hostile envers lui, tandis que celle qu'il ne connaissait pas le saluerait comme un vieil ami, voire un quasi-frère.

Alors qu'Ivy et lui se dirigeaient vers une construction dont le fronton annonçait « Centre d'information nature », Tristan croisa le regard de Will, qui se détourna. Au même instant, un grand sourire apparut sur le visage de Bryan, qui s'avança à grands pas pour rencontrer son ami à mi-chemin. Il lui tendit une main chaleureuse, puis le serra entre ses bras.

Tristan se savait sur la corde raide avec Bryan. Bien sûr, il avait déjà feint de partager des souvenirs avec la grand-mère de Corinne et Hank Tynan. Mais la première, en particulier, était si encline à parler qu'il lui avait été simple de se faire l'écho des événements qu'elle racontait. En revanche, si Bryan était réellement l'ami d'enfance de Luke, Tristan risquait de faire de nombreux faux pas. À l'inverse, l'ironie voudrait peut-être que Bryan soit la personne la plus facile à convaincre de l'amnésie de Luke, précisément grâce aux impairs qu'il commettrait.

— C'est quoi cette barbichette ? s'exclama Bryan en s'écartant de son ami. Tu cherches à ressembler à un professeur au lieu d'assumer ta position de meilleur joueur de hockey né à Providence ?

Tristan partit du principe que Luke et Bryan avaient été des concurrents.

— Parce que je jouais mieux que toi ? répondit-il ainsi avec l'espoir qu'il ne se trompait pas dans sa déduction.

Bryan lui adressa un large sourire.

— Tu m'as manqué, Luke.

Il le considéra de la tête aux pieds, tant et tant que Tristan craignit, l'espace d'un instant, qu'il n'ait constaté une anomalie quelconque.

— Tu as bonne mine, conclut Bryan. Un peu plus mince peut-être, mais ça n'a rien d'étonnant. Les petits plats de ma mère te feraient du bien.

— Au point où j'en suis, les tiens m'en feraient autant. Comment va-t-elle… ta mère ?

— Très bien. Elle ne se déplace plus qu'en tenue de sport à l'effigie de la Boston University. Elle assiste à tous les matchs, et viendrait même aux entraînements si je l'y autorisais. Tu aurais dû voir ça, pendant le week-end de réception des parents, Joan est descendue sur le terrain pour montrer au reste de mon équipe les mouvements qu'elle connaissait.

Tristan sourit.

— Tu ne te souviens de rien, pas vrai ? lâcha Bryan d'un air soudain grave. Avant, tu aurais trouvé ce que je te raconte hilarant. Tu avais l'habitude de te moquer de Joan.

— Oh… désolé, marmonna Tristan. La revoir m'aiderait peut-être à la replacer. Quand Ivy m'a amené à River Gardens, ajouta-t-il en glissant un coup d'œil vers elle, je ne me suis pas rappelé le nom des rues, mais j'ai été plus ou moins capable de retrouver mon chemin.

Ivy confirma d'un hochement de tête.

— Est-ce que cela signifie que certains détails te reviennent ? demanda Bryan avec espoir.

— Oui, certains, excepté les plus importants, avoua Tristan. Je n'ai toujours aucune idée de la raison pour laquelle j'ai atterri sur cette plage à Chatham. Et je n'ai gardé aucun détail de la nuit où Corinne est morte, ni de la façon dont tu m'as conduit hors de Providence. C'est Ivy qui me l'a expliqué. Grâce à elle, je sais que je te dois une fière chandelle.

— Réponds-moi franchement, déclara alors Bryan, les yeux rivés sur ceux de Tristan avec une intensité telle que celui-ci eut l'impression qu'il perçait à jour son âme. Je te promets de ne pas me vexer… Est-ce que tu te souviens de moi ?

Tristan hésita.

— Merci de ton honnêteté, poursuivit Bryan sans attendre. Ce n'est pas grave.

Là-dessus, il tourna discrètement la tête, puis posa la main sur l'épaule de Luke.

— Juste une petite information, reprit-il. Will n'est pas très content de te revoir.

— Tu m'étonnes… répondit Tristan.

Tous trois le rejoignirent. Une fois devant lui, Tristan lui tendit la main, mais Will garda les siennes dans ses poches et se contenta de lui adresser un bref signe du menton avant de porter son attention sur Ivy.

Son regard trahissait ses sentiments pour elle et ses sourcils arqués dénotaient moins de colère que d'incrédulité. Il se sentait trompé, ce dont Tristan ne le blâmait pas.

— Bon, allons voir le plan du parc pour qu'on se répartisse les différentes zones de recherche, annonça-t-il froidement.

Une fois devant le grand panneau indicateur, Tristan continua d'observer Will tandis qu'il mettait au point avec Ivy l'inspection des huit parkings situés autour de Nickerson. Quelque chose en lui avait changé. Ses yeux marron avaient l'éclat de ceux d'une personne bien plus âgée qu'un jeune homme sur le point d'entrer à l'université. Tristan se demanda si leur expression était due à la douleur ou à la lucidité. Aux deux, sans doute. À la douleur née de la prise de conscience que le mal existait, et des conséquences qu'il avait sur certains d'entre eux.

— Si on ne la retrouve pas après tout ça, je ne sais vraiment pas ce qu'on fera, dit Will à Ivy.

— Est-ce que Beth a un journal intime ? s'enquit Tristan.

Will pivota sur ses talons.

— Tu crois que je suis bête ou quoi ? fulmina-t-il. Bien sûr qu'elle en a un, et je l'ai cherché. Il a disparu.

— À ce moment-là, il faudrait qu'on essaie tous de se rappeler nos conversations avec elle et…

— Nos ? l'interrompit Will. Parce que tu parles à Beth, toi ?

— Will… le réprimanda Ivy gentiment.

— Non, je ne lui ai pas parlé, reprit Tristan calmement. Je voulais juste suggérer que chaque personne tâche de se remémorer le moindre détail de ses échanges même les plus anodins avec elle. Dans le feu de l'action, il nous arrive à tous de négliger des informations importantes.

— Nous ? répéta Will d'un ton sarcastique.

— Luke a compris que tu ne l'aimais pas, intervint Ivy. Tu n'as aucune raison de le lui faire sentir à chaque phrase.

— Est-ce que tu sais pourquoi je ne l'aime pas, Ivy ? À cause de la façon dont il te traite. S'il se souciait vraiment de ton sort, il ne t'entraînerait pas dans tous ses problèmes.

— Et s'il n'en était pas responsable ? objecta-t-elle. Et s'il était la première victime de tous ses problèmes ?

— Baisse un peu la voix, l'implora Bryan en jetant un coup d'œil furtif vers des visiteurs qui traversaient le parking.

— Incroyable ! murmura Will.

Tristan décida de se taire. Après tout, ce qui arrivait était effectivement incroyable et Will ne voulait que le bien d'Ivy.

Or celle-ci ne l'entendait pas de cette oreille.

— Luke est innocent, déclara-t-elle d'une voix sourde et catégorique. Et on le prouvera.

— Laisse tomber, Ivy, lui dit Tristan. Ce n'est pas grave.

— C'est grave, lui répliqua-t-elle, les yeux toujours rivés sur Will. Le véritable assassin de Corinne s'est arrangé pour faire accuser Luke.

Will regarda brièvement Bryan, comme pour vérifier si l'argument d'Ivy était plausible.

— C'est évident, confirma Bryan avec un hochement de tête.

— Ça l'est pour toi, mais pas pour lui.

— Ivy, calme-toi, lui intima Bryan. Ce n'est pas le moment de faire de grandes déclarations.

— On pense que Corinne faisait chanter quelqu'un, insista Ivy d'une voix mieux maîtrisée néanmoins, et que sa victime a fini par en avoir assez.

— Vous en êtes sûrs ? s'étonna Bryan. Est-ce que vous avez découvert de nouveaux éléments à River Gardens ?

— Tu ne comprends donc pas ? poursuivit Ivy en s'adressant toujours à Will. Tu diriges ta colère contre la mauvaise personne. Et ta méfiance complique tout. On est tous du même bord, Will.

— Peut-être, mais ça ne change rien, répondit celui-ci du fin fond de sa détresse. Si je perds Beth, plus rien n'aura d'importance.

Tristan vit la colère d'Ivy s'évanouir instantanément. Elle posa une main sur le bras de Will et lui dit doucement :

— Alors, allons la chercher.

Bryan et Will rejoignirent leur véhicule pour se charger des parkings à l'est du parc, tandis qu'Ivy et Tristan prenaient la direction de l'ouest. Malgré l'ombre fournie par les hectares d'arbres, l'air était chaud et humide, pesant de cette immobilité qui précédait les orages de fin de journée. Ivy leva les yeux vers le ciel jaune-gris, remonta les vitres de sa voiture et mit en route l'air conditionné. Ils n'avaient inspecté que la moitié des parkings lorsque son téléphone signala un message.

— C'est peut-être Suzanne ! s'exclama Tristan.

Ivy arrêta la Volkswagen pour lire le SMS.

— « Je n'ai plus de nouvelles de Beth depuis qu'elle a eu ce cauchemar », lut Ivy.

— Rien d'autre ?

— Uniquement qu'elle continue d'essayer de la joindre.

Tristan n'avait pas oublié que certains des rêves de Beth s'étaient révélés prémonitoires.

— À quoi Suzanne fait-elle référence ?

— Il y a une semaine environ, Beth a vu dans son sommeil un serpent enroulé autour de mon cou, en train de m'étrangler.

— Pourquoi ne m'en as-tu pas parlé ? s'affola Tristan, stupéfait.

— Parce que je l'ai interprété comme l'expression de sa peur que tu… enfin que Luke me tue de la même façon qu'il avait assassiné Corinne. Comme je savais que je ne risquais rien avec toi, je n'avais aucune raison de t'inquiéter.

— Sauf que tu n'es pas en sécurité, lui rétorqua Tristan, qui avait du mal à rester calme. Beth a ce serpent en elle et il a déjà essayé de t'éliminer.

— Pas en m'étranglant, protesta Ivy. En m'étouffant.

— Ce qui ne change rien : il t'a privée d'oxygène.

— Quand bien même, elle ne pensait qu'à Corinne et…

— Ivy, réfléchis, je t'en prie, la coupa-t-il. Est-ce que Beth t'a raconté d'autres rêves ? Est-ce qu'elle t'a parlé de choses étranges ? D'une image ou de quoi que ce soit qui pourrait nous donner un indice ?

Ivy ferma les paupières pour se concentrer, avant de les rouvrir brusquement.

— Je me souviens, souffla-t-elle. Dimanche soir, pendant que Dhanya et Kelsey étaient sorties, je l'ai trouvée couchée, immobile comme une morte, une bougie rouge allumée sur la table de chevet et l'améthyste juste à côté. En m'approchant, j'ai découvert que la chaîne était attachée à ma tête de lit. On y avait fait un nœud coulant. Ma statuette d'ange en porcelaine s'y balançait par le cou.

Tristan agrippa la main d'Ivy.

— Je l'ai pris pour un avertissement similaire à ceux de Gregory à l'époque où il avait recouvert mon tapis de bain de morceaux de verre, et où il maltraitait Ella. Il avait même laissé une note quand il l'a pendue : « Je peux faire mal à ceux que tu aimes. » Tu te rappelles ?

Un sentiment d'effroi avait glacé le sang de Tristan.

— Oui, murmura-t-il, sauf que cet avertissement ne t'était pas destiné. Ivy, il faut vite aller au clocher ! Le week-end dernier, j'ai vu Beth devant l'église. Elle avait le regard levé vers le beffroi. On aurait dit qu'elle était en transe. J'ai pensé que Gregory avait senti ma présence à cause de signaux qui émanent de moi. Mais c'est bien pire que ça. À mon avis, l'ange qu'il veut pendre, c'est Beth.

Chapitre 26

Ils ne se trouvaient qu'à quelques minutes de l'église, mais la distance à parcourir leur sembla interminable. Will et Bryan, qu'ils avaient aussitôt appelés, étaient sortis du parc juste derrière eux.

— Anges, anges, protégez-la ! pria Ivy à voix haute, pendant que Tristan appelait désespérément Lacey, sans résultat.

Lorsqu'ils arrivèrent sur le parking de l'église, ils découvrirent aussitôt la Toyota argent de Will.

— Elle est là ! s'écria Ivy tout à la fois soulagée d'avoir retrouvé Beth, et terrifiée à l'idée que la supposition de Tristan puisse s'avérer.

Bryan et Will vinrent se garer à toute allure près d'eux et bondirent de leur voiture pour suivre Tristan et Ivy qui couraient déjà vers le soupirail cassé. Tous quatre se ruèrent par la fenêtre, puis vers l'escalier, avant de déboucher, haletants, dans la nef de l'église. Là, ils se précipitèrent vers le portail d'entrée en appelant Beth.

Ivy savait que leurs voix montaient jusqu'au beffroi, mais pousseraient-elles Beth à s'arrêter ou à précipiter sa chute ?

« Elle n'est pas morte, songea Ivy. Sinon, je le sentirais, je le saurais. Anges, s'il vous plaît. »

L'échelle avait disparu du vestibule. Beth avait dû la tirer après elle par la trappe. Mais comment ? Pour ce faire, il lui fallait la force de Gregory, la même qu'elle avait exhibée lorsqu'elle avait tenté d'étouffer Ivy. Ainsi Gregory était-il sans doute là, encore en elle. Peut-être n'avait-il pas compris quel serait son sort si Beth mourait.

— Will, grimpe sur mes épaules, ordonna Bryan. Aide-le, Luke.

Tristan joignit ses mains en coupe et Will se hissa sur Bryan, puis à travers l'ouverture carrée dans le plafond. Les deux garçons y propulsèrent ensuite Ivy.

À peine celle-ci s'était-elle remise debout qu'elle découvrit avec effroi la scène sous ses yeux. Un trait de lumière, qui pénétrait dans l'espace par la trappe située sous la cloche, tombait droit, tel un rayon de projecteur, sur Beth. Dressée sur l'échelle, agrippée d'une main au barreau supérieur, elle avait saisi de l'autre une corde enroulée autour de son cou.

— Beth, je t'en prie, l'implora Ivy d'une voix tremblante. Je t'en prie, ne lâche pas.

Son amie avait le regard rivé droit devant elle. Elle se mit à caresser le serpent de corde.

— Beth, regarde-moi ! s'écria Ivy.

Elle ne réagit pas. La peur d'Ivy se transforma en panique. Beth n'était déjà plus de leur monde. Ils n'arriveraient jamais à la ramener à eux. Elle avait sombré dans l'univers de Gregory.

Gregory. C'était lui qu'il fallait convaincre.

— Si elle meurt, Gregory, tu mourras avec elle, lança Ivy d'une voix vibrante de peur et de colère. Tu disparaîtras à jamais. Laisse Beth tranquille. Quitte-la avant qu'elle puisse te faire du mal, à toi.

Le bois de l'échelle craqua ; Beth avait bougé. Ivy jeta un coup d'œil à la corde reliée à la roue de sonnerie dans le beffroi. Si Beth se jetait dans le vide, elle tomberait de plusieurs mètres, mais pas assez pour toucher le sol.

— Beth, reste où tu es ! hurla Will. Garde les deux pieds sur l'échelle.

Il monta sur le premier barreau.

— Écoute-moi, je t'en prie, la conjura-t-il tout en continuant d'avancer lentement. On va s'en sortir. On est plus forts que lui.

Ivy retint son souffle. Elle redoutait que Will n'affole Beth.

— Notre amour est plus puissant que sa haine, poursuivit celui-ci. Ne pars pas.

Il était sur le troisième barreau.

— J'ai besoin de toi, Beth, plus que tu le penses. Je t'en prie, ne t'en va pas.

Quatrième barreau.

Beth baissa lentement la tête vers lui et Ivy.

— Prenez soin l'un de l'autre, murmura-t-elle.

Puis elle lâcha l'échelle et se jeta en avant.

— Non ! hurla Ivy, le cœur soumis à une immense secousse, tandis que la cloche, mise en branle par la chute de Beth, se mettait à carillonner.

Will, qui s'était précipité, réussit d'un bras à s'emparer d'elle. Mais le balancement de la massive cloche allait resserrer le nœud coulant autour de son cou. Tout en maintenant Beth serrée contre lui, Will tenta de l'autre bras d'immobiliser la corde.

Ivy, qui s'était élancée à son tour sur l'échelle, s'agrippa des deux mains à l'extrémité effilochée pour l'empêcher de remonter. Son intervention permit à Will de desserrer le nœud, dont il fit passer la boucle par-dessus la tête de Beth. La cloche, désormais libre, sonna à toute volée.

Le visage baigné de larmes, Will regarda le corps inerte de Beth.

— Ne me quitte pas, je t'en prie, balbutia-t-il.

Ivy, qui pleurait autant que lui, sentit ses mains se déplacer malgré elle, comme mues par un ange. Elles penchèrent doucement la tête de Beth en arrière et lui soulevèrent le menton.

— Elle respire ! s'écria-t-elle. Je sens son pouls. Il est faible, mais je le sens !

Elle se souvint alors de ce qu'elle avait appris en cours de secourisme.

— Il faut qu'on l'allonge sur le sol pour…

Brusquement, la poitrine de Beth se souleva. Sa bouche s'ouvrit en grand et un éclair en jaillit, qui fila le long de la corde pour aller frapper la cloche de bronze. Un fracas assourdissant retentit et secoua le clocher avec une force telle qu'il menaça de s'effondrer. L'espace d'un instant, Will et Ivy furent baignés d'un océan de lumière déchiquetée. Puis la lame foudroyante s'échappa du beffroi par les baies, laissant derrière elle la cloche aller et venir follement dans un tintamarre étourdissant.

— Qu'est-ce qui se passe là-haut ? s'affola Bryan.

— Ivy ! appela Tristan.

Un coup de tonnerre résonna au loin.

— Ça va. Tout va bien !

Une sirène hurla.

— Le clocher a été touché ! lança Bryan.

Tremblante de la tête aux pieds, Ivy descendit lentement les barreaux de l'échelle, et la maintint en place le temps que Will fasse de même, chargé du corps de leur amie, qu'il déposa précautionneusement sur le sol.

Une deuxième sirène vint mêler ses stridences à celles de la première.

— Quelqu'un a dû appeler pour prévenir que la foudre était tombée sur l'église, vociféra Bryan. La police va arriver. Il faut que je sorte Luke d'ici.

— Oui, vas-y !

— Ivy, non ! protesta Tristan.

— Tu dois partir tout de suite, insista Ivy en passant la tête par la trappe pour convaincre Tristan qui la regardait, les yeux levés, implorants.

— Mais…

— Luke, les policiers te reconnaîtront, intervint Bryan. S'ils te trouvent ici, tout est fini.

— Vas-y ! hurla Ivy. Bryan, fais-le sortir. Je t'appellerai plus tard.

Puis elle s'agenouilla auprès de Beth.

— Elle va mourir, Ivy, dit Will en sanglotant.

Ivy reprit le pouls de son amie.

— Non, elle résiste. Son rythme cardiaque redevient normal.

— Je ne sais pas comment l'aider.

— Les secours vont arriver.

— Pourquoi sont-ils si lents ? s'affola Will.

— Ils ont l'air tout près, tenta de le rassurer Ivy.

— Mais qu'est-ce qu'ils attendent ?

Ivy observa le torse de Beth, qui se soulevait et s'abaissait à un rythme régulier.

— Elle se maintient, déclara-t-elle. Aide-moi à la mettre en position latérale de sécurité.

— Ivy, si je la perds, je ne survivrai pas ! se lamenta Will.

Elle le regarda dans les yeux, puis posa une main sur la sienne.

— Je sais, Will. Je sais exactement ce que tu ressens.

Au passage d'un véhicule de police, Bryan lança un juron et recula rapidement à l'ombre du mur extérieur de l'église.

— Attends, Luke ! Il y a d'autres policiers.

— Oui, mais ils ne s'arrêtent pas, lui fit remarquer Tristan, alors qu'une deuxième voiture passait en trombe devant le parking et continuait son chemin le long de la ruelle qui menait jusqu'à la baie.

— On a de la chance, répondit Bryan.

Un troisième véhicule, de la police d'État cette fois, apparut à son tour et fila comme les autres vers la plage.

— Et si Ivy et Will avaient besoin d'aide…

— Ils ont des téléphones, lui rappela Bryan. Il faut qu'on te sorte d'ici.

Il commençait à traverser le parking, lorsqu'il s'arrêta soudain.

— D'où est-ce qu'elle sort, celle-là ?

— Qui ?

— Cette fille toute maigre aux cheveux mauves.

Lacey les regardait, debout dans l'herbe haute.

— Elle a l'air inoffensive, déclara Tristan.

— Oui, tant qu'elle ne relève pas ma plaque d'immatriculation.

— Ne t'arrête pas. Fais comme si tout était normal, l'encouragea Tristan.

La dernière chose dont il avait besoin était d'une conversation avec Lacey. Si elle révélait qu'ils se connaissaient, tout se compliquerait.

— Tu as développé des talents de survie tout à coup ? s'étonna Bryan en lui décochant une œillade méfiante.

Alors que Bryan se hâtait vers sa voiture, Tristan ralentit le pas pour pouvoir se retourner vers Lacey, qui observait le ciel, les sourcils froncés. Gregory avait-il quitté le cerveau de Beth ? Tristan pointa le doigt vers le haut du clocher, dans l'espoir qu'elle comprendrait qu'on avait besoin d'elle.

Elle disparut avant que Bryan ait déverrouillé ses portières. Celui-ci regarda à la ronde, surpris.

— Je suppose que plus personne ne nous surveille, conclut-il avec un haussement d'épaules. Par contre, j'entends d'autres sirènes. Allonge-toi par terre entre les sièges, ordonna-t-il à Tristan. Juste le temps qu'on sorte d'ici.

Tristan ouvrit la portière arrière docilement.

— Formidable, marmonna-t-il alors.

— Désolé pour le désordre.

Tristan s'enfonça dans la pile de vêtements de sport qui jonchaient le sol et avec lesquels Bryan finit de le recouvrir.

— Tu veux m'asphyxier ou quoi ?

— Pas de bruit, s'esclaffa Bryan. Je vais baisser les vitres.

— Je doute que ce soit utile.

Bryan roula lentement jusqu'à la sortie du parking.

— Les pompiers volontaires et une ambulance, commenta-t-il. Accroche-toi.

Dans un crissement de pneus et une gerbe de gravier, il appuya sur l'accélérateur et s'engagea sur la route tel un bolide de course.

— Tu parles d'une conduite en souplesse ! s'exclama la voix feutrée de Tristan.

Intérieurement, il se sentait coupé en deux, plus qu'il ne l'avait jamais été. Son cœur et son âme étaient restés avec Ivy, Will et Beth, tandis qu'une partie de lui, plus superficielle, se préoccupait de jouer le rôle de Luke.

— Tu as faim, Bryan ? tâcha-t-il de plaisanter. Je viens de voir quelque chose qui ressemble à une moitié de hot-dog.

— Je me demandais où il était passé, justement.

— Il a l'air duveteux, continua Tristan.

— Peluches ou moisi, à ton avis ?

— Difficile à dire.

— Attends, tais-toi, on arrive à une intersection.

Tristan entendit la voiture ralentir, ronronner au point mort un instant, puis soudain redémarrer à plein régime pour tourner brutalement. Un coup de klaxon retentit.

— Combien de centimètres lui a-t-il manqué pour nous toucher ? s'enquit Tristan.

— Quatre ou cinq peut-être, lui répondit Bryan dans un éclat de rire. Tu peux remonter à la surface maintenant. Mais reste derrière, on ne sait jamais.

— Excellente idée, tu seras très crédible en chauffeur.

— À circonstances extrêmes, mesures extrêmes, mon vieux. On se dirige vers Harwich, là où se trouve la patinoire de mon oncle. J'ai les clés des vestiaires. Tu pourras t'y cacher en attendant que tout se calme et qu'Ivy nous donne des nouvelles.

— Merci.

— Tu es amoureux ?

Tristan se demanda un moment ce que le vrai Luke aurait répondu. Puis il se sourit à lui-même et confia gaiement :

— Oui. Oui, je crois bien.

— Elle est drôlement intelligente, tu sais, lui dit Bryan d'un ton qui semblait méfiant plus que flatteur.

— Je sais la maîtriser, répondit Tristan, heureux qu'Ivy ne le voie pas jouer les machistes.

— Tu vas devoir passer ton bac. Elle est du genre à aimer les universitaires.

— Sans doute, concéda Tristan d'un air vague. Mais on n'en est pas encore là. Dis donc, je vois une canette de Coca bien chaude. Est-ce que je peux te la prendre ?

— Oui, si tu l'ouvres par la vitre ouverte. Je ne veux pas que tu salisses ma belle voiture.

Tristan s'exécuta en riant et regarda la mousse s'envoler dans les airs.

— Alors, tu en es où avec la boisson ? lui demanda Bryan.

Tristan s'apprêtait à lui répliquer que le Coca était agréablement tiède et éventé lorsqu'il comprit que Bryan faisait référence à l'alcoolisme de Luke.

— J'ai arrêté, déclara-t-il.

— Complètement ? insista Bryan, visiblement désireux de le croire, mais incapable de lui faire confiance.

— Tu sais, le rassura Tristan, quand tu te réveilles roué de coups jusqu'à la moelle, et sans aucun souvenir de ce qui t'a mis dans cet état, tu n'as plus forcément envie de te noyer dans l'oubli.

— Donc, la leçon a peut-être porté ses fruits, commenta Bryan. Quand Ivy a mentionné le meurtrier de Corinne, elle disait la vérité ou elle essayait juste de redorer ton image aux yeux de Will ?

Tristan soupesa rapidement les avantages et les inconvénients qu'il y avait à révéler ce qu'Ivy et lui avaient découvert.

— Elle a un peu exagéré, mais il paraît assez évident que Corinne faisait chanter quelqu'un, qui a décidé de mettre fin à son petit jeu. Avec ce que j'ai entendu sur elle hier, ça m'étonne que je ne m'en sois jamais rendu compte.

— La police aurait dû s'en douter ! s'agaça Bryan. Cela dit, Luke, tu t'es posé en cible facile.

— Apparemment. Mais tout va changer maintenant.

— Ce n'est pas trop tôt.

Une odeur de pluie montait du parvis de pierre humide et les feuilles des arbres avoisinants luisaient. La fraîcheur du soir redonna des forces à Beth : elle souleva les paupières quelques secondes, le temps de regarder Will, qui la portait dans ses bras, et d'appuyer la tête sur son épaule. Ivy s'empressa d'ouvrir la portière pour que Will l'installe sur la banquette arrière.

Alors qu'il s'y employait, l'améthyste glissa d'une poche de Beth.

— Ivy, dit Will, stupéfait. Beth savait ce qu'elle faisait ! Elle avait la pierre sur elle pour le repousser. C'était elle qui dirigeait, pas Gregory. C'est elle qui voulait mourir.

— Non, lui répondit Ivy avant de lui raconter ce qu'elle et Beth avaient appris de Lacey sur la façon de chasser les démons de ce monde. Beth a juste essayé de me sauver, moi, ainsi que toute personne à qui Gregory pourrait faire du mal par sa main.

— Est-ce qu'il est parti ?

Les lèvres de Beth avaient à peine remué. Ivy se pencha vers elle.

— Ouvre les yeux, Beth, lui murmura-t-elle.

Sous ses paupières qui se soulevèrent, Ivy découvrit deux iris d'un bleu parfaitement clair et lumineux, qui auraient éclipsé par leur intensité le plus beau des ciels d'été.

— Il est parti, lui assura Ivy.

— Parti… répéta Beth avec un sourire ténu et un imperceptible mouvement de tête.

Les véhicules de police et l'ambulance s'étaient apparemment regroupés au bout de Wharf Lane. Il avait dû y avoir un accident. Ivy alla garer sa voiture dans un autre parking, où Will vint la prendre avec la sienne. Beth, allongée sur la banquette arrière, avait refermé les yeux, mais elle avait repris des couleurs et semblait dormir paisiblement.

— Elle devrait vite récupérer, déclara Ivy.

— Peut-être, mais, à mon avis, il vaut mieux attendre un peu avant de retourner à l'auberge, lui répondit Will en prenant la direction de la route 6A. On va nous y poser beaucoup de questions.

Une fois qu'ils se furent entendus sur un récit simple et crédible des événements, Ivy appela Bryan. Celui-ci convint qu'il valait mieux ne pas ébruiter l'incident, d'autant qu'il attirerait l'attention sur l'église et que Luke ne pourrait plus s'y cacher. Il offrit de garder ce dernier à la patinoire jusqu'à ce qu'Ivy vienne l'y chercher.

Ivy appela ensuite le reste du groupe, en précisant que Will et elle avaient retrouvé Beth à Hyannis Port, mais qu'elle n'avait pas envie de revenir à l'auberge pour l'instant.

Chase, fidèle à son habitude, tenta d'en savoir davantage, mais de la friture sur la ligne donna à Ivy une bonne excuse pour mettre un terme rapide à leur communication.

— Je sais où aller, dit Will avec un sourire satisfait.

Lorsqu'ils arrivèrent à Yarmouth Port, Beth avait réussi à s'asseoir sur la banquette. Ivy et Will l'aidèrent à descendre de voiture, puis la soutinrent chacun d'un côté pour marcher jusqu'au bord de l'eau. Pareille à la plage sur laquelle Ivy et Tristan avaient retrouvé Alicia, celle-ci cédait peu à peu la place aux marais salants. Le sable, doré par les derniers rayons obliques du soleil, était parsemé de minuscules îlots de salicornes, dont le vert vif se détachait telles des pièces de puzzle sur le bleu toujours plus profond de la baie. Ils empruntèrent la longue promenade en planches qui traversait les marais, s'arrêtant de temps à autre afin d'admirer par-dessus la rambarde de bois des crabes violonistes[12] ou des bancs de minuscules poissons.

Ils ne parlèrent que de ce qu'ils voyaient autour d'eux, s'imaginèrent les secrets partagés par les minuscules créatures de la baie, savourèrent l'odeur terreuse qui emplissait l'air, et contemplèrent le rivage au loin, où la coque rouge d'un bateau longeait sans bruit le sable miroitant. Ils profitèrent du moment présent, à mi-chemin non entre les cieux et la terre, mais entre la terre et la mer. Ivy s'en réjouit. Ils étaient de nouveau tous trois réunis.

---

12. Espèce dont le mâle a une pince beaucoup plus grosse que l'autre, qui lui sert à livrer bataille contre d'autres mâles devant une femelle durant la parade.

Chapitre 27

Maintenant qu'il avait goûté au plaisir de longues heures en compagnie d'Ivy à Stonehill, Tristan supportait encore plus difficilement d'être séparé d'elle. En conséquence, il se préoccupait bien moins de sa sécurité que Bryan.

Ce dernier l'avait caché le plus loin possible de la patinoire, dans une réserve dont il avait la clé.

Il revint vingt minutes plus tard avec un sandwich bœuf-frites.

— Regarde ce que j'ai trouvé à l'arrière de ma voiture, même pas couvert de poussière, lança-t-il à Tristan.

Il étala le tout sur un morceau de carton et, tandis qu'ils partageaient ce modeste repas, Bryan parla à son ancien ami de son existence à River Gardens.

— Est-ce que ça te rappelle quelque chose au moins ?

— J'ai l'impression que tu me racontes la vie d'un autre, lui répondit Tristan.

Parfois, il était ridiculement simple d'être honnête.

— Et si tu me laissais aider Ivy dans vos recherches ? proposa Bryan. La grand-mère de Corinne te protégera, mais Tynan, lui, répandra la nouvelle de ton retour dans tout le quartier, s'il ne l'a pas déjà fait. Étant donné que tu ne te souviens plus de personne, tu ne sauras pas distinguer tes amis de tes ennemis, ce qui laissera une longueur d'avance à celui qui te poursuit. Tu as tout intérêt à ne pas te faire remarquer.

— Trop tard.

— Qu'est-ce que tu peux être borné ! s'exclama Bryan. C'est ta sale caboche qu'il fallait remplacer, pas la mémoire qui se trouve dedans !

Tristan rit de bon cœur.

— Je me demande si je saurais encore patiner.

— Je te conseille de ne pas t'entraîner ici, le dissuada Bryan. Mon oncle oublie vite les visages, mais jamais le style de patinage d'un grand joueur.

Une heure plus tard, après les avoir appelés, Ivy les rejoignait. Bryan jeta dans la voiture de celle-ci un sac de provisions destiné à Tristan et leur dit au revoir.

— Fonce, chérie ! lança-t-il alors à Ivy.

Sur un éclat de rire, elle démarra au ralenti.

— Qu'est-ce que tu as prévu ? lui demanda aussitôt Tristan.

— On retrouve Will et Beth à Yarmouth Port. Toi et moi conduirons Beth à Stonehill ce soir, et chez elle demain.

— Comment va-t-elle ?

— Beaucoup mieux. Elle est épuisée, mais elle est redevenue elle-même, ajouta Ivy, visiblement soulagée.

— Est-ce que Gregory a pris possession d'un autre esprit ? s'enquit Tristan. Est-ce que Lacey a compris ce qui s'était passé ?

— Lacey ? Je ne l'ai pas vue, répondit Ivy.

— Elle était dans le parking près de l'église quand Bryan et moi en sommes partis. J'ai préféré ne pas lui parler, mais je lui ai indiqué du doigt le clocher, puisque vous y étiez encore. Je pensais qu'elle monterait vous aider.

— Elle a sans doute considéré que Beth allait suffisamment bien pour qu'on puisse se passer de ses services.

Tristan hocha la tête en signe d'assentiment, mais il était perplexe.

— Qu'a mis Bryan dans ce sac ? demanda Ivy.

Tristan se tourna vers la banquette arrière pour en vérifier le contenu.

— Ce Bryan ! s'esclaffa-t-il. Il y a assez de caféine pour une armée, plein de barres énergétiques, des caramels, des chips et... oh... un rouleau de pièces de monnaie.

— Ne t'inquiète pas, on le remboursera.

Il faisait presque nuit lorsqu'ils arrivèrent devant le petit café où Beth et Will avaient dîné. Ils discutaient dehors, installés sur un banc, leur visage faiblement éclairé par la lumière tamisée d'une lanterne de bateau suspendue à l'enseigne de l'établissement. Tristan leur trouva un air paisible, heureux même. Pourquoi tous les quatre n'avaient-ils donc pas droit à une existence normale ? Les êtres qui vivaient une vie sans histoire étaient-ils conscients de la chance qu'ils avaient et de la précarité de leur situation ? Deux ans plus tôt, il faisait partie de ceux qui ne l'étaient pas.

Tout comme Will, qui lui aussi avait été forcé d'être plus lucide. Tristan le regarda serrer longuement les mains d'Ivy, puis celles de Beth qu'il ne quitta pas des yeux jusqu'à ce que leur voiture ait démarré. Il avait l'air anxieux, comme s'il craignait de ne plus jamais la revoir.

Tristan aurait bien aimé pouvoir lui assurer qu'elle lui reviendrait saine et sauve, mais il se gardait, maintenant plus que jamais, de promesses hâtives.

Ils se garèrent devant la maison des Baines tout juste après minuit. Ivy et Tristan aidèrent Beth, qui s'était endormie peu après leur départ, à monter se coucher. Ivy ayant décidé de ne pas trop s'éloigner pour le cas où leur amie serait prise de cauchemars, Tristan et elle se procurèrent des couvertures et des oreillers et grimpèrent à pas feutrés dans le salon de musique.

Le croissant de lune, apparu tôt, était redescendu dans le ciel, où, par la lucarne, il ressemblait désormais à une décoration d'arbre de Noël. Tristan en contempla le reflet dans les cheveux dorés d'Ivy. Celle-ci, accroupie, organisait leur couchage en chantonnant leur mélodie de *Carrousel*. Lorsque Tristan joignit sa voix à la sienne, elle leva vers lui des yeux pétillants, comme si elle se retenait de rire.

— Je fais les harmonies, plaisanta-t-il.

— Je vois, dit Ivy avec un sourire.

Dans un éclat de rire, il l'aida à se mettre sur pied, avant d'être soudain pris d'une forte envie de pleurer.

— Allez, murmura-t-il, une dernière danse.

Le dimanche matin, Beth dormit tard. Puis Ivy alla se promener avec elle, afin de vérifier qu'elle se sentait suffisamment solide pour être déposée chez ses parents. En fin d'après-midi, une fois Beth en bonnes mains, Ivy reprit son accoutrement d'étudiante en art et repartit avec Tristan en direction de Providence. Lorsqu'ils arrivèrent à River Gardens, ils trouvèrent une limousine noire garée devant la maison de la grand-mère de Corinne. Persuadés que c'était la voiture de fonction de Hank Tynan, ils décidèrent de s'éloigner et de revenir discrètement tous les quarts d'heure dans l'espoir qu'il partirait bientôt. À vingt heures, la chance leur sourit. Ils frappèrent à la porte, et la vieille femme leur ouvrit.

Elle se montra surprise de les voir revenir si tôt, et son esprit vif se douta très vite qu'ils ne lui faisaient pas une visite de courtoisie. Elle les invita à s'asseoir à la table de la cuisine et bavarda avec eux le temps de leur servir thé et café dans ses jolies tasses colorées. Puis elle leur présenta une boîte de biscuits au citron, et annonça soudain :

— Bon, assez plaisanté. Vous avez découvert quelque chose. Je veux savoir ce que c'est.

Ivy et Tristan échangèrent un regard incertain.

— On a trouvé un article sur Internet qui mentionnait un bouton de manchette en or décoré d'une flèche, lui confia Tristan.

Ivy tira de son sac une copie imprimée du texte en question.

Après l'avoir lu, la vieille femme resta silencieuse un long moment.

— Quand elle était toute petite, déclara-t-elle enfin, je disais déjà à Corinne qu'elle devrait apprendre à jouer francjeu si elle ne voulait pas finir sans amis. Quand elle a eu grandi, je lui ai conseillé, si elle ne pouvait pas jouer francjeu, d'apprendre à être très rusée.

Elle secoua la tête d'un air désabusé.

— Visiblement, elle ne m'a pas écoutée.

— Mamie, on voudrait montrer ce bouton de manchette à la police, murmura Tristan.

La vieille femme ferma les yeux.

— S'il vous plaît.

Elle se leva pour faire le tour de la cuisine en réfléchissant.

— D'où vient ce bouton ? demanda-t-elle enfin. Et comment a-t-elle entendu parler de cet accident ? Il a eu lieu dans le Massachusetts, pas ici.

— Je ne sais pas, admit Ivy. Le hasard ? Peut-être que le chauffard a apporté sa voiture à l'atelier de Tony le jour où elle y prenait des photos.

— Luke, est-ce que tu penses que tu pourrais être innocenté si je vous donnais ce bouton ? Après tout, les gens croient ce qu'ils ont envie de croire, rien de plus.

— C'est ma seule chance, affirma Tristan.

La grand-mère de Corinne se rassit. Dans le silence pesant, Tristan grignota une bouchée d'un biscuit au citron. Ivy but une gorgée de thé.

— Eh bien, reprit la vieille femme, je suppose qu'il serait intelligent de fouiller les affaires entassées dans sa chambre pour le cas où on y trouverait une autre preuve à fournir à la police, une photo de la voiture peut-être ou une note.

Ils s'attelèrent tous trois à la tâche durant deux heures et demie. Ils ouvrirent chaque tiroir, inspectèrent les poches de chaque chemisier, de chaque pantalon, lurent le moindre morceau de papier, épluchèrent toutes les photos que la vieille femme apporta de sa propre chambre. Ils ne trouvèrent rien en relation de près ou de loin avec un accident de la circulation. Sur la suggestion de la grand-mère de Corinne, ils démontèrent alors tous les tiroirs des commodes et du bureau, pour le cas où quelque chose aurait été caché derrière ; ils soulevèrent le tapis, arrachèrent draps et couvertures du lit, retournèrent le matelas, vérifièrent le sommier. Rien. Il n'y avait rien. Alors qu'Ivy, qui finissait de refaire le lit, rabattait la courtepointe comme elle l'avait trouvée, la vieille femme s'approcha pour la border par-dessus l'oreiller, puis caressa tendrement le tissu de la main un instant. La mort de sa petite-fille était finalement devenue une réalité.

Sans un mot, elle éteignit les lumières et laissa sortir Tristan et Ivy avant de refermer la porte derrière elle. Elle tendit ensuite le bouton de manchette à Tristan, en disant :

— Je me porterai garante du fait que Corinne l'a bien dissimulé ici le soir de sa mort, et que c'est moi qui te l'ai donné, mais j'ai peur pour toi, Luke. Tu devrais laisser Gemma l'apporter à la police, et rester caché tant qu'ils n'auront pas arrêté le tueur. Tu as compris ?

— Oui, répondit Tristan à contrecœur en passant le bouton à Ivy.

La vieille femme les raccompagna jusqu'à la porte, où Tristan la serra dans ses bras.

— Merci, lui dit une dernière fois Ivy à travers la moustiquaire.

La grand-mère de Corinne ne sembla pas l'entendre. Elle marmonnait déjà dans sa barbe :

— Pourquoi imposer cette épreuve à une vieille femme comme moi ? C'est aussi insensé que de tuer Corinne.

Une fois dans la voiture, Ivy et Tristan restèrent longtemps silencieux.

— Je… je n'ai pas su quoi lui répondre, finit par admettre Ivy.

— Je sais, acquiesça Tristan. Tout ce qu'on aurait pu lui dire pour la réconforter aurait sonné comme un mensonge.

Après Providence, sur la longue route qui descendait vers New Bedford, puis longeait la côte, la circulation se fit moins dense. Lorsque Ivy regarda dans son rétroviseur, elle ne vit que deux paires de phares à quelque distance derrière eux. Peu de monde se rendait au cap à vingt-trois heures le dimanche soir.

Elle passa un long moment à examiner mentalement les événements des derniers jours.

— Quel dommage qu'on n'ait pas trouvé de photo d'une voiture endommagée, regretta-t-elle enfin. De toutes celles que Corinne a prises pour son étude, il n'y en avait pas une seule dans ses affaires, ce qui laisse à penser que quelqu'un avait une bonne raison de les faire disparaître.

— Je suis arrivé à la même conclusion que toi, confirma Tristan. Il suffirait d'un cliché compromettant mis sur Internet pour que la victime d'un chantage ne puisse plus jamais être sûre de l'avoir éliminé des milliers de sites où il a pu atterrir. Son seul espoir, à mon avis, serait que ces copies électroniques ne constituent pas de preuve valable, puisqu'on peut les modifier avec des logiciels comme Photoshop. Par contre, le problème ne se pose pas avec un bouton de manchette, surtout s'il est artisanal et que la personne qui l'a découvert risque de déclarer où et quand elle l'a trouvé.

— Ce qui explique pourquoi Corinne n'est plus en vie.

— On dirait bien, acquiesça Tristan. Je peux le voir à nouveau ?

Pendant qu'Ivy sortait le petit objet doré de sa poche, Tristan alluma le plafonnier. L'une des deux voitures qui les suivaient depuis quelque temps les doubla soudain. Ivy cligna des yeux, momentanément éblouie par la réverbération des phares dans son rétroviseur extérieur.

— Cette flèche forme un arc, observa Tristan. Elle n'est pas droite comme les symboles graphiques. C'est du fait main, pas de doute.

Cette fois, Ivy jeta un coup d'œil dans son rétroviseur arrière. Il ne restait plus qu'une paire de phares derrière eux, semblables à ceux qu'elle avait remarqués lorsqu'ils étaient entrés sur l'autoroute. Se fourvoyait-elle ?

— Je crois qu'il faut vraiment qu'on l'apporte à la police le plus vite possible, poursuivit Tristan. Je m'inquiète un peu pour la sécurité de la grand-mère de Corinne. Ça me rassurerait qu'elle soit mise sous protection judiciaire.

— Je préfère aller voir Rosemary Donovan plutôt que le commissariat de Providence. Elle sera davantage prête à nous écouter.

Tristan approuva d'un signe de tête.

— En attendant, on doit te trouver une autre cachette, reprit Ivy. Les gens ont forcément entendu la cloche sonner hier après-midi et un membre de l'association qui s'occupe de la rénovation de l'église a dû aller vérifier ce qui s'était passé. Il est possible qu'on y ait laissé des traces, que ce soit un papier d'emballage ou une empreinte de pas, auquel cas ce n'est pas prudent d'y retourner. Et si tu essayais la réserve à la patinoire ?

— Non. Je sais que Bryan veut se rendre utile, mais moins on implique de monde, mieux ce sera.

— Nickerson ?

— Foyer, doux foyer ! s'amusa Tristan avec un sourire.

Ivy ne réagit pas à sa plaisanterie. Son attention se portait de nouveau sur le rétroviseur, qu'elle mit en position de nuit.

— Il y a un problème ? s'enquit Tristan.

— Non, plus maintenant apparemment. La voiture nous double. C'est quelle marque, d'ailleurs ? demanda-t-elle, intriguée, tandis que le véhicule les dépassait.

— On dirait une petite voiture noire, répondit Tristan, avant de s'esclaffer : Désolé, je ne suis pas expert en coupés sport de luxe !

— J'ai vu exactement le même modèle quand on a quitté Providence.

— Il doit y en avoir des tonnes tout le long de la côte Est, lui fit remarquer Tristan, l'air très serein.

— C'est vrai, reconnut Ivy, non sans changer de position sur son siège, incapable de se départir d'un sentiment de malaise diffus.

— Tu es fatiguée ?

— Oui, je crois.

Elle éteignit l'air conditionné et ouvrit sa vitre pour laisser l'air frais entrer dans l'habitacle. La route, en grande partie plate et droite, traversait des étendues de terrains herbus et parsemés de pins de Jersey. Alors qu'ils roulaient en silence depuis plusieurs kilomètres, Tristan se tourna brusquement sur sa droite : un véhicule, surgissant de nulle part, démarra après eux.

— C'est venu d'où ? lança-t-il d'un ton vif.

— Du bas-côté, je pense, répondit Ivy. Il n'y a pas d'autre route par ici.

— Alors, il attendait les phares éteints.

« Ce qui n'est pas commun », songea Ivy. Elle accéléra. Un quart de seconde plus tard, la voiture qui avait redémarré derrière eux accéléra à son tour. Ivy freina. Elle aussi.

— Je n'aime pas beaucoup ça, dit-elle.

— Les phares sont bas, remarqua Tristan.

— Comme ceux d'une voiture de sport.

— Continue de conduire normalement, lui conseilla Tristan. Peut-être que ce gars est distrait. À moins qu'il ne soit soûl. Ou qu'il veuille s'amuser un peu avec nous.

— Ou encore qu'il ait tué Corinne, ajouta Ivy d'une voix légère pour réprimer la crainte qui l'envahissait.

Son cœur battait la chamade lorsque l'étrange véhicule se rapprocha d'eux peu à peu, avant d'accélérer brusquement et de venir heurter l'arrière de leur Volkswagen, puis de se laisser distancer.

— Il est fou ! s'exclama Ivy.

— Ne ralentis pas ! lui ordonna Tristan.

— Il revient ! s'écria-t-elle tout en appuyant sur la pédale d'accélérateur au moment où leur poursuivant les rattrapait.

— Il essaie peut-être de provoquer un accident pour nous forcer à nous arrêter, suggéra Tristan. Concentre-toi sur la route et continue de rouler.

Ivy fit de son mieux, sans pouvoir s'empêcher néanmoins d'observer de temps à autre dans son rétroviseur ce conducteur fou qui slalomait dangereusement derrière eux, si près qu'il en frôlait la Volkswagen.

Avant d'arriver sur le canal, la route comportait un tronçon dépourvu d'éclairage public. L'obscurité qui en résulta, percée par les seuls traits de lumière des deux paires de phares, ramena Ivy sur Morris Island, juste après son accident, alors que son esprit flottait loin au-dessus de l'épave de sa voiture, et qu'elle avait vu un second véhicule s'éloigner en trombe.

Celui qui les pourchassait à présent l'obligea à revenir à la réalité. Il venait de coller l'avant de son capot contre son aile arrière gauche. Il y eut un froissement de tôle. Puis l'agresseur les laissa partir.

Tristan posa une main rassurante sur les doigts aux articulations blanchies qu'Ivy serrait sur son volant.

— Tu es une vraie professionnelle, l'encouragea-t-il, avant de lire sur un panneau qu'il ne restait plus qu'un kilomètre et demi avant Bourne Bridge. Il y aura de la lumière sur le pont, et probablement des caméras de surveillance. Il nous laissera peut-être tranquilles à ce moment-là.

— Et s'il persiste ?

Comme Tristan l'avait prédit, le chauffard prit ses distances le temps de la traversée du canal. Cependant, à peine le pont franchi, il les talonna de nouveau.

— On arrive au rond-point, rappela Tristan à Ivy.

— Accroche-toi ! lança celle-ci en braquant brutalement le volant pour s'engager sur la sortie de droite au dernier moment.

L'inconnu manqua l'embranchement.

— Bien joué ! siffla Tristan.

— Sauf que je ne sais absolument pas où on va.

— Là où on verra des lumières. On sera plus en sécurité dans les zones habitées.

La nouvelle route étant aussi parfaitement droite, Ivy prit de la vitesse, non sans regarder régulièrement dans son rétroviseur. Au bout d'un moment, des phares réapparurent. La voiture les rattrapait.

— Il est de retour, souffla-t-elle, l'estomac noué.

Arrivée sur une intersection, elle vira à droite, puis à gauche sur une voie cahoteuse.

— Regarde, dit Tristan, penché en avant. On dirait une tour avec un fanal. On doit repartir vers le canal.

Ivy bifurqua à la première occasion.

— Je crois qu'on l'a semé, lui annonça Tristan après s'être retourné.

Ivy continua d'avancer sur l'étroite route, mais fut bientôt obligée de ralentir. De grands pins noirs envahissaient les bas-côtés.

— Ça ressemble à une voie d'accès, dit-elle.

— Je vois des lumières là-bas.

Ils progressèrent de plus en plus lentement, jusqu'à ce qu'Ivy s'écrie :

— C'est une impasse !

Un bâtiment de plain-pied, puissamment illuminé par des projecteurs de sécurité, se dressait devant eux. À l'autre bout du parking vide qui le jouxtait, un chemin de terre à peine assez large pour un véhicule s'enfonçait dans les arbres. Soudain, un bruit métallique s'éleva.

— Un train, souffla Ivy.

— C'est pour ça que j'ai vu une tour, répondit Tristan. On doit être à côté du pont de chemin de fer.

— Écoute…

L'oreille tendue, ils distinguèrent bientôt le vrombissement d'un moteur par-dessus le ronronnement du leur.

Puis soudain, une voiture, tous phares éteints, surgit comme un bolide d'un passage qu'ils n'avaient pas vu. Elle venait droit sur eux.

Chapitre 28

— Fonce ! hurla Tristan.

Ivy démarra en trombe et fila à toute vitesse vers le chemin de terre. Cahotés par les ornières, ils amorcèrent bientôt un virage serré au ras des branches de pin, avant d'apercevoir devant eux une clairière.

— Arrête-toi ! s'écria Tristan en apercevant le train. Arrête !

Ivy freina dans un crissement de pneus. La voiture noire derrière elle dérapa et fit un tête-à-queue dans une gerbe de sable et de poussière, avant de s'immobiliser à quelques centimètres à peine de la Coccinelle, qu'elle aurait sinon catapultée sur les rails. Le conducteur alluma subitement ses phares halogènes, qui figèrent un instant la scène dans l'éclat de leur rayon. Tristan pivota sur son siège : ils étaient pris au piège entre le train et leur poursuivant.

Pour repartir sur le chemin de terre, il leur faudrait effectuer une marche arrière et un demi-tour à la vitesse de l'éclair. À moins qu'ils ne franchissent la voie ferrée. Cependant, il n'y avait pas de passage à niveau, et les rails étaient hauts. Ivy serait obligée de manœuvrer lentement, et encore, rien n'assurait qu'elle réussirait.

— Remonte les vitres et verrouille les portes, lui intima Tristan de peur que l'inconnu ne dispose d'une autre arme que sa seule voiture.

Les phares de cette dernière s'éteignirent au même moment et la zone replongea dans la quasi-obscurité en dépit de la présence, à une quinzaine de mètres, des signaux lumineux délimitant la structure du pont à l'intention des bateaux et des avions.

Tandis que Tristan se demandait s'ils auraient à combattre un ou deux attaquants, il distingua à la lumière des feux arrière de la Coccinelle qu'une silhouette, une seule, s'approchait d'eux.

Tristan regarda Ivy en coulisse. On les avait suivis depuis Providence ; il paraissait donc évident que l'inconnu en voulait à Luke. Mais Tristan devait s'assurer qu'il ne ferait pas de mal à Ivy. Sur un dernier et hésitant regard vers elle, il déverrouilla sa portière et descendit.

— Tristan ! s'écria-t-elle.

— Tiens-toi prête à démarrer, lui conseilla-t-il en refermant derrière lui.

Il s'éloigna rapidement de la voiture.

— Tristan, reviens ! entendit-il Ivy hurler à travers les vitres.

Il se dirigea vers le pont, lestement mais sans courir, afin d'entraîner la silhouette encapuchonnée à sa suite et de donner à Ivy la possibilité de s'enfuir.

— Où est-ce que tu cours comme ça, Luke ?

Quoique frappé de stupeur par cette voix qu'il avait reconnue, Tristan continua de marcher.

— Tu délires, Bryan, se contenta-t-il de lancer par-dessus son épaule.

— J'avais juste envie de faire un tour d'autos tamponneuses.

Arrivé au pied du remblai de la voie ferrée, Tristan pivota sur ses talons.

— C'est tout, je te promets ! plaisanta encore Bryan. Tu as perdu ton sens de l'humour, vieux.

— Et toi, tu as bu.

— Un peu, mais je fais attention maintenant. Je ne m'autorise plus à perdre le contrôle de moi-même. Je ne peux pas me le permettre, enfin je ne peux plus. Je n'ai pas neuf vies comme toi.

Tristan monta à reculons près des rails, le long desquels courait une voie d'entretien protégée par un garde-fou.

— Je suppose que je ne saurai jamais comment tu as fait pour sortir vivant de cet océan, reprit Bryan en continuant d'avancer vers lui. Je t'ai pourtant jeté à l'eau à des kilomètres de la côte. Ce sont des pêcheurs qui t'ont tiré de là ?

Le train était passé, mais la Coccinelle n'avait pas bougé et c'est le cœur serré que Tristan remarqua l'ombre d'Ivy qui en descendait sans bruit avant de se diriger vers eux. S'il n'avait pas craint d'attirer l'attention sur elle, il lui aurait crié de s'échapper.

Il continua donc à progresser à reculons le long de la voie et attendit que Bryan l'y ait rejoint pour lui répondre :

— On va dire que oui. Comment as-tu réussi à me faire grimper dans ce bateau ? Tu m'as drogué, c'est ça ?

Ivy était arrivée au pied du remblai. Tristan comprit qu'elle observait la base du pylône, où se trouvait sans doute le mécanisme de levage du tablier. Quelques minutes plus tard, elle tourna la tête vers lui et pointa le doigt vers le haut.

Tristan, qui craignait qu'elle ne lui parle, se balança sur ses pieds pour lui indiquer qu'il avait compris son intention. La travée mobile allait bientôt se mettre en mouvement. Il fallait qu'il y attire Bryan avant. Il reprit donc sa marche à reculons, à grands pas vifs cette fois.

— Qu'est-ce que tu veux ? lança-t-il à Bryan sans cesser sa progression.

Celui-ci se trouvait à six mètres de lui environ, et à une trentaine d'Ivy, heureusement restée sur la berge.

— Tu le sais. Le bouton de manchette. Donne-le-moi.

— Tu es fou, répondit Tristan.

Une secousse ébranla le tablier. La structure se soulevait.

— Je n'ai jamais eu de bouton de manchette de ma vie, reprit Tristan. Pas plus que toi, à ma connaissance.

— Faux, j'en ai possédé une paire, lui répliqua Bryan. Un cadeau de mon oncle, qui sait pertinemment que l'argent et les bonnes occasions ne vont qu'à ceux qui réussissent à la fac. Il me l'a offerte en prévision de mes banquets sportifs et des invitations que je recevrais un jour de gros hommes d'affaires.

— Tristan ! s'écria Ivy.

— Reste où tu es ! lui répondit-il.

Bryan se contenta de jeter un coup d'œil amusé vers Ivy.

— C'est drôle, non, qu'on se retrouve ici ? J'ai fait le même tour de manège avec Alicia, sauf qu'elle avait un peu plus de mal à se tenir droite que toi.

— Tristan ! répéta Ivy.

Cette fois surpris par le prénom utilisé, Bryan se tourna comme s'il s'attendait à voir une troisième personne apparaître.

— C'est qui, ce Tristan ? grommela-t-il. Son petit copain qui a rendu l'âme ?

— Elle croit qu'il s'est transformé en ange, déclara Tristan.

Bryan partit d'un grand éclat de rire, mais reporta néanmoins son attention sur Ivy, avant de faire un pas dans sa direction.

Conscient du fait que, s'il avait le moindre bon sens, il prendrait d'abord Ivy en otage pour obtenir tout ce qu'il désirait de lui après, Tristan s'empressa de revenir sur leur sujet de conversation avec un nouvel appât. Il plongea la main dans sa poche.

— Est-ce que ton bouton de manchette est décoré d'une flèche ? lança-t-il en brandissant le petit objet rond.

Bryan fit volte-face, les yeux immédiatement attirés vers le reflet doré entre les doigts de Tristan.

— Pas d'une flèche, idiot. D'une toupie. Quand je pense que c'est toi qui m'as donné ce surnom. On n'avait même pas huit ans.

Tristan considéra le motif sur le bouton. « Une simple toupie sur doigt », songea-t-il, stupéfait.

— Tu as vraiment perdu la mémoire, poursuivit Bryan. Quel dommage qu'Ivy t'ait convaincu de prouver ton innocence.

Tristan décela instantanément le sous-entendu : Bryan ne limiterait pas sa tuerie à Luke. Ivy faisait désormais partie de la liste des personnes qui en savaient trop pour qu'il les laisse en vie.

— Tu aurais dû avoir le courage d'aller voir la police après avoir renversé cette femme, l'accusa Tristan.

— J'étais éméché. Je rentrais d'une remise de médailles. Et puis, de toute façon, quand je l'ai quittée, elle respirait toujours.

— Alors, il fallait appeler une ambulance.

— Comme je te l'ai dit des millions de fois, tu es trop naïf, Luke. Bien sûr, ils auraient peut-être ignoré ce léger incident dans mon parcours si j'avais fait partie d'une équipe qui avait gagné la coupe Stanley[13], mais je n'étais qu'un gamin issu de River Gardens qui n'avait pas encore fait ses preuves en compétition. Ma carrière aurait été finie avant d'avoir commencé.

— Donc, tu as apporté ta voiture à Tony, parce que c'est quelqu'un de loyal. Et tu es tombé sur Corinne.

— Oui, elle est arrivée pendant que je récupérais de ma soirée dans la chambre de Tony et elle s'est lancée dans une de ses fichues séances photo. Quand je me suis levé, je l'ai trouvée avec son objectif pointé comme un grand nez dans

13. Coupe décernée par la Ligue nationale de hockey, le plus ancien trophée d'Amérique du Nord, tous sports professionnels confondus.

mes affaires. Elle avait la sale habitude de se mêler de ce qui ne la regardait pas. Et elle avait déjà ramassé ce bouton de manchette dans ma voiture.

Tout en parlant, Tristan avait continué de reculer vers le milieu du pont pour éloigner Bryan toujours plus d'Ivy et gagner du temps jusqu'à ce qu'il ait mis au point un stratagème pour lui-même.

— Donc, c'est à partir de ce moment-là qu'elle a commencé à te faire chanter, c'est ça ? l'aiguillonna-t-il. Tu as dû lui donner une belle somme pour qu'elle puisse louer un appartement.

— Oui, mais j'en ai eu vite assez. Je lui ai proposé de lui verser un montant encore plus important si elle me rendait mon bouton de manchette.

— Et tu lui as fixé un rendez-vous à Four Winds pour en discuter. Sauf que tu ne t'attendais pas vraiment à ce qu'elle accepte ton offre. Tu connaissais assez Corinne pour savoir que tu ne serais tranquille que le jour où elle serait morte. Étant donné ma naïveté légendaire, je suis vite apparu à tes yeux comme la victime idéale de ton coup monté. Je dois t'avouer que ce n'était pas très gentil de ta part.

— Arrête, Luke, ta vie était déjà finie de toute façon. Moi, j'avais travaillé dur pour gagner ma place. J'avais tout à perdre, et toi, rien. Ça n'aurait pas été logique que je me retrouve en cavale.

— Pourquoi m'as-tu aidé à m'enfuir en ce cas ?

— Au départ, ça paraissait être une bonne idée, répondit Bryan avec un haussement d'épaules. Je me suis dit que, tant que la police était à tes trousses, ils ne penseraient pas à chercher un autre coupable. Mais tu n'as jamais su rester tranquille. Tu m'as forcé la main, Luke. Il te suffisait de quelques verres pour perdre pied. Tôt ou tard, tu te serais fait épingler. Du coup, j'ai commencé à réfléchir au fait que, si l'État t'attribuait un bon avocat, celui-ci pourrait se rendre compte des incohérences dans ton dossier.

Il grimaça.

— Ça aurait bien été ma veine. J'en suis donc venu à la conclusion que tu devais mourir, mais sans que la police l'apprenne, pour qu'ils continuent à te chercher.

Ils avaient traversé plus de la moitié de la travée mobile, qui s'était élevée à une dizaine de mètres au-dessus du canal. Tristan accéléra le pas.

— Et Alicia ? demanda-t-il pour garder Bryan occupé. Est-ce que tu avais vraiment besoin de la tuer ?

— Oui, puisque Ivy et toi avez eu la bonne idée de la mettre au courant.

Cette révélation donna à Tristan la nausée.

— Je vous ai suivis jusqu'à la plage le soir de votre rendez-vous, et j'ai attendu que vous soyez partis pour lui parler. Elle était tout heureuse de m'annoncer qu'elle allait pouvoir fournir à la police l'alibi qui t'innocenterait. Ce qui signifiait que les enquêteurs se demanderaient alors qui t'avait envoyé un texto depuis le téléphone de Corinne pour te demander de venir à Four Winds.

— Le portable qu'ils ont trouvé sur l'autoroute. Tu me l'as pris le soir où tu as essayé de me noyer. Pourquoi l'as-tu laissé sur la Mass Pike ?

— Parce que je te connais, Luke. Je sais comment tu es quand tu es amoureux. Étant donné qu'Ivy est d'un calibre nettement supérieur à Corinne, j'étais certain que tu ne te résoudrais pas à la quitter. J'avais besoin de m'assurer que la police nous laisserait tranquilles le temps que je gagne la confiance d'Ivy et que je puisse mener à bien mes petites affaires.

Pendant que Bryan lui révélait tous ces détails, Tristan avait encore creusé l'écart qui les séparait. La noirceur de l'eau et les reflets changeants en surface l'empêchaient de déterminer à quelle hauteur ils se trouvaient. Il ne doutait pas, toutefois, que chaque centimètre supplémentaire augmentait la dangerosité d'un saut dans le canal. Celui-ci, assez profond pour permettre le passage de porte-conteneurs, était certainement balayé en son centre par un courant fort, résultat de la tension entre l'océan et la baie. Il serait donc plus sage qu'il plonge près de la berge – où il pouvait espérer être à même de nager –, mais au risque de s'y écraser.

Une fois sa décision prise, Tristan passa à l'action et s'élança. Bryan lui emboîta le pas aussitôt. Parvenu aux trois quarts de la travée de fer, qui retentissait sous leurs semelles, Tristan osa un coup d'œil vers Bryan. Celui-ci, en sportif entraîné, le rattrapait vite. Il devait agir.

Il sortit le bouton de manchette de sa poche pour le brandir au-dessus de sa tête. Une fois assuré que Bryan avait compris son intention, il se tourna à demi et lança le précieux bouton loin derrière lui.

Bryan ne résista pas à la tentation. Telle une toupie, il fit volte-face et se remit à courir dans le sens opposé dans l'espoir de récupérer l'objet de toutes ses obsessions.

Tristan en profita pour enjamber le garde-fou et descendre s'accrocher sous la structure du tablier. Le corps ballotté par le vent qui hurlait dans les câbles, il entendit momentanément les voix. Il prononça une dernière prière, et sauta.

Ivy était repartie en courant sur le chemin de halage pour s'écarter du pont et tâcher de suivre des yeux Tristan et Bryan. Soudain, Tristan avait pressé le mouvement. Ivy avait eu beau l'appeler, elle était trop loin pour qu'il l'entende. Bryan et lui avaient ensuite disparu dans la nuit. Toujours debout au bord de l'eau, la tête levée vers la structure de fer, elle pria :

— Anges, aidez-les !

Elle remarqua alors qu'un des deux garçons revenait vers la berge. Il s'arrêta au centre de la travée. Bryan. Sa silhouette, grande et droite, se détacha un instant sur le ciel étoilé. Alors que le pont continuait de s'élever, il ouvrit les bras en grand comme en signe de triomphe. Ivy crut l'entendre rire, puis elle le vit plonger, pareil à un ange noir.

Une sirène se mit à hurler de l'autre côté du canal. Quelqu'un avait-il signalé la présence d'individus sur le pont ? Où était Tristan ? S'il avait lui aussi sauté, c'était certainement près de l'autre rive. Ivy se précipita vers sa voiture et démarra en trombe. Elle roula aussi vite que possible pour revenir vers le rond-point, puis traversa Bourne Bridge, avant de se mêler aux véhicules d'urgence qui fonçaient en direction du pont levant.

Elle s'en approchait, lorsqu'une voiture de police la dépassa pour lui faire une queue-de-poisson et se garer un peu plus loin devant elle afin de lui bloquer la voie. L'officier qui en descendit lui demanda aussitôt de faire demi-tour d'un signe de la main. Comme Ivy refusait d'obtempérer, il s'avança vers elle.

L'air innocent, elle baissa sa vitre et demanda :

— Il y a un problème, monsieur l'officier ?

L'homme la dévisagea comme s'il avait regardé une folle.

— Vous habitez dans le coin ? s'enquit-il néanmoins.

Bien que le cœur d'Ivy batte la chamade et qu'elle ait envie de hurler qu'elle voulait voir son Tristan, elle répondit calmement :

— J'étais curieuse, c'est tout.

— Désolée, mais on est occupés, jeune fille. Un pêcheur de nuit a cru voir quelqu'un sauter du pont.

« Une personne seulement ? » s'étonna Ivy.

— Demi-tour, lui intima l'officier, les mains sur les hanches.

Ivy fut bien obligée de s'exécuter.

— Lacey, où es-tu ? s'écria-t-elle à voix haute en repartant vers le rond-point. Lacey, je t'en prie, aide-le !

Cinq cents mètres plus loin environ, juste après Bourne Bridge, elle s'arrêta sur le bas-côté et descendit de voiture. Un hélicoptère, immobile au-dessus du pont, scrutait les eaux noires du canal à l'aide d'un puissant projecteur.

Alors qu'il élargissait sa zone de recherche, Ivy découvrit que des vedettes de police arrivaient. Elle implora le ciel pour que Tristan lui apparaisse, trempé mais le sourire aux lèvres, sain et sauf. En vain.

Peu après trois heures du matin, l'hélicoptère vira dans les airs avant de disparaître. Les bateaux, eux, poursuivirent les recherches, et les voitures de police restèrent là, à bloquer l'accès de la zone, leurs gyrophares allumés. Ivy finit par remonter dans sa Coccinelle et prit la direction du pont de Sagamore.

Bryan avait-il survécu ? La travée mobile devait se trouver à quinze mètres de hauteur lorsqu'il avait sauté.

Et Tristan ? Il était en vie, obligatoirement. Il ne pouvait pas mourir maintenant.

« Anges, si je le perds à nouveau… Lacey, où es-tu ? »

Elle traversa le pont de Sagamore, après lequel elle s'engagea sur la nationale de Mid-Cape. Les idées s'entrechoquaient dans sa tête. Où aller ? À qui faire confiance ? Comment le retrouver ?

Après quelques kilomètres, elle quitta la nationale et continua de conduire sans but précis. Lorsqu'elle s'arrêta enfin, elle se trouvait devant l'église à l'angle de Wharf Lane. Une couronne de fleurs décorée de rubans noirs était accrochée au panneau routier indiquant la plage. À la lueur de l'aube, elle lut l'inscription sur la large bande de satin : « Affectueux souvenirs ».

Ivy fondit en pleurs. Mais pour qui ? Tristan ? Alicia ? Elle-même ? Elle n'en était pas sûre. Il lui revint alors que plusieurs véhicules d'urgence étaient passés devant l'église juste après que Gregory, sous la forme d'un éclair, eut abandonné le corps de Beth. Avait-il frappé et tué quelqu'un ?

Malgré la présence de nouveaux panneaux en interdisant l'entrée, Ivy pénétra dans le parking de l'église. Celle-ci avait constitué le refuge de Tristan, un refuge qu'elle avait partagé avec lui pour un temps, et elle ressentait le besoin d'aller s'y recueillir pour y réfléchir. Elle se hâta vers le soupirail cassé, qu'elle ne parvint pas à ouvrir. Elle en essaya un autre, puis un autre encore, et le portail. Toutes les issues de l'édifice étaient barricadées.

Au désespoir, Ivy finit par s'asseoir sur la plus basse marche du porche, le front sur les genoux. Bien plus que son corps et sa capacité de réflexion, c'étaient son cœur et son âme qui étaient à bout. Si elle venait à apprendre la mort de Tristan, elle ne pourrait pas lui survivre.

Elle sentit alors une présence à ses côtés. Quelqu'un se penchait vers elle.

— Lacey, murmura-t-elle en levant les yeux.

— Je ne sais pas où il est, l'informa aussitôt celle-ci. Je n'ai rien pu faire quand il a sauté. Il ne me voyait pas et ne m'entendait pas non plus.

— Il est vivant, affirma Ivy. Il ne peut pas en être autrement !

— Mais s'il est mort, lui répondit Lacey, il a perdu bien plus que la vie.

Ivy se redressa.

— Que veux-tu dire ?

— Ces voix que Tristan entendait…

— Quelles voix ? l'interrompit Ivy.

— Les mêmes que celles qui hurlaient le soir où Gregory est tombé du pont de chemin de fer. Elles le hantaient depuis lors. Ce soir, moi aussi, je les ai entendues. Si Tristan est vivant, il ne lui reste plus beaucoup de temps.

Lacey regarda par-dessus son épaule vers le sommet du clocher et frissonna de tout son corps. Là-haut dans le beffroi, le tocsin s'était mis à sonner.

Remerciements

Les lieux mentionnés dans le présent volume, tels que les villes, les parcs et les plages, sont en grande partie réels. D'autres, comme l'auberge, les maisons, les églises et les rues secondaires, s'inspirent d'endroits qui existent également, mais que j'ai déplacés, transformés, ou rebaptisés pour servir l'intrigue. Ainsi, il fait bon vivre et passer ses vacances dans la véritable ville de Providence. Quant au quartier de River Gardens, son nom sort directement de mon imagination.

Je tiens tout particulièrement à remercier ici Joseph W. Dick, qui a pris le temps de me faire visiter la jolie église de Yarmouth, la Yarmouth New Church. Grâce à lui, j'ai pu en escalader les échelles, et en écouter la cloche ! Merci aussi à Walter Chapin, qui m'a mise en contact avec lui, et à la Yarmouth New Church Foundation SA, qui se consacre à la rénovation et à la préservation de cet édifice gothique américain. La fondation en a fait un remarquable lieu d'événements culturels et artistiques. Je n'oublie pas non plus Karen, grâce à laquelle j'ai pu résider en tout confort à l'auberge du village pendant toute la durée de mes recherches.

Un écrivain a toujours besoin de bons éditeurs : plus j'écris, plus j'en prends conscience. Je suis donc sincèrement redevable à Joelle Hobeika et Emilia Rhodes.

Je reste l'obligée de ma sœur Liz, qui vit à cap Cod et répond sans faillir et au pied levé à mes nombreuses requêtes, lorsque, en pleine rédaction, je me rends compte que j'ai besoin de tel ou tel détail sur un endroit ou un autre.

Comme toujours, merci à toi, mon très cher Bob. Tu es le meilleur !

Toutes mes pensées, enfin, à Puck, qui, durant seize longues années, est venu s'asseoir sur mon bureau ou dormir sur les étagères de ma bibliothèque, et qui gambade désormais dans un jardin ensoleillé en compagnie d'Ella.

L'écriture d'Elizabeth Chandler vous captive ?
Le paranormal vous fascine ?

Laissez-vous tenter par l'autre série de cet auteur
qui vous charmera tout autant :

Les Secrets de Wisteria

(déjà disponible)

PLUS D'INFOS SUR CETTE SÉRIE
DÈS MAINTENANT SUR LE SITE

www.Lecture-Academy.com

Composition Nord Compo

Impression réalisée par
CPI BRODARD ET TAUPIN
La Flèche
en décembre 2011

« Pour l'éditeur, le principe est d'utiliser des papiers composés de fibres naturelles, renouvelables, recyclables et fabriquées à partir de bois issus de forêts qui adoptent un système d'aménagement durable. En outre, l'éditeur attend de ses fournisseurs de papier qu'ils s'inscrivent dans une démarche de certification environnementale reconnue. »

Imprimé en France
N° d'impression : 66474
20.19.2345.5/01 – ISBN 978-2-01-202345-1
Dépôt légal : janvier 2012